카마쿠라 향방
메모리즈 鎌倉香房
メモリーズ

카마쿠라 향방 메모리즈

鎌倉香房メモリーズ

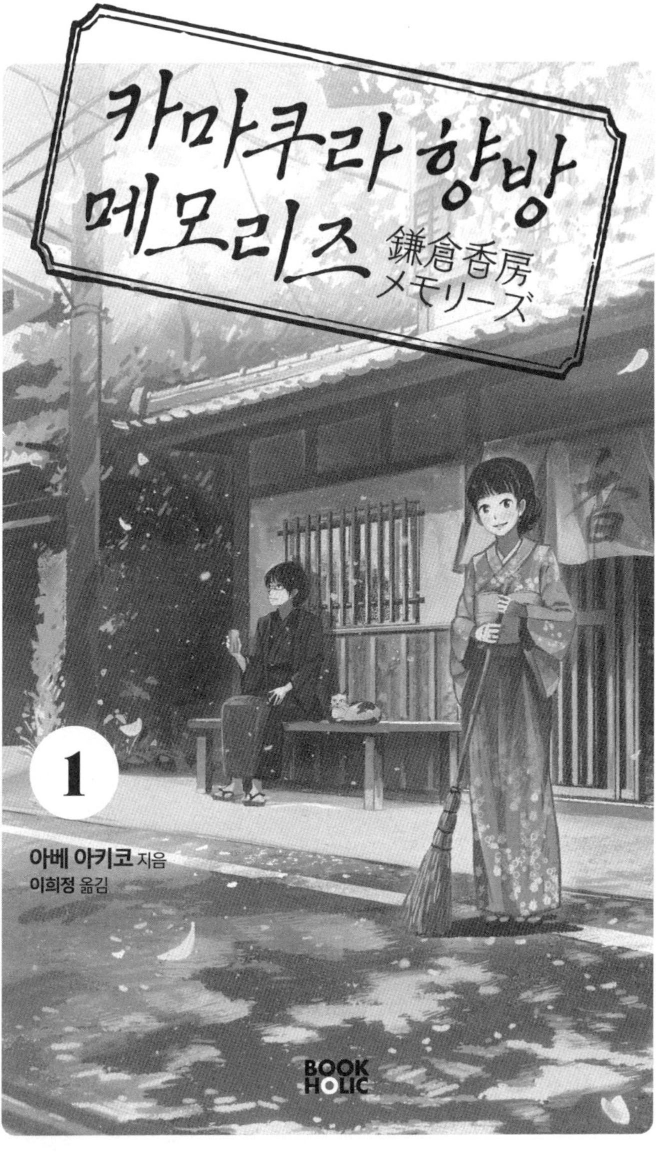

1

아베 아키코 지음

이희정 옮김

BOOK HOLIC

[차례]

제1화

그날의
연애편지

1

가게에 들어왔을 때부터 나는 그 사람이 슬픔에 잠겨 있다는 것을 알았다.

"선향을 사고 싶은데요."

흰 바탕에 붓으로 '향香'이라고 쓴 포렴을 지나, 칠하지 않은 나무 미닫이문을 열고 들어온 그 사람은 "어서 오세요." 하고 인사하는 나에게 미소를 지으며 말했다. 상냥한 심성이 고스란히 스며 나오는 미소. 그런데도 그 사람은 슬퍼하고 있었다. 아주 깊이. 가슴이 아리도록.

"어떤 향을 좋아하세요? 댁의 불단에 올리실 것을 찾으시면 이쪽의 연기가 잘 안 나는 타입도 있거든요."

"어머나, 그럼 연기가 적은 게 좋겠어요. 향을 피우면 맵다고 손자가 싫어하거든요."

색이 빠진 은빛 머리카락을 풍성하게 부풀려 틀어 올리고 블라우스에 크림색 카디건을 걸친 노부인에게서는 우리 집에서 쓰는 것과 똑같은 세제 냄새가 났다. 어디에선가 꽃놀이라도 하고 오는 길인지 벚꽃 향기도 어려 있었다. 요즘 카마쿠라는 벚꽃 시즌이다.

하지만 이 노부인의 슬픔은 그러한 향기보다도 더욱 진하게 배어나오고 있었다. 싸늘한 겨울비처럼 고요히 가슴을 찌르는 향기였다.

무엇이 그토록 슬픈 것일까. 어째서 이렇게나 가슴 아파하는 것일까.

하지만 나는 그런 생각을 하고 있다는 티는 내지 않고 말없이 구입하신 선향을 포장지로 쌌다. 아무것도 느끼지 못한 셈 치자. 어차피 내가 끼어들 일도 아니고, 이름도 모른 채 스쳐 지나가는 사람이니까.

"학생은 중학생이에요?"

갑작스러운 질문에 "예?" 하고 이상한 목소리가 튀어 나왔다.

내가 어지간히 얼빠진 얼굴을 하고 있었는지 노부인이 쿡쿡 웃는 바람에 뺨이 뜨거워졌다. 내 얼굴에는 금방 빨개지는 난감한 기능이 딸려 있다.

"봄방학이 끝나면 고등학교 2학년이에요."

"어머나……, 그래요? 미안해요. 우리 손자랑 비슷한 또래인 줄 알았지 뭐예요."

"신경 쓰지 마세요. 스스로도 고등학생치고는 위엄이 부족한 얼굴이라고 생각하거든요."

"학생 또래의 여자애들은 기모노를 잘 안 입는데, 보기 좋네요. 무늬가 정말 근사해요."

연분홍색 벚꽃 무늬는 할머니가 골라주신 것이다. 멋쟁이 할머니의 취향을 칭찬 받자 기뻐서 미소가 번졌다.

"향을 사러 오시는 손님들은 기모노도 좋아하시는 분들이 많을 거라는 사장님의 뜻에 따른 거예요."

"맞아요, 틀림없이 그럴 거예요. 정말 예뻐요."

"앗, 그렇지 않아요⋯⋯!"

"다녀왔습니다. ―아아, 손님이 와계셨군요."

미닫이 출입문을 열고 점심을 먹으러 나갔던 유키야 오빠가 들어왔다.

은은한 라멘 냄새. 게다가 소금 라멘인 듯했다. 지금의 차림으로 라멘 가게에 들어갔다면 유키야 오빠는 틀림없이 사람들의 주목을 받았을 것이다.

"어머나 세상에."

눈이 동그래진 노부인은 오시마 명주_{카고시마현 아마미오섬의 특산물로, 명주실을 진흙으로 염색해 짠 견직물. ― 역자 주} 앙상블을 입은 유키야 오빠와 나를 번갈아 보더니 우후후 하고 귀엽게 웃었다.

"꼭 젊은 부부 같네요."

부부?! 동요하는 나는 아랑곳 않고 검은 메탈 테 안경을 쓴 유키야 오빠는 태연하게 미소 지으며 응수했다.

"아니에요. 도제와 주인댁 아가씨입니다."

나는 이곳 '카게츠 향방花月香房' 주인의 손녀고, 유키야 오빠는 아르바이트생이다. 참고로 유키야 오빠는 실제 나이보다 많아 보일 때가 많지만, 다음 달에 대학교 2학년이 되는 열아홉 살이다. '도제'니 '주인댁' 같은 예스러운 말을 써도 그다지 위화감이 들지 않는, 외까풀에 피부가 하얀 일본풍 미남이다.

선향 꾸러미를 넣은 작은 종이가방을 건네자 노부인은 "고마워요." 하고 미소 지었고, 나와 유키야 오빠는 입구에 나란히 서서 손님을 배웅했다.

원래대로라면 우리와 그 손님의 인연은 그것으로 끝났을 것이다. 나는 그 손님의 이름도, 깊은 슬픔에 잠겨 있는 이유도 전혀 알지 못한 채 그대로 헤어졌을 것이다.

상태가 이상하다고 깨달은 것은 가게를 떠났어야 할 노부인의 향기가 가게 앞을 왔다 갔다 했을 때였다. 그리고 문 너머로도 짙게 풍겨오는 불안, 초조, 혼란.

"카노?"

유키야 오빠의 목소리가 들렸을 때는 나는 이미 미닫이문으로 달려가고 있었다. 문을 열자 노부인이 도로 쪽을 보고 망연히 서 있었다. 최대한 부드럽게 목소리를 냈다.

"무슨 일 있으세요?"

선향이 든 주머니를 가슴에 끌어안고 돌아선 노부인은 어린 아이처럼 흔들리는 눈동자로 나를 바라보았다.

각종 향과 향목, 향도구, 훈향 등을 두루 갖추고 있는 '카게츠 향방'은 스기모토데라 절과 호코쿠지 절 같은 고찰이 곳곳에 자리한 카나자와 가도의 한 모퉁이에 있다.

향장香匠. 조향사. – 역자 주인 나의 할아버지가 연 가게로, 2년 전에 할아버지가 타계한 뒤로는 할머니가 꾸려나가고 있다. 함께 사는 나와, 예전부터 할아버지 할머니와 교류가 있었던 유키야 오빠가 이따금 가게 일을 거들고 있다.

다망한 할머니는 오늘도 외출하셔서 봄방학을 맞이한 나와 유키야 오빠가 가게를 보고 있었다. 무슨 일이 있으면 책임자인 할머니에게 연락하기로 되어 있는데—, 이런 경우에는 어떻게 하면 좋을까.

"정말로 미안해요. 폐를 끼치고 말았네요……."

노부인은 오노 이토코라고 자신을 소개했다.

자신의 집이 어디인지 기억이 나지 않는다고, 이토코 할머니는 힘없는 목소리로 말했다.

건강보험증 같은 것이 있으면 주소를 알 수 있을 거라고 유키야 오빠가 생각해냈지만, 안타깝게도 이토코 할머니의 작은 핸드백 안에서 주소를 확인할 수 있을 만한 것은 나오지 않았다.

손수건과 티슈, 예쁜 향낭, 동전지갑, 그리고 매화 문양에 '에가라텐 신사'라는 글자가 적혀 있는 얇은 종이봉투—내용물은 부적인 듯했다. 에가라텐 신사는 우리 가게에서 도보로 몇 분밖에 걸리지 않는 곳에 있다.

전철과 버스를 타고 여기까지 왔다는 이토코 할머니의 이야기로 미루어 보아 카마쿠라 시내에 사는 건 분명하다고 생각하지만 우리가 알아낼 수 있는 것은 거기까지였다.

"자기가 사는 집이 어디 있는지도 잊어버렸다니 정말로 어떻게 됐나 봐요……. 하지만 아마 걷다보면 생각날 거예요."

경직된 얼굴에 억지로 미소를 지으며 이토코 할머니가 의자에서 일어서자 나는 나도 모르게 그녀의 팔을 잡았다.

"잠깐만요."

이토코 할머니는 단지 우리에게 미안해서 나가려고 하는 것뿐이다. 마음속으로는 어찌해야 좋을지를 몰라 불안해서 견딜 수가 없는데도 말이다.

"여기서 조금만 더 쉬었다 가세요. 보시다시피 손님도 전혀 없고 한가하니까 괜찮아요."

"아니에요. 어떻게 그래요."

"그럼 하다못해 이 차라도 드시고 가세요. 벌써 우렸거든요."

대체 어느 틈에 타 왔는지 유키야 오빠가 찻잔을 쟁반에 받쳐 들고 서 있었다.

이 가게 안쪽에는 일각대문으로 막혀 있는 통로가 있고, 그 통로는 나와 할머니가 사는 본채로 이어져 있다. 유키야 오빠는 본채에서 차를 타 온 것이다. 닌자도 울고 갈 만큼 날랜 행동이다.

어서 드세요, 하고 유키야 오빠가 내민 찻잔을 건네받은 이토코 할머니는 난감한 얼굴로 다시 의자에 앉았다. 차를 받아들었으니 조금 더 이곳에 머물러줄 것이다. '잘했어요!' 하고 내가 뜨거운 눈빛으로 칭찬하자, '당연하죠.' 하고 유키야 오빠가 상큼한 표정으로 우쭐대며 응수했다.

하지만 이 상황은 대체 어떻게 풀어야 좋을까.

"경찰에 신고하는 게 가장 나을 거예요. 다행히 가족의 이름은 분명히 기억하시는 것 같으니 경찰이라면 자택을 찾아드릴 수 있을 거예요."

유키야 오빠의 목소리는 아주 작아서, 멀찍이 떨어진 의자에 앉아 있는 이토코 할머니에게는 들리지 않았다. 유키야 오빠 말대로 틀림없이 그것이 최선일 것이다.

하지만……, 그러면 이토코 할머니의 자존심에 상처가 되지 않을까. 지금도 그녀의 향기에는 미안함과 부끄러움이 아프도록 가득 차 있는데.

"경찰에는, 조금 이따가 연락하는 게 어때요……?"

유키야 오빠가 내 쪽으로 고개를 돌렸다. 유키야 오빠가 실제

나이보다 더 들어 보이는 것은 이따금 이처럼 지나치게 냉정한 표정을 짓기 때문이기도 할 것이다. 감정을 억누르는 성격 때문인지 유키야 오빠는 무언가에 강하게 마음이 움직였을 때 말고는 향기의 변화도 느끼기 힘들다.

"난 의사가 아니니 정확하게 말할 수는 없지만 오노 씨는 치매일 수 있어요. 가족이 오노 씨를 찾고 있을 가능성도 있고요. 한시라도 빨리 계신 곳을 알려드려야 하지 않을까요?"

"알아요. 연락하지 말자는 게 아니라……, 저분은 지금 극도로 불안하고 초조한 상태예요. 정말로 이 상태에서 아주 조금만 충격을 받아도 그대로 망가져버릴 만큼 마음이 한계 직전이니까 조금만 진정될 때까지 기다렸으면 해요. 지금도 여기가 어딘지 몰라서 겁에 질려 계신데 경찰이 와서 또 다른 곳으로 모시고 가서 이것저것 물어보면……, 정말 견디기 힘들 거예요. 그러니까 저분의 기분이 조금 더 가라앉으면 앞으로 어떻게 할 건지 차분히 이야기해보고, 그리고……."

나는 어째서 이렇게 횡설수설하고 있을까. 스스로도 한심해서 말꼬리가 점점 흐려지자 묵묵히 나를 보고 있던 유키야 오빠가 입을 열었다.

"알았어요."

아마도 나는 아주 어벙한 얼굴을 하고 있었을 것이다. 유키야 오빠의 입매가 순간 풀어졌기 때문이다.

"오노 씨의 감정이 그렇다면 카노의 말대로 시간을 드리는 게 나아요. 내가 생각이 부족했어요."

"그, 그래도 돼요?"

"카노가 사람의 마음에 얼마나 민감하고 진지한지 잘 아니까요."

유키야 오빠가 나를 너무 과대평가하니 나는 전혀 그렇지 않다고 정정해야 했지만 실제로는 새빨개지면서 잠자코 입을 다물었다. 내 마음에는 키시다 유키야 오빠에게 과대평가 받고 싶어하는 난감한 기능이 있다.

그나저나 이토코 할머니의 마음을 진정시키려면 어떻게 해야 좋을까.

나와 유키야 오빠는 곁에 앉아 잡담을 해보았지만 이토코 할머니는 절대 잊어버릴 리 없는 것을 잊어버린 충격으로 매우 긴장해 있었다. 우리는 심리전문가도 아니고, 이곳은 보잘것없는 평범한 향가게일 뿐이다. 우리끼리 여기서 대체 무엇을 할 수 있을까.

"……앗!"

벽에 붙어 있는 종이가 눈에 들어왔다. '문향聞香 체험'이라는 제목과 설명글. 부끄럽지만 내가 붓으로 직접 쓴 것이다. 그렇다. 이곳은 보잘것없어 보여도 카게츠 향방이다. 내 눈길을 유키야 오빠도 알아채고 목소리를 낮췄다.

"저건 예약 필수에 정원이 세 명 이상 다섯 명 이하고, 1인당 참가비 1,500엔인데요."

"우리도 마침 세 명이잖아요."

"참가비는 보기 좋게 날아가는군요. ……하지만 확실히, 마음을 안정시키는 데에는 좋은 방법인지도 몰라요."

유키야 오빠는 닌자처럼 재빠르고 조용하게 준비를 마치고 나와 이토코 할머니를 가게 안쪽에 있는 약 2평 크기의 작은 별실로 안내했다.

유키야 오빠가 준비한 향도구香道具 앞에 어리둥절한 얼굴로 정좌한 이토코 할머니에게 나는 웃으며 말했다.

"향도香道에 대해서는 아세요?"

"대충이지만…… 작은 향로에 향목을 태워서 그 향기를 맡는 거라고 알고 있어요."

"맞아요. 이런 도구를 사용해요."

도구를 꺼내어 펼쳐 놓은 종이 깔개 위에 하나하나씩 늘어놓았다. 향반, 화구, 향로. 이토코 할머니도 마음이 동한 듯했다. 향도구는 크기는 작지만 하나같이 정교하고 섬세해서 완벽한 결정처럼 아름답다.

"이 향로로 향목과 연향練香을 태워요. 향은 '맡는다'고 하지 않고 '듣는다'고 하지요. 기분 전환 삼아 조금 해보지 않으시겠어요?"

"네? 아니에요. 괜찮아요. 안 그래도 폐를 끼치고 있는데 이런 것까지……."

"그러지 마시고요. 향십덕香+德이라고 해서, 향에는 몸과 마음이 맑아지고 감각이 날카로워지는 등 다양한 효능이 있다고 해요. 게다가 이 향의 열 가지 덕목을 전파한 사람은 잇큐一休. 무로마치 시대 후기의 선승으로 귀천상하의 구별 없이 포교했다. – 역자 주 스님이래요. 잇큐 스님이 하신 말씀이니 틀림없을 거예요. 향을 들으면 마음이 진정되고 상쾌해져요."

나는 제법 진지하게 설명했는데, 어딘가 재미있는 부분이라도 있었는지 이토코 할머니가 살짝 미소를 지었다. 웃어주자 나도 갑자기 의욕이 생겼다.

향을 듣는 데에 사용하는 문향로聞香爐는 큼직한 물잔이나 소바 그릇 같은 모양으로, 여성의 손바닥 안에 딱 알맞게 들어가는 정도의 크기다.

먼저 문향로에 넣은 재를 화저火箸로 부드럽게 풀고 충분히 가열한 숯을 재 속에 묻는다.

다음에는 향로를 조금씩 돌려가며 향로 중심을 향해 화저로 재를 끌어올린다.

그러면 재가 모래밭에 만든 산처럼 되는데, 회압灰押으로 부드럽게 모양을 만들고 마지막으로 화저로 산꼭대기에 구멍을 뚫는다. 이 작은 구멍을 화창火窓이라고 하는데, 이 화창을 통해 향목으로 열이 전해진다. 향도 사범인 할머니가 선보이는 일련의 과정은 예술적으로 아름답지만, 조금 흉내내본 게 전부인 나는 재를 흘리거나 해서 또다시 이토코 할머니의 웃음을 자아냈다. 부끄러웠다. 하지만 반응이 좋으니 아무렴 어떠랴.

화창에 은엽銀葉이라 부르는 얇은 운모편을 얹고 은엽 위, 화창의 한가운데에 해당하는 위치에 향목을 올린다. 이때 올리는 향목은 마이크로칩만큼 작다. 그리고 조금 기다리면 열을 머금은 향복에서 마치 옷을 벗듯이 향이 피어오른다.

"이쪽 향로는 '침향'이고, 이쪽은 '백단'이에요. 한번 손에 들고 들어보세요."

"나는 예법도 잘 모르는데……."

"너무 어려워하지 마시고 편안하게 해보세요. 이렇게 하시면 돼요."

유키야 오빠가 백단 향로를 왼손으로 들고 오른손으로는 향로 위를 덮듯이 감싸며 코 가까이 가져다대어 보았다. 얼마나 아름다운 그림인가. 이 모습을 촬영해서 동영상 사이트에 업로드하면 내일부터 카게츠 향방은 몰려든 손님들로 발 디딜 틈 없이 북적거리지 않을까.

이토코 할머니는 주뼛거리면서 침향을 태운 향로를 들고 유키야 오빠가 한 대로 따라해보았다. 그녀가 고요히 눈을 감자 괴로울 만큼 팽팽히 얼어붙어 있던 그녀의 향기가 포근하게 풀리는 것이 느껴졌다.

멀리서 울려 퍼지는 음색에 가만히 귀를 기울이듯이 속삭여 오는 섬세한 향기를 온몸을 기울여 느꼈다. 그렇게 집중하는 모습에서 향을 '듣는다'는 표현을 하게 되었다.

몰두해서 향을 들을 때 마음은 한없이 고요하고 맑아진다.

"향이 아주 좋네요……."

"이쪽도 들어보세요. 백단은 침목과 달리 생목인 상태에서도 향기가 나지만 열을 가하면 한층 더 풍부한 향이 피어오르거든요."

유키야 오빠가 권하자 이토코 할머니는 이어서 백단 향로를 들었다. 조금 서툴지만 아주 진중한 손놀림으로 향로를 코끝으로 가져갔다.

그때, 살짝 눈동자가 흔들렸다.

무언가를 확인하듯이 한 번 더 향로를 가까이 가져다댔다. 순간적으로 눈이 커졌다.

나는 이때 이토코 할머니의 향기가 달라지는 것을 느꼈다. 결코 어두운 변화는 아니었다. 작은 놀람과, 가슴이 두근두근하는 느낌—그렇다. 그 향기를 말로 표현한다면 이런 느낌이다.

'그리움.'

왜 그러세요? 하고 물어보려고 했을 때였다.

"다녀왔어."

미닫이문이 드르륵 열리며 커다란 목소리가 들렸다. "앗, 미하루 씨." 하고 유키야 오빠가 중얼거렸다. 큰일 났다, 하는 느낌으로.

"카노, 유키야, 좀 들어봐. 글쎄, 오늘 향석香席에 향수를 잔뜩 뿌리고 온 부인이 있지 뭐야. 대체 무슨 생각이었을까? 머리가 안 돌아가나? 모처럼 좋은 향을 다 망쳐버렸잖아. 그래서 화장실에 가서 향수 냄새를 지우고 오라고 했더니 도리어 벌컥 성을 내는 바람에 얼마나 무서웠는지 몰라. 그 뒤에 강제로 퇴실시켰지만. 아아, 오늘은 너무 피곤해…… . 어머?"

혼자서 쉴 새 없이 떠들어대면서 들어온 할머니는 별실에 있는 우리를 보고 눈이 동그래졌다. 들켰다. 향목을 무단으로 사용하는 현장을!

당황해서 어쩔 줄 모르는 내 쪽으로 할머니는 성큼성큼 걸어오더니 조리를 벗고 다다미방 안으로 들어와, 죄송해요! 하고 내가 잘못을 빌려는 것과 동시에 입을 열었다.

"이토코, 와줬구나!"

……응?

전통 무늬의 츠케사게기모노의 어깨와 소매, 깃에 독립된 무늬가 들어간 약식 예복. - 역자 주를 입은 할머니는 생글생글 웃으며 이토코 할머니의 손을 잡았다. 당혹스러워하던 이토코 할머니가 앗, 하고 놀라며 알아보았다.

"어머, 미하루? 이즈미가야츠 여학교 때 친했던 그 미하루 니?"

"얘도 참, 왜 그렇게 놀라니? 얼마 전에 이나무라가사키 역에 서 만났잖아. 그래서 와준 거 아니었어?"

눈을 반짝반짝 빛내는 할머니에게 은근슬쩍 티 나지 않게 유 키야 오빠가 귀엣말을 했다. "어머나……?" 하고 중얼거린 할머 니는 믿을 수 없다는 표정으로 이토코 할머니를 보았지만, 그래 봐야 불과 몇 초였고 이내 평소의 시원시원한 얼굴로 돌아왔다.

"우리도 완전히 할머니가 다 됐으니 그럴 수도 있지. 이토코, 우린 지난달에, 그러니까…… 거의 50년 만에 다시 만났어. 나 는 향석에서 돌아오는 길이었고, 이토코는 장보고 오는 길이었 거든. 그래서 다음에 천천히 만나서 이야기하자고 약속하고 서 로 연락처를 주고받았어."

"정말?"

놀라는 나에게 할머니는 생긋 웃으며 전통 일본식 가방에서 꺼낸 스마트폰을 화려한 손놀림으로 조작했다.

"기다려라, 이것이 보이지 않느냐!"

미토 코몬 나리의 인롱미토 코몬은 에도 시대를 배경으로 하는 일본의 텔레 비전 사극으로, 미토 번의 영주였던 미토 미츠쿠니가 수하와 함께 전국을 유랑하며 잘못을 바로잡는 이야기다. 활극이 펼쳐진 뒤 그치라는 명령에 수하가 "멈추어라! 이 가문이 보이 지 않느냐!"라고 외치며 도쿠가와 가문의 문장이 새겨진 인롱을 내보인다. ─ 역자 주처럼 할머니가 내민 스마트폰에는 0467이라는 시외 국번으로 시작되는 전화번호와 '이토코'라는 이름이 표시되어 있었다. 이토코 할머니는 "어머나!" 하고 깜짝 놀랐고, 나와 유키야 오빠도 입을 떡 벌린 채 말을 잇지 못했다.

이토코 할머니는 손자가 모시러 와서 무사히 집으로 돌아갔다.

"고등학교를 졸업한 뒤 이토코는 즈시 시로 시집을 갔는데 몇 년 전에 남편이 돌아가셔서 얼마 동안은 혼자 살았대. 하지만 작년 가을이라고 했으니까 한 반년 전에 아들이 같이 살자고 해서 카마쿠라 시로 돌아왔다더라."

할머니는 스키야키 냄비에서 고기를 집으며 이야기했다. 유키야 오빠는 아직 날달걀을 풀고 있었다. 흰자와 노른자가 완전히 섞이지 않으면 참을 수 없다고 했다. "카노, 실곤약만 먹으면 못써." 하고 주의를 받고 나는 황급히 고기와 두부와 파를 집었다.

"그건 그렇고, 고등학교 때 일은 기억하면서 지난번에 만난 일은 잊어버리다니, 신기하네."

"치매로 인한 기억장애는 단기 기억이 장기 기억으로 제대로 전환되지 않아서 일어난대요."

마침내 달걀이 풀린 정도가 만족스러운지 유키야 오빠가 손가락으로 안경테를 추켜올렸다.

"역시 유키야는 척척박사라니까."

"장기기억은 다시 말하면 옛날 기억으로, 뇌의 보관고에 단단히 저장되어 있기 때문에 선명하게 기억해낼 수 있어요. 고등학교 시절의 기억이 이에 해당하죠. 반면, 지난번에 미하루 씨와 재회한 기억은 단기 기억으로, 이것도 원래대로라면 뇌의 보관고에 들어갔어야 했지만 중간에 사라지고 말아요. 그래서 그런 일이 있었다는 사실 자체를 잊어버리는 거죠. 모든 기억이 다 그렇게 되는 건 아니지만."

유키야 오빠가 설명하자 할머니는 "그렇구나." 하고 고개를 끄덕이고 한숨을 내쉬었다.

"아무튼 이토코가 우리 가게에 와줘서 정말로 다행이야. 이토코랑은 학교 끝나고 돌아가는 길에 곧잘 같이 안미츠_{팥과 당밀을 이용하여 만든 일본의 전통 디저트. ─ 역자 주}를 먹으러 가곤 했거든. 만약 무슨 일이 있었으면 견딜 수 없었을 거야."

"남편의 불단에 피울 선향을 사러 왔다고 하셨어요."

"어쩌면 남편이 이끌어준 걸지도 몰라. ……그런데 이토코의 손자인 아사토 말이야, '카마쿠라 화이트 나이츠'의 요시츠넷치랑 닮은 게 좀 멋있지 않았니?"

"맞아요, 늠름한 소년이었어요. 전 화이트 나이츠에서는 요리토못치가 좋지만요."

카마쿠라 출신 5인조 소년 아이돌 그룹에 대한 이야기로 옮겨 간 할머니와 유키야 오빠의 목소리를 멍하니 들으며 나는 다른 생각에 빠져 있었다. 돌아가면서 정말로 고마웠다고 웃는 이토코 할머니의 상냥한 얼굴. 끝까지 내 가슴속에 계속 박혀 있는 이토코 할머니의 향기.

평소와 다름없이 행동했다고 생각했는데 유키야 오빠는 내 마음을 알아챈 듯했다.

"오노 씨의 일이 마음에 걸려요?"

내 옆에서 설거지를 끝낸 식기를 닦으며 유키야 오빠가 무심한 투로 물었다. 유키야 오빠는 요코하마의 대학교 근처에 방을 얻어 혼자 살고 있는데 아르바이트하는 날에는 언제나 우리와 같이 저녁을 먹고, 대신 이렇게 뒷정리를 도와준다. 내가 제대로 대답하지 못하자 조용히 다시 물었다.

"혹시 무언가 느꼈어요?"

유키야 오빠는 나의 특이한 체질을 알고 있다. 가족 외에 그것을 알고 있는 사람은 유키야 오빠뿐이다.

"……무척 슬퍼하고 계셨어요."

망설인 끝에 결국 털어놓았다. 유키야 오빠는 묵묵히 들어주었다.

"길을 잃어서가 아니라 가게에 들어오셨을 때부터 그랬어요. 손자분과 같이 돌아가실 때에도 역시 어쩐지 무척 슬퍼하셨어요. ─내가 괜시리 신경 쓰는 건 주제넘은 참견인 줄은 알지만."

"그렇지 않아요. 누군가의 슬픔을 알아채고 걱정하는 건 이상한 일도 나쁜 일도 아니니까요."

유키야 오빠는 내가 씻은 밥그릇을 받아들고 다른 손으로 내 머리를 토닥토닥 두드렸다. 식기를 찬장에 정리해 넣고 왼팔에 찬 손목시계를 보았다.

"슬슬 돌아갈게요. 내일 봐요."

예의 난감한 기능이 발동 중인 나는 조심해서 가요, 하고 고개를 숙이고 작게 대답했다.

2

얼마 전에 이런 뉴스를 보았다. 미국의 유명한 과학지에 사람이 맡을 수 있는 냄새는 1조 가지가 넘는다는 논문이 발표되었다는 기사였다.

1조 가지라니, 너무나 방대하고 터무니없는 숫자다. 잘 상상이 되지 않아 얼이 빠지면서도 나는 이런 생각을 했다. 그렇다면 내가 느끼는 냄새는 그 어마어마한 1조 가지보다도 훨씬 더 많은 걸까.

이 세상에는 흙, 물, 나무, 꽃, 벌레, 동물, 그리고 인간을 비롯한 다양한 존재가 오케스트라 악기처럼 저마다의 고유한 향기를 끊임없이 발산한다. 그 향기는 나에게는 너무나도 당연해서 그런 감각이 대다수의 사람들과 다르다는 점을 어느 정도 크기 전까지는 정말로 꿈에도 몰랐다.

나는 어릴 때부터 곧잘 부모님에게 혼이 났다. 자꾸 이상한 소리 하지 말라고, 거짓말하지 말라고.

슬퍼하는 사람에게서는 슬픈 향기가, 화가 난 사람에게서는 공격적인 향기가 난다. 사람은 변화하는 감정에 따라 끊임없이 향기를 뿜어낸다. 그러니 겉으로는 웃고 있어도 누군가를 미워하는 사람에게서는 탁한 향기가 나고, 거짓말을 하는 사람도 말과 표정과 향기가 서로 어우러지지 않기 때문에 가려낼 수 있다. 어릴 때의 나는 내가 느낀 대로 생각 없이 말했고, 그럴 때마다 부모님은 화를 냈다. 이상한 소리 하지 마라, 거짓말하지 마라, 사람에게서 냄새가 날 리 없다.

초등학교 2학년 때 나는 문제를 일으켰다.

반에서 몇 사람의 지갑이 사라진 사건이 발생했다. 나는 범인이 누군지 알고 있었다. 누가 훔쳐갔어? 하고 침통한 표정으로 동급생을 둘러보는 반장인 여자애에게서 두려움과 흥분이 뒤섞인 강렬한 냄새가 났기 때문이다.

좀 더 현명하게 행동했으면 좋았을 거라고 그때보다 조금 더 자란 지금은 생각한다. 하지만 그때는 나도 어려서 내 행동이 불러올 파장을 예상하지 못했다. 불의를 참을 수 없기도 했고, 솔직히 말하면 내가 거짓말쟁이가 아님을 부모님에게 증명해보이고 싶은 마음도 있었다. 그래서 나는 모두의 앞에서 그 여자애를 고발했다.

일이 그렇게까지 커질 줄은 몰랐다.

어린 아이들의 소동은 담임 선생님이 혼자서 수습하지 못할 만큼 커졌고, 나와 그 여자애는 각각 다른 곳으로 불려갔으며 부모님까지 호출되었다. 나는 생각지도 못한 사태에 놀라 하얗게 질렸고, 학교로 불려온 어머니의 얼굴도 마찬가지였다. 어머니는 또 내가 거짓말을 한다고 생각했던 것이다.

하지만 그것이 거짓말이 아니라는 사실은 생각지 못한 형태로 증명되었다. 우리가 다른 교실로 불려가 있는 동안 반 아이들이 여자애의 가방을 멋대로 뒤져 도둑맞은 지갑을 찾아낸 것이다.

반장인 여자애는 학교에 나오지 않게 되었고 이듬해에 다른 학교로 전학을 갔다.

나도 있을 곳을 잃고 말았다. 학교에서도, 집에서도. 아이러니하게도 부모님은 그 일을 계기로 내가 지금까지 했던 말이 전부 사실이었다고 믿게 되었고, 그리고 나를 기피하기 시작했다. 얼굴로는 웃으려고 했지만, 나를 볼 때마다 부모님의 향기는 딱딱하게 굳고 일그러졌다. 이해는 한다. 아무리 부모라도 누가 자기 속마음을 들여다보는 것이 달가울 리가 없다.

이듬해부터 나는 카마쿠라에 있는 할머니, 할아버지 댁에서 살게 되었다.

"카노가 냄새를 잘 맡는 건 날 닮아서 그럴 거야. 나도 후각이 상당히 날카롭거든."

향장인 할아버지는 나를 기꺼이 받아주었고, 할머니도 마찬가지였다. 부모님과 같이 사는 것보다 너글너글한 두 분과 같이 있는 쪽이 나도 마음이 놓였다. 마음 한쪽으로는 이렇게 돼서 다행이라고 생각했고, 다른 한쪽으로는 부모님에게 버림받았다고 생각했다.

남에게 돌이킬 수 없는 상처를 주고 다시는 되찾을 수 없는 것을 잃고 나서야 나는 배웠다.

나라는 존재는 이 세상에서는 변칙적인 존재다. 시험에서 커닝을 하는 것과 마찬가지니 이 체질로 무언가를 알아내더라도 그것을 활용해 무언가를 하는 것은 규정 위반이며, 나는 다른 사람들과 똑같이 행동해야 한다. 그러지 않으면 나는 틀림없이 또 누군가에게 상처를 주고 그 사람을 잃게 된다.

그러므로 그 사람의 깊은 슬픔에도 나는 개입해서는 안 된다.

그 사람은 내가 슬픔을 느낀 사실조차 모르고, 그것을 나에게 어떻게 좀 해달라고 바라지도 않기 때문이다.

"어제 우리 할머니한테 맡게 했던 향 있지? 그거 사러 왔어."

그는 가게의 미닫이문을 열고 들어오자마자 말했다. 향낭이 진열되어 있는 선반을 정리하고 있던 나는 순간 움찔했다가 아, 하고 깨달았다.

"이토코 할머니의 손자분······. 안녕하세요?"

"방금 내가 한 말 들었어?"

짧게 자른 머리를 삐죽삐죽 세워 매끈한 이마를 드러낸 오노 아사토는 나보다 두 살 어리다고 했다. 하지만 사람의 품격이라고 할까, 주눅 들지 않고 당당한 그가 나보다도 어떤 면에서 더 우위에 있어서 나는 위대한 장군의 위광에 짓눌린 소심한 악당처럼 당황했다.

"어, 어제의, 향, 이 아니라 향목······ 치, 침향이랑, 배, 백단."

"누나, 말도 잘 못하는데 괜찮아? 얼굴도 새빨갛잖아. 좀 진정해."

결국 손님에게 한마디 듣고 말았다. 이제 틀렸다. 태어나서 죄송해요, 하고 울상을 짓고 있는데 누가 어깨를 잡았다. 어느 틈에 뒤에는 유키야 오빠가 서 있었다. 오늘은 할머니가 골라준 짙은 녹색의 요네자와 명주로 된 앙상블 기모노를 입고 있었다.

"어서 오세요. 어제 오노 씨가 체험하신 건 침향과 백단이라는 두 종류의 향목이에요. 두 가지 다 구매하시겠어요?"

"두 종류? 그렇구나……. 그럼 그 두 가지 다 가져와봐, 아저씨."

아사토가 조금 무례한 말을 내뱉은 순간, 유키야 오빠의 눈썹이 꿈틀하며 올라가더니 이어서 입술이 불길한 초승달 모양으로 슥 휘었다. ―키시다 유키야, 화가 단단히 났다!

"잠시만 기다려주세요."

소름이 돋을 만큼 부드러운 목소리로 말하고 유키야 오빠는 가게 안쪽으로 들어가더니 이내 사진이 첨부된 목록을 가지고 돌아왔다.

"'육국오미六國五味'라고 하는데, 침향에는 다양한 종류가 있어요. 예를 들면, 이 '나국羅國'은 1그램에 15,000엔입니다."

"뭐?! 15,000엔이라고?!"

"그리고 이 '진나하眞那賀'는 1그램에 21,600엔이고요."

"잠깐만, 뭐라고?"

"그럼 어느 것으로 하시겠습니까? 참고로 대단히 죄송하지만 저희 가게에서는 현금 일시불로만 거래를 하고 있습니다. 자, 어서, 골라보세요."

"유키야 오빠, 이제 그만해요."

보다 못해 하오리기모노 위에 입는 짧은 상의 - 역자 주 소매를 잡아당기자 유키야 오빠는 불만스러운지 곁눈으로 나를 흘겨보았다.

불쌍하게도 아사토는 완전히 기가 죽어서 빨리 설명을 덧붙여 주어야 했다.

물론 우리 카게츠 향방에서는 방금 유키야 오빠가 소개한 것 같은 고가의 향목도 취급하지만 그것은 본격적으로 향도를 즐기는 손님들을 위한 것으로, 죄송하지만 문향 체험을 할 때에는 조금 더 저렴한 향목을 사용한다. 그러므로 어제 이토코 할머니가 들은 향목이라면 그 정도의 거금을 들이지 않아도 구입할 수 있다. 이렇게 이야기하자 아사토는 이를 갈며 유키야 오빠를 노려보았다.

"이 아저씨가 바가지 씌울 작정이었구나!"

"바가지? 설마요. 손님 같은 무례한 중학생이 그만한 금액을 지불할 수 있다고는 처음부터 생각도 안 했어요. 그저 반응을 즐겼을 뿐이지요."

"뭐야?! 그게 손님한테 할 태도야! 당신은 점원이잖아. 손님을 존중해야지!"

"공교롭게도 나는 존중 받아 마땅한 사람만 존중하기로 했거든요."

"이, 있잖아! 할머니가 들으신 향을 사고 싶다고 했는데, 그 이유가 뭐야?"

두 사람을 휴전시키기 위한 목적도 있지만 그 이유가 신경이 쓰이기도 했다. 내 쪽으로 고개를 돌린 아사토는 조금 침묵했다가 작게 대답했다.

"어제 집으로 가는 동안에도 그렇고 돌아간 뒤에도 이 가게에서 좋은 냄새가 나는 향을 맡았다며 할머니가 자꾸 얘기했거든. 그리고 어쩐지 어제는 평소보다 활기차고 잊었던 일들도 여러 가지 많이 기억해내서……."

그래서 할머니가 마음에 든다고 했던 향을 사주고 싶어서 일부러 우리 가게까지 온 것이다. 이토코 할머니의 이야기를 하는 아사토의 향기는 배려로 가득해 정말로 할머니를 소중히 아끼는 마음을 알 수 있었다.

"향이란 거에 원래 그런 효과가 있어? 머리가 좋아지는 것처럼 말이야."

"머리가 좋아지는 것과는 다르지만 몸과 마음에 좋은 영향을 미친다는 사실은 이미 확인되었죠."

아사토를 조금 다시 봤는지 유키야 오빠의 목소리도 어느 정도 부드러워졌다.

"향을 맡으면 체내의 스트레스 호르몬이 감소하거나 항산화력이 향상된다는 연구 결과도 있어요. 항산화력이란, 간단히 말하면 질병이나 노화를 막는 힘을 말해요."

"정말이야? 우리 할머니가 갑자기 상태가 좋아진 것도 향 때문에 젊어져서 그래?"

"다시 젊어진다고 하면 표현이 지나치지만, 좋은 향을 느낌으

로써 뇌를 자극하는 효과가 있는 것은 사실이에요. 요즘에는
치매 치료에 아로마 테라피가 도입되는 경우도 있는데, 상당한
비율로 증상이 개선되었죠. 게다가 후각은 기억이나 감정과 연
관이 깊어요. 냄새를 맡은 순간 무언가가 퍼뜩 떠오를 때가 있
잖아요? 냄새를 맡으면 그 정보는 후각 세포를 지나 뇌로 전해
져 기억을 관장하는 해마나 감정을 관장하는 편도체로도 이동
해요. 그래서 기분 변화가 일어나거나 그 냄새와 연관된 기억이
되살아나기도 하죠."

냄새와 기억. 나는 떠올렸다.

어제 이토코 할머니가 백단을 들었을 때, 나는 그녀의 신비로
운 마음의 동요―'그립다'는 마음을 느꼈다.

그리움이란 과거에 체험한 일이 예상치 못하게 재현되었을 때
느끼는 감각이다. 이토코 할머니는 그때 무언가, 백단의 향기와
관련이 있는 기억이나 감각을 떠올렸던 것일까.

"그러니까 다시 말하면……."

아사토의 목소리에 고개를 든 나는 그가 매우 진지한 표정을
짓고 있어서 깜짝 놀랐다.

"떠올리고 싶은 일이 있을 때 그것과 관련이 있는 냄새를 맡
으면 기억이 난다는 말이야?"

나와 유키야 오빠는 미간을 찡그렸다.

"기억을 떠올리기 위해 냄새를 맡는다고? 학생은 뭔가 떠올리

고 싶은 일이 있어요?"

"내가 아니라……."

머뭇거리는 그는 고민을 털어놓을 사람을 찾고 있었다. 그의
향기로 나는 그 사실을 알았다.

"네가 아니라 할머니?"

아사토는 조금 망설이다 이윽고 작게 끄덕였다.

편지를 찾고 싶다고 아사토는 말했다.

"할아버지가 돌아가시기 전에 할머니한테 남긴 거래. 할아버
지는 말수도 적고 잘 웃지도 않으셔서 그런 걸 남길 것 같은 분
이 아니었지만, 할머니는 그 편지를 정말로 소중히 여겼나봐."

그리고 아사토는 한숨을 내쉬었다.

"1월에, 할아버지의…… 3주기였나, 재가 있었는데 그날 한밤
중에 소리가 나서 할머니 방으로 가봤더니 책상 서랍이랑 옷장
을 모조리 열어놓고 뭔가를 찾으며, 편지가 없다고 울 것 같은
얼굴로 말하더라고. 할머니가 할아버지의 편지를 어디에 넣어
두었는지 까먹은 것 같아서 나도 같이 찾아봤지만 결국 나오지
않았고 할머니는 진짜 우울해했어. 그 뒤로도 아무렇지 않은 척
하지만 역시 기운이 없어서……."

아사토는 말을 정리하듯이 얼마 동안 턱을 당기고 있었다.

"우리 엄마랑 할머니는 성격이 잘 안 맞아서, 그래서 할아버

지가 돌아가신 뒤에도 할머니는 한동안 즈시 시에서 혼자 사셨어. 그런데 작년에 할머니네 집에 불이 났어. 그래서 카마쿠라로 와서 같이 살게 됐는데…….”

“그럼 화재가 났을 때 편지가 소실되었을 가능성도 있어요?”

유키야 오빠의 물음에 아사토는 작게 고개를 끄덕였다.

“하지만 불에 탄 거 아냐? 하고 말할 수는 없고, 어쩌면 다른 곳에 잘 있을지도 모르고. 그러니까 할머니가 편지를 어디에 넣어뒀는지만 떠올리면 좋겠다 싶었지.”

그래서 아사토는 냄새로 기억이 되살아난다는 이야기에 관심을 보인 것이다. 그렇다면 기억을 되살리기 위해 관련이 있는 냄새를 맡으면 되지 않을까 하고.

하지만…… 그런 일이 가능할까.

먼저, 관련된 냄새가 무엇일까. 그것을 재현할 방법이 있을까. 게다가 그 냄새를 맡았다고 해도 기억이 되살아난다는 보장은 없다. 아사토도 같은 생각을 했는지 깊은 한숨을 내쉬었다.

“……아니, 보통은 불가능하겠구나. 편지를 넣어뒀을 때의 냄새라니, 그런 게 어디 있겠어.”

“하지만 할 수 있는 건 다 해보는 게 어때?”

삐죽삐죽한 머리를 만지작거리는 아사토가 놀란 표정으로 나를 보았다. 유키야 오빠도 나를 돌아보는 바람에 조금 긴장했지만 나는 기합을 넣었다.

"일단 해보지 않으면 결과도 알 수 없잖아? 해보고 안 되면 또 다른 방법을 찾아보는 게 어떨까?"

"아니……, 그보다 누나도 같이 할 생각이야?"

의아한 표정으로 묻는 바람에 퍼뜩 정신이 들었다. 있는 대로 참견하고 있잖아!

"미안해. 주제넘은 참견을……!"

"아니, 그런 뜻이 아니라."

손을 젓고 아사토는 어쩐지 어리둥절한 얼굴로 유키야 오빠를 보았다. 눈빛으로 무언가를 물어오자 유키야 오빠는 딱 한마디만 했다.

"원래 이런 성격이에요."

이, 이런 성격이 어떤 성격인데?

"오늘은 가게를 봐야 해서 움직이지 못하지만 내일 오후 시간은 비어 있어요. 카노는요?"

"나도 괜찮아요."

아사토는 여전히 당황한 얼굴로 나와 유키야 오빠를 보더니 눈을 내리깔며 "……고마워."라고 작게 불쑥 내뱉었다.

"어제의 할머니 일도. 우리 엄마는 경찰이 끼어들면 질색을 하니까 당신들이 할머니를 보호하면서 연락해줘서 얼마나 다행이었는지 몰라. ……고마워."

그러고 나서 내일의 일정을 의논한 뒤 나와 유키야 오빠가 이

나무라가사키에 있는 아사토네 집으로 찾아가기로 했다.

"조심해서 가. 향은 도구가 필요하니까 내가 내일 가지고 갈게."

"응, 고마워. ……아, 그렇지, 혹시 LAND 해?"

아사토가 녹색 스마트폰을 꺼내서, 아, 하고 나도 오비^{기모노를}
입을 때 허리 부분에서 옷을 여미는 띠 - 역자 주에서 하늘색 스마트폰을 꺼
냈다. LAND는 전화나 채팅 형식의 메시지를 무료로 주고받을
수 있는 어플로, 일러스트 스티커나 커뮤니티 만들기 등 재미있
는 기능도 많고 편하기 때문에 내 주변 사람들도 거의 대부분
사용하고 있다. 확실히 내일을 위해서는 서로 연락을 할 수 있
도록 해두는 편이 나으므로 데이터 교환을 위해 스마트폰끼리
가까이 마주대려고 하자 옆에서 검은 스마트폰이 슥 끼어들며
나에게 전송될 예정이었던 아사토의 데이터를 가로챘다.

"뭐 하는 거야, 아저씨!"

"내일은 나도 동행하니까 연락 담당은 내가 해도 문제없잖아
요? 그대로 있어요. 지금 내 데이터를 보낼 테니까요."

"아저씨의 데이터 같은 건 필요 없어!"

셋이서 연락처를 교환하면 되지 않나요? 눈빛으로 묻는 내
물음을 무시하고 유키야 오빠는 "또 오세요." 하고 생긋 웃으며
아사토를 밖으로 쫓아냈다.

3

이튿날은 오후 두 시에 이나무라가사키 역에서 만나기로 했다.

나와 유키야 오빠는 점심을 먹고 카마쿠라 역에서 만나 에노시마 전철을 탔다.

전철에는 이름도 모르는 사람들이 잔뜩 타고 있었다. 잠깐 동안 같이 탔을 뿐, 전철을 내리면 다시는 만날 일도 없는 사람들. 그래도 그 사람들에게는 저마다의 인생이 있고, 무표정한 얼굴 뒤에 다양한 생각을 안고 있으며 그 생각이 향기가 되어 서로 뒤얽혀 감돌고 있었다. 한 번에 많은 사람의 냄새를 맡는 것은 여러 기계에서 흘러나오는 서로 다른 노래를 한꺼번에 듣는 것과 비슷해 나는 전철을 타면 점점 지치고 머리가 어질어질해진다.

"먹을래요?"

눈앞에 불쑥 나타난 사탕을 반사적으로 받아들자 옆에 앉아 있는 유키야 오빠도 포장지를 벗겨 사탕을 입에 넣었다. 나도 똑같이 하자 가장 좋아하는 사과 맛이 입 안에 퍼졌다. 그러고 보니 유키야 오빠는 내가 냄새에 지쳐 있으면 언제나 사탕이나 껌을 준다. 마음을 들여다보기라도 한 것 같은 절묘한 타이밍에. 그런 사탕이나 과자의 맛은 아주 강해서 주변의 향기를 그다지 느끼지 못하게 된다.

"잘 먹을게요."

"천만에요."

"……저기, 미안해요."

"뭐가요?"

"오늘은 쉬는 날인데 같이 나오게 해서요."

차창 밖으로 고료 신사의 토리이신사 입구에 세워져 있는 기둥과 가로대로 된 문으로, 일반적인 세계와 신성한 곳을 구분 짓는 경계이다. - 역자 주가 지나갔다. 편안하게 좌석에 기댄 유키야 오빠가 가운뎃손가락으로 안경테의 브리지를 올렸다.

"카노는 남의 일에는 참견하지 않겠다고 다짐하는 것치고는 여기저기 잘 끼어드니까요."

"네? ……그렇지는, 않아요."

"지난번에도 근처에 사시는 타나카 씨가 뭔가 고민이 있는 것 같다며 미하루 씨한테 가서 좀 보고 오라고 했고, 동급생 여자애가 병에 걸렸을지도 모른다고 생각하자 이상한 사람 취급 받을 것을 각오하고 본인에게 말하기도 했죠. 그 애는 결국 간염이었던가요? 그리고 책가방을 맨 음침한 초등학생을 도와준 일도 있었죠?"

사람의 냄새에서 무언가를 느꼈다고 해도 괜히 관여하지 말

제1화

고 아무것도 모르는 척 스쳐 지나가야 한다. 그것이 내가 몸소 체험하며 배운 점이고, 지금도 실천하고 있으며, ……물론 조금쯤은 어쩔 수 없이 개입한 적이 있을지도 모르지만 유키야 오빠의 말처럼 끼어든 정도는 아니다. 정말로 더는 그러지 않는다.

그렇게 이야기하자, "그래요?" 하고 유키야 오빠가 심술궂게 웃는 바람에 나도 발끈해서 사탕 포장지를 던졌다. 그것을 유키야 오빠는 휙 잡아채서 회수해버렸다.

"그리고 음침한 애는 아니었어요. 그냥 좀 말수가 적고 무표정한 아이였을 뿐이죠."

"그런 걸 세간에서는 음침하다고 표현하지 않나 싶지만. 그런데 카노, 내가 동행한다고 하지 않았으면 혹시 혼자서 그 중학생의 집에 갈 생각이었어요?"

"네? 그러게요, 그렇게 되네요."

"위기의식이 없어요."

"네?"

"위기관리 자세도 안 돼 있고. 그렇게 순순히 연락처를 가르쳐주려 하면 어떡해요? 카노는 후각은 그렇게 예민하면서 어떻게 그런 방면으로는 남들보다도 훨씬 둔한지 정말로 신기해요."

"네? 뭐라고요……?"

이러쿵저러쿵하는 사이에 이나무라가사키 역에 도착했다. 아직 약속 시간 10분 전이었지만 역사를 나서자 화려한 무늬의 후드점퍼를 입은 고슴도치 머리의 아사토가 서 있었다.

"기모노가 아니네……."

실망한 듯이 아사토가 말했다. 나는 하늘색 봄 코트에 원피스, 유키야 오빠는 체크무늬 면바지에 티셔츠, 니트 후드점퍼라는 지극히 평범한 옷을 입고 있었다.

"기모노 예뻤는데……."

"그건 우리 가게 한정의 볼거리이니 보고 싶으면 또 가게를 찾아주세요."

그리고 왔으면 물건을 사라고 말하는 듯한 유키야 오빠의 미소에 아사토는 으스스한 표정을 지었다가 눈살을 찡그렸다.

"그보다 아저씨……, 사실은 젊었어?"

"중학생 꼬맹이에 비하면 아저씨 맞아요. 이제 곧 대학교 2학년이니까."

"대학생이야? 아아, 그래서 한가하구나. 좋겠다, 대학생은. 마음대로 놀 수도 있고."

"아직 고등학교 입시도 겪어본 적 없는 새파란 놈이 입만 살아서는. 대학생에게는 대학생의 고충과 비애가 있는 법이에요."

"아저씨는 말투는 아저씨를 넘어 할아버지 수준이네. 와카도시요리에도 막부 시대 관직명으로, 속어로 애늙은이라는 뜻이 있다. – 역자 주야?"

"와카도시요리? 뭐야, 나와 에도 막부의 관직을 누가 더 많이 말할 수 있는지 겨뤄보자는 선전포고예요?"

"아니야. 그보다 무슨 소리를 하는 거야!"

두 사람이 사이좋고 즐겁게 이야기를 나누는 사이에 아사토의 집에 도착했다. 어디로 보나 오래된 민가 같은 우리 집과 달리 하얀 벽이 깔끔한 2층 주택이었다. 부모님은 일하러 가셨고 이토코 할머니가 현관에서 맞아주었다.

"어서 와요. 일부러 와줘서 고마워요."

그 부드러운 미소, 그리고 긴장된 향기.

나도 마찬가지로 긴장하며 "안녕하세요." 하고 인사했다.

쉬울 거라고 생각하지는 않았지만 그래도 나는 혹시나 하는 기대를 품고 있었다.

이토코 할머니가 카게츠 향방에서 백단을 들었을 때 강하게 풍겼던 '그리움'이라는 마음. 그것이 실마리가 되지 않을까 싶었다. 내 체질에 대해서는 언급하지 않고 아사토와 이토코 할머니에게 그렇게 설명하고 준비를 했다.

하지만 결과부터 말하면 시도는 잘 풀리지 않았다.

"……미안해요."

거실 소파에 앉은 이토코 할머니가 아주 괴로운 듯이 고개를 가로저었다.

우리가 둘러앉아 있는 낮은 테이블에는 카게츠 향방에서 가지고 온 향로에서 백단이 타고 있었다. 이번에는 숯을 묻은 재 위에 직접 향목을 놓고 데우는 '공훈空薰'이라는 방법을 택했다. 이렇게 하면 향이 방 전체에 넓게 퍼진다.

"사과하실 필요 없어요. 괜찮아요."

"미안해요. 이렇게나 애써줬는데……."

우리는 백단 향기 속에서 이토코 할머니의 남편 이야기를 들었다.

두 사람의 추억, 병에 걸린 뒤의 오랜 입원 생활, 그리고 편지. 기억할 수 있는 최대한의 이야기를 우리 셋이서 이따금 질문을 하거나 맞장구를 쳐가며 들었다. 그러면 백단 향기에 의한 자극과 맞물려 기억이 되살아나지 않을까 싶었기 때문이다.

"편지를 받은 건 기억해요. 어느 틈에 내 코트 호주머니에 들어 있었거든. 하지만…… 그걸 어떻게 했는지는 기억이 너무 흐릿해서……."

"댁에 화재가 났었다고 들었어요. 무서운 경험을 하면 충격으로 기억이 흐릿해지는 경우도 있어요. 그러니까 너무 심려치 마세요."

유키야 오빠의 위로에도 이토코 할머니의 침통한 표정은 풀어지지 않았다. 아사토마저 표정이 우울해졌다.

"할머니, 한 번 더 마음을 가라앉히고 다시 떠올려봐. 어디에 뒀는지는 몰라도 봉투는 어떻게 생겼는지, 무슨 색깔이었는지."

"……그것도 이제는 잘 모르겠구나."

계속 더 말하려는 아사토를 나는 고개를 살며시 가로저어 말렸다.

고개를 숙이고 있는 이토코 할머니의 향기. 괴롭고 미안해서 어쩔 줄을 모르는 그런 향기였다. 이 이상 자꾸 물어보면 이토코 할머니에게 상처만 주게 된다.

얼마나 괴로울까. 사랑한 사람에게서 받은 소중한 것을 잃어버리다니.

죽음을 앞둔 남편이 오랜 세월을 함께한 아내에게 남긴 편지. 그것은 분명 이토코 할머니에게는 남편의 유품, 혹은 그 이상의 의미를 가진 물건일 것이다.

그런 다른 무엇과도 바꿀 수 없는 소중한 물건을 잃어버리고 말았다. 얼마나 소중하게 아꼈는지는 기억하지만 그것을 어디에 두었는지는 떠올리지 못한다.

그런 자신을 직시할 때마다 이토코 할머니는 상처 입고, 자신을 책망하고, 그리고 비통한 심정으로 남편에게 미안하다고 용서를 빈다.

이토코 할머니에게서 풍겨 나오는 슬픔이 내 안으로도 스며들어오는 것 같아 가슴이 먹먹했다. 어떻게 하면 좋을지 고민하고 있는데, 골똘히 생각하던 아사토가 좋은 생각이 났다는 투로 말했다.

"편지를 넣어둔 장소가 생각나지 않으면 그보다 조금 뒤로 가서 편지를 받았을 때부터 떠올려보면 어때? 할아버지는 줄곧 입원해 있었으니까 편지도 병원에서 썼을 거 아냐? 그러면 병원 냄새를 맡아보면 되지 않을까?"

"병원 냄새……? 소독약 같은 거?"

"그리고 뭐랄까, 시트 냄새 같은 거."

"글쎄요. 오노 씨가 받은 편지는 어느 틈에 코트 호주머니에 들어 있었어요. 그렇다면 바깥어르신이 편지를 쓴 곳은 병원일지라도 오노 씨가 편지의 존재를 알아챈 것은 집으로 돌아오는 길이라든가 집 안, 병원 바깥일 가능성도 있죠. 병원 냄새를 맡는다고 해서 편지를 둔 곳을 바로 기억해내긴 힘들 거라고 생각해요."

담담한 유키야 오빠의 말투가 거슬렸는지 아사토가 "아저씨는 가만히 있어!" 하고 대들듯이 말했다. 하지만 유키야 오빠가 평소보다 더 담담하게 말하는 것은 머리가 핑핑 돌도록 뇌를 최대한 쓰며 고민하고 있기 때문이다. 어떻게 해서든 편지를 찾아낼 방법을 궁리하고 있기 때문이다.

"하지만 그게 좋을지도 모르겠어요."

우리는 놀라서 이토코 할머니를 보았다.

"병원에는 오랫동안 매일 드나들었으니까 아사토 말대로 병원 냄새를 맡아보면, 어쩌면 그이의 편지를 발견했을 때의 일이나 편지를 넣어둔 곳을 떠올릴 수 있을지도 몰라요."

이토코 할머니는 부탁해도 되겠느냐며 조용한 목소리로 우리에게 말했다.

　"병원의 소독약 냄새는 과산화수소수 같은 걸까요?"
　"병원에서 주로 사용하는 소독약은 차아염소산나트륨이에요. 주방용 표백제 등에도 사용될 거예요."
　"아저씨는 어째서 그런 이상한 것까지 알아? 대학교에서 그런 거 배워?"
　"나는 경제학부 국제경제학과에 다니고 있어요."
　"전혀 상관없잖아!"
　주방에서 아웅다웅하는 우리를 소파에 앉아 있는 이토코 할머니는 이따금 쿡쿡 웃으며 보고 있었다.
　그런 그녀의 향기는 매우 맑고 잔잔했다. 나는 그 향기가 나타내는 감정의 이름을 안다. 하지만 아직 그때는 왜 그녀가 그런 감정을 느끼는지 이해하지 못했다.
　"할머니, 이 정도면 될까?"
　최종적으로 우리가 이토코 할머니에게 가져간 것은 묽게 희석한 주방용 표백제를 거즈에 묻힌 것이었다. 원액은 냄새가 너무 강해서 '병원 냄새'와 비슷해질 때까지 표백제를 희석했다.
　이토코 할머니는 접시에 올린 거즈에 코를 가까이 댔다가 눈을 감고 소파에 등을 기대더니 가만히 턱을 당겼다.

긴 시간이 흘렀다. 침묵을 견디지 못하고 아사토가 물었다.

"어때?"

이토코 할머니는 천천히 눈을 떴다.

"기억났어."

그녀는 아련한 눈빛으로 나직하게 말했다.

"나는 사람들에게서 받은 편지는 하나도 버리지 않고 모아서 예쁜 상자에 넣어뒀거든. 그이한테 받은 편지도 거기에 뒀고. 하지만…… 불이 났을 때 미처 가지고 나오지 못하는 바람에 다 타버리고 말았어."

내 옆에서 아사토가 숨을 죽였다. 이토코 할머니는 아사토에게 가냘프게 미소 지었다.

"미안하구나, 아사토. 열심히 같이 찾아줬는데. 그 편지는 이미 이 세상에 없었어. 하지만 그이가 나한테 편지를 써준 건 기억하고 있어. 그러니까 괜찮아. 그것만으로도 만족해. 고마워."

아사토의 얼굴이 울상으로 왈칵 일그러지자 이토코 할머니가 부드럽게 그의 손등을 토닥여주었다. 나는 가만히 있으려고 했지만 목구멍 안쪽에서 무언가가 솟구쳐 오르는 것 같아서 견딜 수 없었다.

"할머니—."

내가 부르자 이토코 할머니는 천천히 나를 보았다.

그리고 한없이 투명한 미소를 지었다. 부탁해요, 하고 말하듯이.

그녀는 거짓말을 했다.

이토코 할머니는 떠올리지 못했다. 정말로 병원 냄새를 맡고 편지를 둔 곳을 기억해냈다면 그 마음의 움직임과 함께 그녀의 향기에도 변화가 일어났을 거다. 하지만 그녀의 향기는 잠잠한 상태로 전혀 흔들리지 않았다. 나는 그 고요한 향기의 이름을 알고 있다.

바로 '포기'다.

그녀는 백단을 써보고도 기억을 되살리지 못한 시점에서 편지를 찾는 일을 포기했다.

그럼에도 병원 냄새를 재현해달라고 우리에게 부탁한 것은 거짓말을 하기 위해서였다. 편지는 화재로 타버렸다고 기억해낸 척을 해서 아사토에게 이제 그만 되었다고 말하기 위해. 더는 착한 손자가 마음 아파하지 않도록.

"카게츠 향방의 두 사람한테도 미안해요. 정말로 고마웠어요."

그 말과 함께 편지를 찾는 일은 끝났다.

4

나는 결국 부질없는 짓을 하고 말았다.

다른 사람에게서 나는 향기를 맡고 무언가를 느꼈다고 해도 섣불리 관여하지 말고 아무것도 모르는 척하며 지나쳐야 한다. 그것을 나는 경험을 통해 직접 배웠을 텐데도 또다시 끼어든 결과, 아사토에게는 기대만 심어줬다가 배반하고 말았고 이토코 할머니에게도 거짓말을 하게 만들었다.

"하다못해 차라도 마시고 가요. 일부러 여기까지 와줬는데 정말로 미안해요."

이토코 할머니가 부엌에서 아사토와 함께 차를 준비해주었다. 아사토는 말수가 줄었다. 나와 유키야 오빠는 거실 소파에서 기다렸다.

"편지가 불에 탔다는 이야기는 거짓말인가요?"

옆에 앉은 유키야 오빠의 목소리는 아주 나직했다. 나에게만 들릴 정도였다.

아무 말도 못하고 내가 고개만 끄덕이자, "그렇군요." 하고 중얼거리고 유키야 오빠도 입을 다물었다.

두 사람이 홍차와 케이크를 내왔다. 아사토는 억지로 쾌활하게 떠들어댔다. 아사토가 다음 달부터 중학교 3학년이라 입시 공부를 해야 돼서 우울하다고 이야기했을 때, 유키야 오빠가 "아아." 하고 무언가 생각난 듯이 이토코 할머니를 보았다.

"그래서 '에가라텐 신사'에 부적을 사러 가셨던 거군요?"

아사토가 눈살을 찡그렸다.

"부적이라니, 무슨 소리야?"

"아이고!"

이토코 할머니가 황급히 일어나 거실에서 나갔다. 그리고 조금 뒤에 그 조그만 핸드백을 가지고 돌아왔다.

"정말로 어쩌면 좋아. 자꾸 깜빡깜빡하니 원……."

무릎 위에 올려놓은 핸드백을 뒤적거렸지만 찾는 물건이 잘 보이지 않는지 이토코 할머니는 가방 안에 든 내용물을 테이블 위에 하나씩 꺼냈다. 동전지갑, 손수건, 티슈, 그리고……,

"자. 수험 공부 열심히 하렴."

아사토에게 건넨 얇은 종이봉투에는 매화 문양과 '에가라텐 신사'라는 글자가 적혀 있었다. 그러고 보니 이토코 할머니가 카게츠 향방을 찾아왔을 때 우리는 그녀의 핸드백 내용물을 살펴보았고, 그때 이 작은 종이봉투도 발견했다. 스가와라노 미치자네 학문의 신 – 역자 주를 모시는 에가라텐 신사는 학업 성취로 유명하다.

"뭐야, 그래서 그저께 할머니 혼자 외출했던 거야? 이런 거 안 줘도 되는데."

"쑥스러워하지 말고 감사히 받아요."

"쑥스러운 거 아니야! 아저씨 진짜 짜증나!"

홍차를 마시는 모두의 분위기는 부드러웠다. 하지만 나는 다른 것에 정신이 쏠려 있었다.

"이 향낭은……."

테이블에 놓여 있는 손바닥만 한 크기의 향낭.

그렇다. 이 향낭도 나는 전에 본 적이 있었다. 복잡한 문양을 짜 넣은 주머니의 금란金襴. 금실을 씨실로 하여 무늬를 넣은 화려한 비단의 일 종. — 역자 주과 촘촘하게 엮은 아름다운 끈으로 보아 매우 공들여 만든 작품임을 알 수 있었다.

그리고 아주 흐릿하게 어려 있는 백단 향기.

"아아, 그건 남편이 사준 거예요. 아주 오래 전, 결혼한 지 얼마 안 됐을 때."

향낭은 정황과 용뇌, 그리고 백단 같은 향료를 잘게 썰어 넣어 만든다. 특히 백단은 생목 상태로도 달콤한 향기가 나므로 향낭 향료의 베이스로 널리 쓰인다.

이토코 할머니가 백단을 들었을 때 '그립다'고 느낀 것은 틀림없이 남편에게 받은 이 향낭의 향기와 똑같았기 때문이다.

하지만 나는 위화감을 지우지 못하고, "좀 볼게요." 하고 향낭을 집어 들었다. 역시나 생각한 대로였다.

"이 향낭에는…… 향료가 빠져 있네요."

그저께는 알아채지 못했지만 주머니가 납작했다. 게다가 정작 나야 할 향기가 너무나 흐릿했다. 아니, 나 이외에 다른 사람들은 애당초 향기를 느끼지도 못할 것이다.

탁, 하고 소리가 났다.

홍차 잔을 잔 받침에 내려놓은 유키야 오빠가 안경 너머로 검은 눈동자를 동그랗게 뜨고 있었다.

"카노."

유키야 오빠가 내민 손에 놀라며 향낭을 건네주었다. 유키야 오빠는 하얀 손가락으로 신중하게 끈을 풀어 향낭의 입구를 열었다.

그리고 안에서 하얀 종잇조각을 꺼냈다.

작게 접혀 있는 그것을 펼친 유키야 오빠는 맞은편 소파에 앉아 있는 이토코 할머니에게 종잇조각을 내밀었다.

"확인해주세요."

이토코 할머니는 어리둥절한 표정으로 작은 종이를 받아들었고, 그것을 펼치자마자 입술을 바르르 떨었다.

깜빡이는 것도 잊은 그녀의 눈에서 갑자기 눈물이 쏟아지더니, 이토코 할머니는 종잇조각을 가슴에 꼭 끌어안듯이 몸을 숙였다.

"어……, 뭐야? 어떻게 된 거야?"

무슨 일이 어떻게 돌아가는지 영문을 모르겠다는 표정으로 아사토가 중얼거렸다. 나도 똑같은 기분이었다.

"이게 바깥어르신께 받은 편지예요."

소리를 낮춰 우는 이토코 할머니의 손을 바라보며 유키야 오빠는 나직이 말했다.

"하지만 편지는 화재 때 불에 탔다고 했잖아?"

"그건 사실은 거짓말이에요."

"거짓말이라고?! 잠깐만, 할머니……!"

"화내지는 말아요. 학생을 더는 고생시키고 싶지 않아서 그런 거니까. 게다가 학생도 조금은 생각해봤으면 좋았을 텐데. 학생은 좋아하는 사람에게서 받은 편지를 다른 사람들에게서 받은 편지와 같이 보관하나요? 아닐걸요. 책상 가장 위의 잠글 수 있는 서랍에, 여러 가지 장치까지 해서 숨겨놓을 거예요."

"뭐야?! 그, 그런 적 없어!"

"우리는 '편지'라는 말에 현혹되어 있었던 거예요. 카노, 편지라는 말을 듣고 어떤 이미지를 떠올렸어요?"

마음을 가라앉히기 위해 홍차를 마시고 있던 내가 갑작스러운 물음에 깜짝 놀라 콜록거리자 유키야 오빠가 등을 토닥토닥 두드려주었다.

"미, 미안해요……. 어떤 편지냐면, 평범하게 편지지랑 봉투로 된……."

"나도 그렇게 생각했어요. 아사토도 마찬가지일 거고요. 하지만 봉투에 편지지를 넣은 것은 '편지'의 좁은 뜻에 지나지 않아요. 누군가에게 전하고 싶은 내용을 적은 문서 자체를 우리는

'편지'라고 하죠."

우리는 다 같이 이토코 할머니가 양손으로 고이 감싸고 있는 종이를 보았다. 그것은 자세히 보니 약봉지였다. 깨끗하고 하얀 종이에 남색 잉크로 즈시의 병원 이름이 인쇄되어 있었다. 봉투 뒤쪽의 새하얀 부분에 볼펜으로 갈겨쓴 글자가 보였다.

그제야 짚이는 데가 있었다.

아사토는 말했었다. 돌아가신 할아버지는 과묵하고 잘 웃지 않는 분이라 편지 같은 것을 쓰는 이미지는 아니었다고. 그런 사람이라면 갈 때가 되었음을 직감하고 아내에게 무언가를 전하려고 할 때에도 유난스러운 편지지나 봉투는 선택하려고 하지 않았을지도 모른다.

그리고 이토코 할머니도 얘기했었다. '편지'는 코트 호주머니에 자기도 모르는 사이에 들어 있었다고. 봉투는 얇아도 폭이 있어서 호주머니에 넣으려면 접거나 해야 해서 모르기가 쉽지 않다. 하지만 '편지'는 작게 접은 종잇조각이었다. 그러니 틀림없이 알아채지 못하게 호주머니에 쏙 넣을 수 있었을 것이다.

"오노 씨는 '편지'를 발견하자 보호해줄 봉투도 없어서 찢어지기 쉬운 이 문서를 보호하고 보존할 방법을 궁리하셨겠죠."

"그래서 향낭에서 향료를 꺼내고 편지를 넣어두기로 하신 거군요."

향낭을 고른 까닭은 틀림없이 남편에게 받은 소중한 추억이

깃든 물건이니까.

이토코 할머니가 백단을 들고 그리움을 느낀 것은 어쩌면 추억의 향낭 냄새라는 이유 외에, 향낭에 넣어둔 편지의 존재를 연상하느라 그랬던 것인지도 모른다. 기억은 사라진 것이 아니라 출구를 제대로 찾지 못했을 뿐, 이토코 할머니 안에 남아 있었는지도 모른다.

"……그러니까 다시 말하면……."

입을 연 아사토는 테이블에 팔꿈치를 괴고 이마를 짚고 있었다.

"할머니는 할아버지한테 받은 편지를 향낭에 넣어서 계속 가지고 다녔던 거야?"

"……어떻게 보면 그렇다고 할 수도 있겠네요."

이토코 할머니를 배려해서인지 유키야 오빠는 아주 조심스럽게 긍정했다. 천천히 몸을 일으킨 아사토는 남은 홍차를 단숨에 들이켜고 컵을 내려놓으며 한숨을 있는 대로 푹 내쉬었다.

"할머니, 진짜 건망증이 너무 심해!"

나는 물론이고 유키야 오빠까지 "그건 좀 아니지!" 하고 아연실색할 문제성 발언이었지만 이토코 할머니는 눈물을 닦으며 오호호 하고 귀엽게 웃었다.

"정말이지 정신을 어디에 두고 다니나 몰라."

그러고 나서 특별히 보여주겠다며 이토코 씨는 남편에게서 받은 편지를 보여주었다. 그것은 아주 짧고 심플한 편지였지만 나는 정말로 근사하다고 생각했다.

「당신이랑 같이 살아서 좋았어.」

✳

그렇게 오래 있었다고는 생각하지 못했는데 이토코 할머니와 아사토에게 인사를 하고 밖으로 나왔을 무렵에는 이미 오후 다섯 시가 지나 있었다.

이나무라가사키 역까지 가는 길을 유키야 오빠와 걸었다. 아사토가 "역까지 바래다줄게." 하고 말했지만, "됐어요." 하고 유키야 오빠가 생글생글 웃으며 거절했다.

보도 바로 건너에는 해안선이 펼쳐져 있었고, 저녁 햇살에 물든 바다는 꿈결처럼 아름다웠다. 저 멀리 에노시마, 그리고 후지산의 그림자도 보였다. 해안에는 카메라를 든 사람들과 아이를 데리고 나온 부모, 다정하게 기대어 걷는 연인들이 그림자 그림처럼 서 있었다.

"편지, 찾아서 다행이에요."

바다와 석양이 너무나도 아름다워 나도 모르게 걸음이 느려졌다. 옆에서 걷는 유키야 오빠의 발걸음도 평소보다 여유로웠다.

"유키야 오빠가 알아채지 못했더라면 그대로 돌아올 뻔했어요."

"그건 카노가 향낭의 내용물이 없는 걸 알아챘기 때문이에요. 나는 솔직히 향낭에는 신경도 쓰지 않았거든요."

어린아이의 웃음소리가 들리자 유키야 오빠가 해안 쪽으로 고개를 돌렸다. 홍수와 같은 빛 속에서 유키야 오빠의 머리카락이 바람에 나부꼈다.

"궁금한 게 있는데, 이토코 할머니가 편지는 타버렸다고 했을 때 어떻게 거짓말인 줄 알았어요?"

유키야 오빠의 입꼬리가 살짝 올라갔다.

"카노의 풀 죽은 얼굴을 보면 금방 알 수 있죠."

"네?"

"그리고 이게 다 자기가 괜히 나대는 바람에 그렇게 됐다든가 하는 쓸데없는 생각에 빠져 있었죠?"

초능력자인가?! 하고 부르르 떤 순간, "초능력이 아니에요." 하고 말하는 바람에 정말로 당황하고 말았다. 그 모습을 장난스러운 미소를 지으며 쳐다보던 유키야 오빠가 조용히 말을 이었다.

"카노는 언제나 자기 잘못이라고 생각하는군요."

또다시 웃음소리가 들렸다. 파도와 장난치는 어린 여자아이에게 젊은 엄마와 아빠가 애정이 담뿍 담긴 목소리로 말하고 있다. 무심코 눈길을 피하며 나는 바닥을 보았다.

"……그야 나는 언제나 남의 마음속을 엿보고 있는 셈이나 마찬가지잖아요."

나는 향기를 통해 그 사람의 내면을 훔쳐보고 있다. 그 사람의 허락도 없이.

하지만 누구나 자기 마음을 남이 들여다보는 것은 원하지 않는다. 나 역시 그런 일은 당하고 싶지 않다. 나의 능력은 비열하다. 그래서 부모님도 나를 싫어하게 되었다.

"하지만 그런 카노의 도움이 있었기 때문에 오노 씨는 계속 찾아 헤매던 편지를 발견할 수 있었잖아요?"

안경 너머의 아름다운 눈이 나를 보았다.

"카노가 자신이 가진 능력 때문에 힘들어하는 건 알아요. 그로 인해 남에게 상처를 준 적도 틀림없이 있었을 거예요. 하지만 카노는 이렇게 누군가에게 힘이 되어줄 수도 있잖아요? …… 적어도 책가방을 맨 그 음침한 초등학생은 카노에게 도움을 받았어요."

목구멍 안쪽이 뜨거워지고 가슴이 먹먹해지더니 결국 눈물이 맺혔다.

사실은 계속 누군가에게 이런 말을 듣고 싶었는지도 모른다. 다른 사람에게 상처를 입히고 부모님에게도 사랑받지 못하는 이상한 체질을 가진 이런 나라도 누군가를 위해 뭔가를 할 수 있다고. 나는 여기 있어도 괜찮다고.

"저쪽으로 길을 건너요."

횡단보도를 건너는 유키야 오빠의 등을 바라보며 떠올렸다. 카마쿠라에서 할머니 할아버지와 같이 살기 시작한, 아홉 살이 되던 해. 지금처럼 꽃향기 가득한 봄이었다.

친구가 없었던 나는 그날 저녁 카게츠 향방 앞에서 길고양이와 놀고 있었다. 그때 그 앞으로 검은 책가방을 맨 피부가 희고 삐삐 마른 남자아이가 지나갔다.

바닥만 쳐다보고 가던 남자아이가 나를 알아채고 걸음을 멈추었을 때, 그의 향기를 느낀 나는 가슴이 저미며 무심코 물어보았다.

"왜 그렇게 슬퍼해?"

남자아이는 눈을 동그랗게 뜨고 얼어붙었다. 그러더니 갑자기 푹 꺾이듯이 쭈그리고 앉아 울음을 터뜨렸다. 나는 너무 놀라고 당황해서 어쩔 줄을 모르다가 결국 같이 울고 말았다.

얼마 뒤, "어머나!", "왜 그러니?" 하고 놀라 달려 나온 할머니 할아버지가 우리의 울음을 그치게 하려고 과자를 주거나 향을 만드는 것을 보여주기도 했다.

그 뒤로 그 남자아이는 주뼛거리면서도 계속 카게츠 향방을 찾아오게 되었다. 할머니와 할아버지는 그 아이를 친손자처럼 환영해주었고, 나는 그 아이와 노는 것이 무척 좋았다. 머지않아 그 아이는 스탠딩 칼라 교복을 입게 되었고, 안경을 쓰기 시작했고, 친구처럼 편하게 이름을 부르는 것이 어색할 만큼 어른스러워져서 나는 언젠가부터 유키야 오빠라고 부르게 되었다.

"미하루 씨한테 드릴 선물이라도 사서 돌아갈까요?"

"아, 그러고 보니 와라비모치고사리녹말을 반죽해서 만든 떡. – 역자 주가 먹고 싶다고 하셨어요."

그때 울음을 터뜨린 이유를 물어본 적은 없다.

유키야 오빠는 자기 이야기를 거의 하지 않는다. 가족 이야기는 전혀 하지 않고, 대학교 이야기는 이따금 한다. 라면을 좋아하고 멍게를 못 먹고, 콘택트렌즈로 바꿀까 하고 수시로 이야기하는 것치고는 줄곧 안경만 쓰고, 나나 할머니와 있을 때는 언제나 다정하고 온화하지만 이따금 먼 곳을 응시하는 아련한 눈에서 어딘지 서글픈 고독의 냄새가 난다.

내가 나이기 때문에 누군가의 힘이 되어줄 수 있을까.

예를 들면, 다른 사람에게 기대지 않는 이 사람이 누군가의 손을 필요로 할 때 나는 그 손이 되어줄 수 있을까.

할머니에게서 LAND 메시지가 도착한 것은 이나무라가사키역 앞의 철도 건널목을 건넜을 때였다.

[할머니는 지금부터 일찌감치 가게를 닫고 이토코랑 같이 저녁을 먹기로 했어(요시츠넷치랑 닮은 아사토도 같이). 그러니까

카노도 어디 가서 저녁 먹고 들어오렴. 힘내!]

힘내서 저녁을 먹으라고……? 곧이어 유키야 오빠의 바지 호주머니에서도 LAND 알림음이 울렸다.

"미하루 씨에게서 메시지가 왔네……. 갑자기 외출하게 됐으니까 카노와 같이 저녁을 먹고 오라고 하네요."

스마트폰을 만지느라 유키야 오빠는 못 봤으리라고 생각하지만, 나는 할머니의 농간을 이해한 순간 또다시 얼굴의 그 난감한 기능이 발동했다. 이 할머니가 정말……!

"카노, 먹고 싶은 거 있어요? ……왜 고개를 숙이고 있어요?"

"아, 아뇨, 아, 아무것도 아니에요."

펄쩍 뛰며 두 손을 휘젓는데 등 뒤의 건널목에서 경보음이 울리며 선로를 달려오는 전철 소리가 가까워졌다. 의외로 울퉁불퉁한 손이 내 손목을 붙잡았다.

"일단 타요."

손을 잡혀 이끄는 대로 달리기 시작했을 때 가벼운 향기를 느꼈다. 꽃향기와 비슷한 달콤하고 근사한 향기. 기쁠 때나 즐거울 때 마음에서 풍기는 향기. 난가? 아니면 유키야 오빠?

누구의 향기인지는 알 수 없었다. 어느 쪽이든 상관없다. 슬그머니 풀어진 입매를 억누를 수 없는 나는 유키야 오빠와 같이 플랫폼을 향해 달렸다.

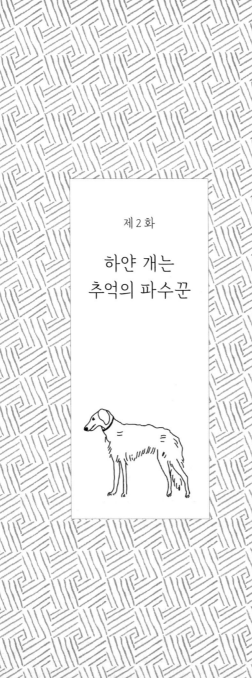

제 2 화

하얀 개는
추억의 파수꾼

1

"있잖아, 카노. 할머니가 부탁할 게 좀 있는데 들어줄래?"

할머니가 양손을 모으고 고개를 갸웃하며 애교스러운 목소리로 이야기를 꺼낸 것은 핫플레이트를 가운데에 놓고 둘러 앉아 오코노미야키 파티를 시작한 지 얼마 안 되었을 때였다.

반죽과 양배추가 쉭쉭 소리를 내며 익어가는 도중이라면 내가 거절하지 않고 들어줄 것이라고 생각했나보다. 실제로도 나는 오코노미야키가 익어가는 모습을 지켜보느라 정신이 팔려 "응......, 뭔데?" 하고 대답했을 때에도 건성으로 듣고 있었다.

"그게 말이야, 이야기가 좀 뒤죽박죽인데, 두 달 정도 전에 긴의 친구였던 분이 돌아가셨거든."

긴은 향장이었던 나의 할아버지 사쿠라 긴지를 말한다. 할머니와 할아버지는 언제나 서로를 '긴'과 '하루'라고 불렀다. 싸울 때도 "시끄러워, 긴 바보!", "뭐라고? 하루 멍청이!" 하는 식이었다.

"쿠라나미 케이타로 씨라고, 카마쿠라 곳곳에 대대로 상점을 몇 군데나 경영했던 부잣집 할아버지인데."

"쿠라나미 케이타로 씨라면 카마쿠라 시의회와 상공회 회장을 역임하신 명사시잖아요? 하세에 있는 커다란 저택을 지난번에 대불 보러 갔을 때 본 적이 있어요."

척척박사 유키야 오빠가 끼어들었다. 하지만 나는 아까부터 유키야 오빠가 핫플레이트 위에서 만들고 있는 작은 오코노미야키(집게손가락과 엄지손가락으로 동그라미를 만든 정도의 크기) 일곱 개가 신경이 쓰여서 견딜 수가 없었다. 유키야 오빠는 그 작은 오코노미야키 하나에는 새우, 다른 하나에는 가느다란 치즈, 또 다른 하나에는 얇게 썬 소시지 등 젓가락을 핀셋처럼 움직이며 일곱 색깔 재료를 하나씩 올렸다. 참고로, 오코노미야키 일곱 개의 모양과 크기는 무서울 만큼 균일했다. 지나치게 독창적이었다. 하지만 일곱 개나 동시에 구우면 먹기 힘들지 않을까.

"그러니까 카노, 나 대신 쿠라나미 씨 댁에 다녀오지 않을래?"

"응, 알았어⋯⋯⋯, 뭐라고?"

무지개 오코노미야키에 시선을 빼앗겼던 나는 내 오코노미야키를 뒤집었을 때 제정신으로 돌아왔다. 카노? 대신? 다녀오지 않을래?

"가다니, 어딜?"

"얘도 참, 방금 말했잖아. 하세에 있는 쿠라나미 씨 댁 말이야."

"내가? 왜?"

"어머, 어머, 거기부터? 거기부터 다시 얘기해야 돼? 카노, 내 말은 전혀 안 들었던 거야?"

"미, 미안해……."

"생전에 긴지 씨와 친하게 지내시던 쿠라나미 케이타로 씨라는 분이 두 달 전에 돌아가셨어요. 그런데 쿠라나미 씨가 당신이 소유하고 계시던 향목을 미하루 씨에게 물려주겠다는 유언을 남기셨대요."

유키야 오빠의 목소리는 첼로 같은 중저음이라 귓속으로 부드럽게 파고든다. "그렇구나……." 하고 고개를 끄덕이고 나는 밥상 대각선 맞은편에 앉아 있는 할머니를 보았다.

"그런데 그분은 왜 할머니한테 향목을 남겨주셨어?"

"원래는 긴한테 남겨주고 싶었을 거야. 생전에 케이타로 씨가 그랬거든. '향목은 가치를 아는 사람이 가지고 있지 않으면 평범한 나무 조각일 뿐이야. 내가 죽으면 수집한 향목은 긴지한테 줄게.' 하고. 하지만 긴이 먼저 저세상으로 가버렸으니 대신 나한테 주는 거겠지. 하지만 할머니하고도 친했어. 케이타로 씨가 주최하는 향석에서 곧잘 향원香元. 향석을 주최. 진행하는 사람 – 저자 주을 해달라고 부탁받기도 했고."

"그렇구나……. 그럼, 향목은 어느 정돈데?"

"듣고 놀라지 마시라, 보고 웃지 마시라, 무려 그 다테 마사무네(일본 센고쿠 시대 다테 가문의 당주로서 센다이번의 시조. – 역자 주)가 수집했다는 다테 가문 비장의 향목!"

"진짜?!"

"……라며 센다이의 유서 있는 가문에서 대대로 전해져 내려오던 것을 케이타로 씨가 돈을 주고 사온 거랑 다른 여러 가지야. 아무튼 향목 수집에 열을 올리던 사람이라 그런 식으로 어딘가에서 향목을 구해 와서는 곧잘 긴한테 감정을 받곤 했어. 나한테 남겨준 건 다 해서 평가액이 4백만 엔 정도인 모양이야."

향을 제조하는 것 외에도 향 전반에 전문적인 지식을 가지고 있었던 할아버지는 향목 감정 의뢰도 종종 받았다. 향도가(香道家) 출신인 할머니도 의뢰 받은 향목을 친정에 중개하여 감정과 부명(付銘. 향목의 분류와 품질을 밝혀내어 이름을 붙이는 것 – 저자 주)을 맡곤 한다.

"하지만 그렇게 귀중한 향목을 친척도 아닌데 받아도 돼?"

"문제될 것 없지 않겠어? 본인이 그러길 바랐으니까. 상속세도 제대로 낼 거고. 귀중한 물건이니까 감사히 받아서 조금씩 소중하게 쓰도록 하자."

미소 지으며 할머니는 오코노미야키를 핫플레이트에서 접시

로 옮겼다. 나는 마요네즈와 소스를 뿌려 먹지만 할머니는 간
장을 뿌리는 것을 좋아한다. 유키야 오빠는 어떤가 하고 돌아보
니, 어느새 무지개 오코노미야키는 말끔히 먹어치우고 이번에는
평범한 크기의 오코노미야키를 만들고 있었다. 하지만 새우로
얼굴을 만들고 있었다. 어째서 헤노헤노모헤지히라가나의 '헤(へ)'로 눈
썹과 입, '노(の)'로 눈, '모(も)'로 코, '지(じ)'로 얼굴 윤곽을 그려 사람 얼굴을 그리는 놀이 -

역자 주일까…….

"그래서 이제 본론으로 들어가자면 말이야."

할머니의 말에, 헤노헤노모헤지 오코노미야키에 넋이 나가 있
던 나는 제정신으로 돌아왔다.

"고인의 소중한 재산 일부를 양도받는 거니까 향도 올리고 인
사도 할 겸 다음 주에 쿠라나미 씨 댁에서 그 집 큰아들이랑 만
나기로 했거든. 그런데 어제, 어제 갑자기 그러는 게 말이 돼?
이번에는 둘째 아들이라는 사람이 느닷없이 전화를 해서는 '다
음 주에는 형이 일이 생겨서 시간이 안 나니까 일요일에 와 달
라'고 하지 뭐니."

"일요일이라면 내일 말이에요?"

"너무하지 않니? 너무한 거 맞지? 게다가 일요일은 내가 강사
로 나가는 향도 교실이 있어서 도저히 힘들다고 해도 '일요일 외
에는 이쪽도 바빠서 안 돼요.' 하고 어쩐지 아주 거만하게 말하
는 거야. 화가 나는 건 내가 속이 좁아서가 아니라 원래 그런 거

맞지?!"

이야기를 하면서 점점 울컥하는 할머니를 "그럼요.", "당연하죠." 하고 유키야 오빠와 둘이서 달랬다. 횟술을 마시듯 차를 벌컥벌컥 들이켠 할머니는 찻잔을 밥상 위에 내려놓고 또다시 두 손을 모으며 애교부리는 목소리로 나에게 말했다.

"그러니까 카노가 내일 나 대신 쿠라나미 씨 댁에 가서 가볍게 인사하고 향목을 받아와줄래? 부탁이야, 응?"

응? 하고 그렇게 웃으면 어떡하라고!

"하, 하지만 쿠라, 쿠라나미 씨라니, 난 모르는 사람인데, 어떻게, 인사라니……!"

"괜찮아, 걱정할 필요 없어. 인사라고 해도 그렇게 대단할 건 없으니까. 카노는 예의범절이 바르니까 평소대로 하면 돼. …… 그보다 내가 사실은 이미 어제 전화 받으면서 '그럼 대신 손녀를 보낼게!' 하고 말해버렸어. 우훗."

눈앞이 어질해졌다. 내일? 만난 적도 없는 사람의, 게다가 이야기를 들어볼 때 상당히 무서워 보이는 사람의 집에, 모르는 사람과 말할 때는 횡설수설 있는 대로 더듬고 금방 얼굴이 빨개지는 이런 나더러 혼자 가라고? 절망이란 건 이런 느낌일까?

내 얼굴이 어지간히 한심해 보였는지(실제로 울상이었다) 할머니는 눈썹꼬리를 내리며 딱하게 보더니, 헤노헤노모헤지 오코노미야키를 군더더기 없는 젓가락질로 먹고 있는 유키야 오빠를 돌아보았다.

"이 얘기를 왜 지금 꺼냈냐 하면, 미안하지만 유키야, 내일 카노랑 같이 쿠라나미 씨 댁에 가줄 수 있겠니? 보다시피 애 혼자서는 마음이 안 놓이잖아."

"저는 괜찮은데 가게는 어떻게 하고요?"

"하는 수 없으니 내일은 쉴 거야. 약속은 오후니까 너도 천천히 왔다가 쿠라나미 씨 댁의 일이 끝나면 그대로 돌아가도 좋아. 미안해. 출장 수당은 넉넉히 줄게."

"섭섭하게 왜 그래요. 다른 사람도 아니고 저랑 미하루 씨 사이에."

"우후훗, 그럼 안 돼. 카노가 보고 있잖아. 나중에 내 방으로 몰래 찾아오렴."

"알았어요. 창문으로 작은 돌멩이를 던져서 신호를 보낼게요."

핫플레이트를 사이에 두고 상연되는 할머니와 유키야 오빠의 콩트를 보며 나는 휴 하고 안도의 한숨을 내쉬었다. 유키야 오빠가 같이 가준다면 어떻게든 될 것 같았다.

"그런데 내일 같은 경우에는 뭘 입고 가야 할까요?"

핫플레이트에서 새로 구운 오코노미야키에 카츠오부시를 올려 하늘하늘 춤추게 만들던 유키야 오빠가 문득 생각난 듯이 물었다. 그러게, 하고 나도 마찬가지로 궁금해졌다.

제2화

"내 정장이라면…… 학교 교복? 하지만 그것도 좀 이상할 것 같은데."

"그럼 저는 정장을 입어야 하나요? 정장을 입으면 입사 5년차 회사원으로 보이는 모양이라 싫은데."

"어머나, 그냥 평소처럼 입으면 되잖니?"

평소처럼? 나란히 눈이 동그래진 나와 유키야 오빠를 보며 할머니는 생긋 웃더니, 밥을 다 먹고 나면 내가 골라줄게, 라며 오코노미야키를 입에 넣었다.

2

그리하여 이튿날, 나와 유키야 오빠는 에노시마 전철의 하세 역에서 내렸다.

일요일인 데다 4월 중순인 지금은 때마침 카마쿠라 축제 기간이라 역 앞은 예상했던 것보다도 훨씬 혼잡했다. 대불로 유명한 코토쿠인 절로 이어지는 메인스트리트는 좌우의 좁은 인도가 정체되기 직전처럼 사람들로 꽉꽉 들어차 있었다. 참고로 역 앞의 건널목을 지나 왼쪽으로 꺾으면 관음보살로 유명한 하세데라 절, 그 바로 근처에 코소쿠지 절이 있다. 그밖에도 카마쿠라 문학관이며 카와바타 야스나리가 살았던 집, 아마나와신메이구 신사 등 하세는 아무튼 관광 포인트가 많은 지역이다.

"조금 돌아가야 하지만 뒷길로 갈래요?"

사람이 많아도 너무 많아 내가 경직되어 있자 유키야 오빠가 그렇게 말해주었다. 나는 고개를 끄덕끄덕하고 유키야 오빠와 함께 오른쪽 길로 빠졌다. 인파로 북적이는 곳에서는 수많은 사람들의 향기가 한꺼번에 풍겨와 정신이 어찔어찔해진다.

할머니가 가르쳐준 주소에 따르면 쿠라나미 씨 댁은 코토쿠인 절 뒤쪽의 주택가에 있는 듯했다. 유키야 오빠가 검은 스마트폰을 꺼내어 지도 어플로 현재 위치와 목적지를 확인하며 민가 사이의 좁은 골목길을 나아갔다. 메인스트리트에 비하면 훨씬 적지만 뒷골목에도 생각했던 것보다 사람들이 많았다. 맞은 편에서 오는 사람들과 앞질러 가는 사람들이 유키야 오빠와 나에게 흘끗흘끗 눈길을 던졌다.

"……다들 쳐다보네요."

"역시 이 차림은 눈에 띄는 걸까요?"

우리는 할머니 말에 따라 '평소처럼', 다시 말해 유키야 오빠는 남색 기모노에 상아색 하오리, 나는 안개 바탕무늬가 들어간 연두색 무지의 기모노 차림이었다. 카게츠 향방에서는 언제나 이렇게 입지만 밖으로 나오면 평범한 차림의 사람들이 대부분이라 아무래도 유별나 보이는 듯했다.

"카노 귀여워, 유키야도 멋져! 역시 일본인은 기모노라니까.

자, 둘 다 그 멋진 모습으로 거만한 둘째 아들을 찍소리 못하게 만들어주고 오렴!"

할머니는 콧김을 뿡뿡 내뿜으며 우리를 배웅했지만 역시 교복을 입고 오는 게 나을 뻔했나……, 하고 주뼛주뼛하며 바닥만 쳐다보고 있는데 "Excuse me." 하고 누가 말을 걸어왔다.

"――――――?"

금발과 흑발의 외국 미녀 두 사람이 나와 유키야 오빠 쪽으로 달려왔다. 두 사람 다 디지털 카메라를 들고 있었다. 말이 너무 빨라서 제대로 알아듣지는 못했지만 "take a picture."라고 한 듯했다. 아하, 사진을 찍어주길 바라는구나 하고 짐작하고 "오, 오케이." 하고 카메라를 받아들려고 하자,

"노."

하고 나도 알아들을 수 있는 한 마디를 하며 금발 미녀가 고개를 옆으로 가로저었다. 왜 '노'라는 거지? 언어의 장벽 앞에서 쩔쩔매고 있자 유키야 오빠가 작게 웃음을 터뜨렸다.

"사진을 찍어달라는 게 아니라 찍어도 되냐고 물어본 거예요."

네? 하고 얼빠진 소리로 대답하는 내 팔을 잡아끌고 유키야 오빠가 영어로 두 사람에게 대답하며 꽃이 심어져 있는 민가 앞으로 이동했다. 두 사람이 "이쪽, 이쪽." 하고 손짓해서 부른 것이다. 그렇구나. 기모노가 신기해서 사진을 찍고 싶은 거구나,

하고 나도 그제야 이해했다. 카메라를 든 외국인들은 "좀 더 가까이 붙어봐." 하고 손짓으로 나와 유키야 오빠에게 말했다. 아뇨, 무리예요. 이 이상 가까이 붙으면 정상적인 얼굴색으로 돌아가지 못하게 되거든요……!

얼굴이 새빨개진 나와는 반대로 유키야 오빠는 상큼한 미소를 지으며 이번에는 나와 나란히 서서 사진을 찍어주고(옆에서 팔을 꽉 끌어안아 또다시 얼굴이 새빨개졌다), 마지막에는 지나가는 할아버지에게 네 사람이 같이 나오도록 사진을 찍어달라고 부탁하는 능숙함까지 보였다.

"Have a nice day."

유창한 발음으로 유키야 오빠가 건넨 작별 인사에 이국의 미녀들은 웃는 얼굴로 손을 흔들었다.

"……유키야 오빠, 영어가 정말 유창하네요."

"유창하다고 할 정도는 아니에요. 우리 학과에는 유학생이 많아서 이야기할 기회가 그럭저럭 있어서 그래요. 그러는 카노야말로 고등 영어 교육을 받고 있는 현역 여고생이잖아요?"

"오케이라는 말밖에 못하는 현역 여고생이라 면목 없네요……. 그런데 이만 돌아가도 될까요?"

"그만 포기해요. 봐요. 저기 목적지가 보이기 시작했어요."

쿠라나미 씨 댁은 유키야 오빠의 말대로 집이라기보다 '저택'이라고 해야 할 규모였다.

검은 철창 대문 너머에는 꽃이 흐드러지게 핀 정원과, 정원 사이로 완만하게 곡선을 그리며 이어진 돌바닥 길이 있고, 울창한 꽃과 나뭇잎 뒤쪽으로 멀리 상아색 서양식 저택이 보였다. 세상에. 이건 뭐랄까, 차원이 다르다. 나는 뒤로 돌아 집으로 돌아가고 싶었지만 무정하게도 유키야 오빠가 벽돌로 된 문설주에 달린 벨을 누르고 말았다. 마음의 준비를 할 시간도 없이?!

[네. ——어라, 기모노를 입은 귀여운 여자애랑 안경 쓴 꽃미남이다. 누구세요?]

작은 스피커에서 예상 외로 젊고 예상 외로 친근한 남자의 목소리가 들려왔다. 어딘가에 카메라가 있나 보다. 유키야 오빠가 빨리 대답하라는 듯이 턱짓을 했고, 나는 식은땀이 나는 것을 느끼며 인터폰으로 다가갔다.

"사, 사쿠라 카노라고 합니다……. 쿠, 쿠라, 쿠라나미 케이타로 씨의 유품을 저희 할머니에게 무, 물려주신다고 들었는데, 할머, 할머니가 오늘 용무가 있어서 오지 못하는 바람에 대, 대리인으로, 왔습니다."

[와, 용무와 대리인이라니. 표현이 클래식하네. 들어오세요.]

작은 기계음이 나더니 철창 대문이 자동으로 열렸다. 나와 유키야 오빠는 서로 얼굴을 마주보았다.

"상당히 가벼운 느낌인 분이시네요."

"둘째 아드님, 은 아니겠죠? 첫째 아드님이라고 하기에는 젊고······."

　대문에서 저택까지 50미터는 되는 듯했다. 카마쿠라 굴지의 관광지가 바로 코앞에 있는데 알록달록한 꽃들로 단장된 정원은 깊은 산속 비경처럼 고요했다. 우리 집이라면 아마도 세면대에서 손을 씻고 부엌에서 보리차를 마실 수 있을 정도의 거리를 걷고 나서 비로소 판 초콜릿 같은 거대한 떡갈나무 문이 우뚝 서 있는 현관에 도착했다.

　오늘 만나야 할 상대가 조금 전에 인터폰으로 이야기한 사람이라면 좋을 텐데. 그런 생각을 하며 나는 숨을 죽이고 문 옆에 있는 초인종을 눌렀다.

　"아아, 사쿠라 씨? 들어와요."

　응접실로 안내된 나와 유키야 오빠를 대하는 쿠라나미 마사키 씨의 첫마디였다.

　초인종을 울리자 가정부로 보이는 아주머니가 우리를 이 응접실로 안내해주었다. 가는 길에 나는 유백색 대리석으로 된 바닥에 덜덜 떨고, 2층 높이까지 트여 있는 천장에 매달린 샹들리에에 현기증을 느끼고, 그 트여 있는 부분을 따라 올라가는 아름다운 난간이 달린 나선계단에 가슴이 두근거렸다. 반면, 유키야 오빠는 이 저택에 충만한 부자의 기운에 전혀 동요하는 기색 없이 평소의 담백한 표정으로 성큼성큼 걸어갔다.

"일부러 여기까지 오게 해서 미안해요."

쿠라나미 케이스케 씨의 둘째 아들—할머니와 전화로 이야기한 상대이기도 한 마사키 씨는 30대 중후반으로 보였다. 양복을 입은 몸은 보동보동해서 움직일 때마다 배가 출렁출렁 흔들렸다. 상냥하고 서글서글해 보이는 사람이었지만 할머니에게서 들은 말이 있다 보니 나는 잔뜩 긴장하며 인사했다.

"원래는 형인 나오키가 응대할 예정이었지만 갑작스럽게 손님이 찾아오기로 해서요. 미안해요. 아버지가 돌아가신 뒤로 여러모로 좀 바쁘다보니."

"저, 저희야말로 바쁘신 데 시간을 내주셔서 감사합니다……."

"하하하, 전화로 이야기를 나눈 할머니는 기가 세신 분 같았는데 손녀는 예의 바른 아가씨네. 자, 말씀 드린 향목은 이거예요."

마사키 씨는 3인용 소파에 나와 유키야 오빠를 앉게 하고 자기는 맞은편 소파에 몸을 묻으며 높이가 낮은 테이블 끄트머리에 있던 보라색 보자기 꾸러미를 내 앞에 놓았다.

꾸러미의 모양은 찬합과 비슷했지만 찬합보다는 조금 컸다. "확인해봐요." 하고 마사키 씨가 보자기 매듭을 풀자, 작은 서랍이 여섯 개 달린 오동나무 상자가 나타났다.

"아주 유난스러운 상자죠?"

"향함香函이라고, 향을 보관하기 위한 상자예요. 향목은 열과

자외선과 습기에 약하기 때문에 향목을 보호하기 위해 이런 상자에 넣어서 보관해요. 이 향함은 오동나무로 되어 있는데, 오동나무는 통기성이 좋고 불에도 강하기 때문에 향목을 보존하기 아주 좋아요."

내가 설명하자 마사키 씨는 "아, 그래요?" 하고 노골적으로 의외라는 표정을 지었다. 이, 이래 봬도 일단은 향장과 향도 사범의 손녀라고요.

그럼 살펴볼게요, 하고 먼저 가장 왼쪽 위에 있는 서랍을 열었다. 서랍은 그 자체로 또 하나의 나무 상자로 되어 있었고, 상자 뚜껑에 '좌증라佐曾羅'라고 붓글씨로 적혀 있었다. 옆 서랍을 열자 이번에는 '촌문다라寸門多羅'가 나왔다.

향목 중 특히 침향은 향의 질에 따라 여섯 종류로 나뉜다. 그 여섯 종류란, 가라伽羅, 나국, 진나하, 진남만眞南蛮, 촌문다라, 좌증라이며, 이를 '육국오미'라고 표현한다. 케이타로 씨의 향함은 이 여섯 가지 침향을 여섯 개의 서랍에 각각 나눠놓은 듯했다. 어쩌면 특별히 제작한 물건인지도 모른다. 향목은 모두 죽피지대나무의 얇은 껍질 뒷면에 일본 전통 화지和紙를 대어 만든 것 - 저자 주와 화지로 이중으로 싸여 있어, 케이타로 씨가 향목을 매우 조심스럽게 다루었음을 알 수 있었다.

하지만 마지막 서랍의 '가라' 상자는 뚜껑에 붓글씨까지 쓰여 있지만 안은 비어 있었다. 가라는 침향 중에서도 으뜸이며 요즘에는 구하기도 상당히 어려운 희소품이라 속으로 '아, 비어 있네…….' 하고 김빠진 표정을 짓자 마사키 씨가 말했다.

"그 '가라'라는 게 가장 비싼 거죠?"

"아, 네. 저기…… 가장 비싸다고 일률적으로 말하기는 그렇지만 시세가 높은 경우가 많죠."

"거기 들어 있던 향목은 옛날에 도난당해서 거기만 비어 있어요. 아무튼, 불만스러울지도 모르지만 다른 향목도 상당한 값어치가 있으니 그러려니 해요."

"아뇨, 불만이라니 무슨……!"

황급히 고개를 도리도리 가로젓자 "하하하." 하고 마사키 씨가 또다시 웃더니 어쩐지 의미심장한 눈으로 나를 관찰하듯이 보았다.

"아가씨도 귀엽지만 할머니도 아름다운 분이시죠?"

질문의 의도가 이해되지 않아 나는 어리둥절했다.

"……네. 저기, 손녀인 제가 말하기는 좀 그렇지만."

"역시. 그럴 것 같았어. 이렇게 비싼 걸 서슴없이 드릴 정도니 상당한 미인이겠지. 아버지는 색을 좋아하는 사람이라 여자들이 많았거든."

말뜻의 의미를 잘 몰라 2초 정도 사고가 정지했다. 그리고 심장 근처가 울렁거렸다. 에둘러 할머니를 모욕한 것임을 알았다.

"쿠라나미 케이타로 씨는 생전에 미하루 씨의 남편 긴지 씨와

막역한 사이였다고 들었습니다. 본래대로라면 쿠라나미 씨는 긴지 씨에게 이 향목을 남기고 싶었던 것이 아닐까요? 하지만 긴지 씨가 먼저 타계하는 바람에 배우자인 미하루 씨에게 유증했다고 생각합니다."

유키야 오빠의 말은 막힘이 없었고, 고요하기 그지없는 목소리에는 상대를 압도하는 힘이 있었다. 실제로 마사키 씨는 움찔하며 입을 다물었다가 입꼬리를 일그러뜨리며 웃었다.

"저기, 딱히 이상한 뜻으로 한 말은 아니야. 단지 이만한 것을 생판 남한테 준다니 미하루 씨라는 분은 아버지와 사이가 아주 좋았겠구나 싶었던 거지."

"실례지만 향목이 어떻게 만들어지는지 아십니까?"

갑작스러운 질문에 마사키 씨는 당황하며 "뭐? 아니……." 하고 우물거렸다. 유키야 오빠는 등줄기가 조금 오싹해지는 미소를 지었다.

"향목이라고 하지만 실제로 향이 나는 것은 나무에 침착된 수지 부분이에요. 침향수가 충해를 입어 손상되고 그 상처 난 부분에 특정 세균이 번식하면 침향수가 스스로를 지키기 위해 수지를 분비하죠. 그러한 아주 드문 조건이 갖춰진 침향수의, 그중에서도 아주 적은 일부가 백 년 단위의 유구한 세월을 거쳐 비로소 향목이 됩니다. 드넓은 정글에서도 향목이 만들어질 확률은 1퍼센트도 안 된다고 해요. 쿠라나미 씨는 그런 향목의 가치를 잘 알고 계셨을 겁니다. 그렇기 때문에 생판 남이라도 그 가치를 잘 알고 쉽게 돈으로 바꾸려 하지 않고 향목을 지켜줄 사람에게 맡기신 게 아닐까요?"

청산유수 같은 유키야 오빠의 변설에 얼이 빠져 있던 마사키 씨는 상대가 통렬하게 비꼰 것을 깨달았는지 붉으락푸르락한 얼굴로 유키야 오빠를 노려보았다. 유키야 오빠는 도전적으로 싱긋 웃어보였다. ―키시다 유키야 오빠가 '덤빌 테면 덤벼봐.'라는 얼굴을 하고 있다!

기본적으로 유키야 오빠는 예의바른 평화주의자지만 유키야 오빠의 내면에 있는 경계선을 침범한 사람에게는 가차가 없다. 게다가 이번에는 할머니 일이라 분노가 상당히 깊었다. 어, 어떡하지. 험악한 공기에 나는 당황하여 입을 열었다.

"저기요."

생각보다 목소리가 크게 나오는 바람에 두 사람의 시선이 나를 향했다. 얼굴이 아주 화끈거리는 것으로 보아 틀림없이 새빨개져 있겠지만 용기를 짜내어 숨을 들이마셨다.

"바, 방금 말씀드린 대로 향목은 자연에서만 만들어지는 보석이나 마찬가지예요. 특히 이 정도로 질 좋은 향목은 이제는 거의 구할 수도 없고요. 이렇게 귀중한 것을 넘겨주신 호의에 보답하도록 소중히 다루겠습니다."

이걸로 될지 어떨지는 모르지만 나는 눈을 질끈 감으며 머리를 숙였다.

 짝짝짝짝, 하는 소리가 들려왔다. —박수 소리? 눈을 뜨고 박수 소리가 들린 쪽을 돌아보고 깜짝 놀랐다.

 "요즘 젊은 애들은 야무지구나. 이 오빠는 감동했어."

 어느 틈에 응접실 문에 손을 대고 젊은 남자가 서 있었다. 게다가 이 목소리. 인터폰으로 우리와 이야기했던 그 남자였다.

 나이는 20대 중반 정도일까. 얇은 재킷에 청바지라는 편안한 복장이었고, 평범한 키에 평범한 몸집이나 순발력이 뛰어날 것처럼 보였다. 활기차고 사람을 끌어들이는 힘을 가진 눈동자가 인상적이고, 턱에는 액세서리처럼 잘 다듬은 수염이 나 있었다. 그리고 나는 그에게서 여러 종류의 향신료가 섞여 있는 듯한 향기를 느꼈다.

 "마사키 형, 이런 어린 친구들 상대로 어른스럽지 못하게 굴지 마. 아버지의 재산은 아버지의 것이고, 누구에게 물려줄지는 아버지 마음이야. 그렇게 쩨쩨하게 굴 자격도 없잖아? 무엇보다 형은 유산을 잔뜩 받았잖아? 남의 것까지 탐내지 마."

 "시끄러워! 나는 딱히 탐낸 게—, 아니, 그보다 넌 왜 여기 있는 거야! 어디로 들어왔어!"

 "현관이지. 아님 어디로 들어오겠어? 그리고 마사키 형, 볼 때마다 배가 점점 커지는데 지금 6개월 정도인가? 예정일은 언제야?"

"조용히 못해!! 히비키, 너 또 뭔가 훔치러 온 건 아니겠지? 이제 와서 유산을 아쉬워해봐야 소용없어!"

"――그만들 해, 마사키. 히비키도."

결코 크지는 않지만 조용한 위엄이 담긴 목소리였다. 그 목소리에 마사키 씨와 히비키 씨라는 사람이 입을 딱 다물었다.

문 근처에 있던 히비키 씨의 뒤에서 고급스러운 스리피스 정장을 입은 남자가 들어왔다. 마흔 정도 되었을까, 부둥부둥한 마사키 씨나 균형이 잘 잡힌 히비키 씨에 비해 이 사람은 상당히 키가 큰 데도 금욕적인 승려처럼 호리호리했다. 한눈에 대단한 사람임을 알 수 있는 고요한 박력을 가진 사람이라 나는 처음에는 주눅이 들었지만 우리를 보는 그의 눈동자는 놀라울 만큼 투명했다.

"손님들 앞에서 무슨 소리들을 하고 있는 거야? 복도에까지 다 들리잖아."

그 위세 좋던 마사키 씨가 거북한 듯이 몸을 꼼짝거렸고, 히비키 씨도 다른 곳으로 눈을 돌렸다. 가볍게 한숨을 내쉰 남자는 나와 유키야 오빠 쪽으로 다가왔다.

"쿠라나미 케이타로의 장남 나오키입니다. 여기까지 불러놓고 늦어서 미안해요. 게다가 동생들이 볼썽사나운 모습까지 보이고 말았군요."

"아, 아뇨, 전혀 그렇지 않아요……."

훌륭한 성인 남자가 놀랄 만큼 정중하게 이야기하자 나는 화들짝 놀랐다. 그때 옆에 있는 유키야 오빠가 바스락 하고 바닥에 내려놓은 종이가방 소리를 냈다. 중요한 일이 퍼뜩 생각났다.

"저기, 영전에 향을 올려도 될까요? 고인께서 좋아하시던 것이라며 할머니가 이걸 주셨는데……."

"비둘기 사블레군요. 그럼요. 아버지는 혼자서 한 상자씩 드실 만큼 그걸 좋아하셨어요."

나오키 씨의 눈매가 살짝 누그러지더니 눈꼬리에 부드러운 주름이 잡혔다. 그러자 나는 나오키 씨가 더 이상 무섭지 않았고, 동시에 그의 향기를 느꼈다. 나오키 씨는 매우 지쳐 있는 듯했다. 마사키 씨의 말대로 정말로 바쁜 모양이었다.

"위패를 모신 방으로 내가 안내해줄까?"

히비키 씨가 싹싹하게 우리에게 말했다. 그래주면 감사한데, 곧바로 마사키 씨가 송곳니, 가 아니라 덧니를 드러냈다.

"네가 멋대로 이 집 안을 활보하게 둘 순 없지. 무슨 짓을 할지 어떻게 알고……, 아니, 그보다! 그러니까 네가 왜 여기 있는 거야!"

"그만해, 마사키. 히비키는 내가 불렀어. 예카테리나를 맡아주기로 했다고 너한테도 이야기했잖아. ―그렇지, 히비키, 오늘 먹이는 줬는데 도무지 입을 대지 않더라. 가서 한 번 더 주고 와주겠니?"

"그래, 알았어."

"그리고 아버지가 예카테리나한테 사준 장난감 상자가 있어. 예카테리나의 케이지에 놔뒀으니까 그것도 가지고 가. 꼭, 잊지 말고."

"알았어, 고마워."

"그리고 볼일이 끝나면 얼른 돌아가."

쌀쌀맞은 나오키 씨의 목소리. 이 삼형제 사이에는 무슨 문제가 있다고 짐작하기에 충분한 한마디였다.

"알았어요, 형님."

입꼬리를 끌어올린 히비키 씨는 우리 쪽을 빙글 돌아보고 웃었다.

"그럼 갈까? 귀여운 기모노 아가씨랑 꽃미남 청년."

"아까는 미안했어. 많이 불편했지?"

그렇게 말하며 걷는 히비키 씨는 웃는 얼굴이 무척이나 매력적이었다. 순식간에 마음속으로 파고 들어온다고 할까, 신기할 만큼 처음 만날 때의 어색함이 느껴지지 않는 사람이었다.

"그렇지 않아요. 저기, 중간에 끼어들어주셔서 솔직히 고마웠어요……."

"그래? 그럼 다행이고. 아, 이쪽이야."

위패를 모신 방은 2층에 있다고 했다. 틀림없이 응접실 바로 옆에 있는 나선계단으로 올라갈 줄 알았는데 히비키 씨는 복도를 돌아 끄트머리에 있는 계단을 이용했다. 이 계단도 대리석으로 되어 있고, 옆의 벽에는 알록달록한 추상화가 일정한 간격으로 장식되어 있었다.

히비키 씨는 고인의 셋째 아들이며 스물여섯 살이라고 자기소개를 했다.

"형님들과 나이 차이가 상당히 많이 나시네요."

"응. 형들은 아버지의 본처 자식이지만 난 정부의 자식이라 태어나기까지 시간차가 있었지."

히비키 씨는 지극히 대수롭지 않게 말했지만 나는 깜짝 놀라 반사적으로 사과했다.

"죄송해요."

그 다음 순간 나는 하얗게 질렸다. 죄송하다니, 뭐가 죄송하다는 거야. 이래서는 마치 물어봐서는 안 되는 것을 물어본 것 같고, 이래서는 마치 히비키 씨가 태어나지 말았어야 했다는 투같다.

히비키 씨는 틀림없이 불쾌했을 것이다. 고개를 숙이고 손을 꼭 쥐고 있는데,

"흐음."

하고 재미있는 목소리가 들렸다. 고개를 들자 히비키 씨가 멋

스러운 턱수염을 만지며 고개를 불쑥 들이미는 바람에 나는 그대로 얼어붙고 말았다. 바로 코앞에서 나를 뚫어지게 쳐다보는 히비키 씨의 눈동자는 홍차처럼 색깔이 연했다.

"넌 상냥한 아이구나. 그리고 마음을 많이 쓰고 평소에는 남한테 지나치게 맞춰주느라 분명하게 말을 하지 못하지만 막상 해야 할 때는 아주 배짱이 두둑해지는 아이야."

"……상냥, 하지 않아요. 강하지도 않고."

"아니, 다정하고 강해질 수도 있어. 난 손님을 상대하는 일을 하기 때문에 사람 보는 눈은—으극!"

히비키 씨가 이상한 소리를 낸 것은 갑작스럽게 끼어든 하얀 손이 히비키 씨의 이마를 찰싹 때렸기 때문인데, 때린 사람은 당연하다고 해야 할까, 무서울 만큼 무표정한 유키야 오빠였다.

"아프잖아. 무슨 짓이야?"

"실례했습니다. 이마에 모기가 앉아 있어서 물리면 큰일이다 싶어서 그만."

"아직 4월인데 모기라고? 게다가 어쩐지 살기가 느껴졌는데?"

"그렇다면 그쪽한테 어지간히 깊은 원한을 가진 모기였는지도 모르겠군요."

어째선지 무서운 오라를 내뿜으며 미소 짓는 유키야 오빠. 하지만 히비키 씨는 물러서지 않았고 오히려 유쾌한 듯이 눈동자가 반짝거렸다.

"그쪽도 재미있는 사람이네. 다음에 따로 어디 가서 한잔하자."

"술은 안 마십니다. 미성년자거든요."

"미성년자라고? 진짜?"

"열아홉 살입니다."

"말도 안 돼!"

"유키야 오빠는 대학교 2학년이에요."

"나보다 한 살 정도 어릴 거라고 생각했는데."

"카노는 고등학교 2학년이에요."

"중학생인 줄로만 알았어."

계단 중간에서 한차례 놀라더니 히비키 씨는 내 어깨에 손을 탁 올렸다.

"있잖니, 다소의 말실수나 오해는 사람이 살아가기 위해서는 어쩔 수 없는 오차고, 어떤 말이라도 상대가 자신을 생각해서 해준 말이라면 틀림없이 전해지기 마련이야. 뭐, 나도 누구한테 들은 말이지만. 아무튼 네 마음은 제대로 전해졌으니까 마음 쓸 필요 없고, 넌 좀 더 편하게 살아도 괜찮아. 마사키 형을 봐. 그 형은 옛날부터 실언과 폭언을 멋대로 퍼부어대며 자유롭게 살아가고 있지만—잠깐, 아프잖아."

아파하는 히비키 씨의 손을 꼬집으며 유키야 오빠는 의외라는 듯이 물었다.

"당신도 이 집에서 다른 분들과 같이 살았나요?"

"맞아. 중학교 때 사정이 있어서 아버지가 거둬주셨어. 하지만 당연히 이곳 사람들과는 잘 안 맞아서 결국 고등학교를 졸업하고 집을 나왔어. 지금은 코시고에서 양식 레스토랑을 하고 있지. 코시고에에 데이트하러 오면 한번 들러. 서비스해줄 테니까. 자, 이건 명함이야."

멋스러운 글자로 가게 이름이 적혀 있는 명함을 받으며 정말 시원시원한 사람이라고 감동했다. 그리고 양식도 맛있을 것 같아―잠깐, 그런데 데이트?! 동요하는 난 아랑곳없이 유키야 오빠와 히비키 씨는 "그럼 이 명함 뒤에 서비스를 해준다고 명기해주세요.", "와, 아주 빈틈없는 성격이네." 하고 대화를 나누며 벌써 친해져 있었다.

복도 모퉁이를 몇 번인가 돌고 나서 위패를 모신 방에 도착했다. 다다미로 된 넓은 일본식 방 안쪽에는 금으로 세공된 으리으리한 불단이 있었다. 방의 큼직한 창문을 통해서는 아름다운 정원을 내려다볼 수 있었다.

"나는 볼일이 좀 있으니까 천천히 해. 그쪽 장지문으로 나가면 바로 계단이 있고, 내려가면 조금 전의 응접실이 나와."

히비키 씨는 방 입구에서 걸음을 멈추더니 그 말만 남기고 곧바로 어디론가 가버렸다. 나와 유키야 오빠는 할머니가 주신 비둘기 사블레를 불단에 바치고 선향을 올리고 합장을 했다. 영정 사진 안의 쿠라나미 케이타로 씨는 나오키 씨나 마사키 씨보다도 히비키 씨와 닮아 있었다.

"아니……, 히비키는 어디 가고요?"

히비키 씨의 말대로 위패를 모신 방을 나오자 바로 근처에 아름다운 난간이 달린 나선계단이 있었고, 나와 유키야 오빠는 마침 아래층에서 올라오던 장남 나오키 씨와 마주쳤다. 조금 전에 올라올 때에는 건물 끝의 직선계단을 이용했는데, 그쪽은 조금 돌아서 가는 길인 모양이었다.

"히비키 씨는 아까 볼일이 있다고 하시며 어디론가 가셨습니다만."

"그래요……? 동생이 버릇이 없어서 죄송합니다. 아마 조금 전에 내가 시킨 일 때문인 모양이군요. 아버지가 기르시던 개가 있는데 아마 그 개에게 먹이를 주러 갔나 봅니다."

"개……, 예카테리나 말인가요?"

인상 깊은 이름이었기 때문에 응접실에서 들은 나오키 씨와 히비키 씨의 대화를 기억하고 있었다. 개라는 말을 들은 순간 나는 가슴이 두근거렸고 아무래도 그것이 얼굴에 다 드러난 모양이었다. "개를 좋아해요?" 하고 물어보기에 힘차게 끄덕이자 나오키 씨는 훗 하고 소리내어 웃었다.

"그럼 돌아가기 전에 한번 보고 가세요. 나는 잘 모르지만 러시아의 개라고 하더군요. 히비키도 아직 데리고 가진 않았을 거예요."

"데리고 간다고요……?"

"동물도 재산의 일부라 내가 아버지에게서 상속했는데 솔직히 나한테는 버거워서 히비키가 데리고 가기로 했어요. 예카테리나는 히비키가 중학생 때 아버지가 데려 왔는데 성격이 까칠하다고 할지, 사람을 잘 따르지 않는 개예요. 아버지와 히비키의 말만 들었어요. 마사키는 어찌나 미움을 샀는지 엉덩이를 물린 적도 있어요."

나오키 씨의 이야기를 들으며 나는 그의 향기에 정신이 팔려 있었다. 조금 전에도 느꼈지만 이 사람은 정말로 지쳐 있었다. 몸 상태도 안 좋은 게 아닐까.

"왜 그래요?"

나오키 씨가 이상하다는 듯이 눈살을 찡그리자 퍼뜩 정신이 들었다. 나도 모르게 빤히 쳐다보고 만 것이다.

"아뇨, 그게."

당황하자 얼굴이 빨개졌다.

"저기, 무척 지치신 것처럼 보여서……. 우리 집에서도 할아버지가 돌아가셨을 때 얼마 동안은 슬퍼할 겨를도 없을 만큼 정신없이 바빴거든요. 그래서 분명 아주 바쁘시겠지만 조금쯤은 쉬시는 편이……."

점점 기어들어가는 목소리로 나는 고개를 숙였다.

"······갑자기 이상한 소리를 해서 죄송해요. 주제넘은 참견인 줄은 알지만."

"그렇게 생각하지는 않았어요. 그러니 사과하지 않아도 돼요."

내가 고개를 들자 나오키 씨의 투명한 눈이 부드럽게 가늘어졌다.

"어떤 말이든 상대가 나를 생각해서 해준 말은 전해지기 마련이죠. ―걱정해줘서 정말 고마워요."

나는 신기한 기분으로 나오키 씨를 보았다.

"왜 그래요?"

나오키 씨가 물었다.

"아뇨, 히비키 씨도 똑같은 말을, 어떤 말이든 상대가 자신을 생각해서 해준 말은 전해진다고, 조금 전에 저한테 그렇게 말씀하셨거든요."

"······히비키가요?"

누군가에게 들은 말이라고 히비키 씨가 얘기했던 것 같다. 어쩌면 예전에 나오키 씨가 히비키 씨에게 해준 말이었을까.

나오키 씨의 향기가 갑자기 달라졌다. 몸속 깊은 곳에서 묵은 상처가 욱신거리듯이 가슴이 먹먹한 감각.

그것은 고통으로 가득한 후회였다.

"히비키 씨에게 무슨 볼일이 있으셨나요?"

입을 다물어버린 나오키 씨를 이상하다고 생각했는지 유키야 오빠가 물었다. 그러자 나오키 씨는 제정신으로 돌아온 듯이 "아뇨." 하고 나와 유키야 오빠에게 다시 눈길을 주었다.

"볼일이 있는 건 히비키가 아니라 당신들이에요. 아직 시간이 좀 있어요?"

볼일? 눈이 동그래진 나와 유키야 오빠를 나오키 씨는 "따라오세요." 하고 데려갔다.

아름다운 난간의 나선계단은 위로 한 층 더 이어져 있었다. 원래 이 저택은 2층 건물이었지만 케이타로 씨의 아버지, 즉, 나오키 씨의 할아버지에 해당하는 사람이 3층을 증축하셨다고 한다. 3층으로 향하는 나오키 씨의 뒤를 따라가며 발밑을 내려다보자, 용처럼 구불구불한 나선계단과 1층의 대리석 바닥이 까마득히 아래에 있는 것처럼 보여 그 높이에 조금 아찔했다.

"이 3층은 아버지가 취미 생활을 하시던 곳으로, 여기서 사쿠라 긴지 씨와도 만나신 적이 있어요."

3층은 1층이나 2층과 비교하면 천장이 낮았다. 카마쿠라는 경관 보호를 위해 건축물의 규모가 제한되어 있으니 그래서 그런지도 모른다.

나오키 씨는 케이타로 씨의 서재였다는 방으로 들어갔다. 창문이 많은 방이라 정원과 저택을 에워싼 나무들이 한눈에 보여

경치가 매우 좋았다. 문 바로 앞쪽에 비싸 보이는 소파 세트가 있고 방 안쪽에는 중후한 나무 책상이 놓여 있었다. 그리고 책상 뒤에 놓여 있는, 옷장인가 싶을 만큼 예스럽고 큼직한 대형 금고가 눈에 바로 들어왔다.

하지만.

"……마사키? 뭐 하는 거야?"

커다란 금고도 그렇지만, 그 금고의 다이얼을 짜르르 돌리고 있는 마사키 씨의 거대한 체구도 마찬가지로 눈에 띄었다. 나오키 씨가 부르자 마사키 씨는 "흐익!" 하고 귀여운 소리를 내며 돌아보더니 배를 출렁 흔들며 간살맞게 웃었다.

"뭐야, 형, 아래층에 있었던 게 아니야?"

"지금 여기 있으니 그렇겠지. 너야말로 뭐 하는 거야?"

"아니, 뭐랄까, 그, 아버지를 기릴 만한 추억의 물건이 있으면 좋겠다 싶어서."

"돈이 될 만한 물건을 잘못 말한 게 아니고요?"

유키야 오빠가 작게 한마디 했지만 마사키 씨는 귀신같이 알아들었다. "자넨 아까부터 너무 무례한 거 아닌가?", "죄송합니다. 근본이 올곧아서요." 하고 이번에도 불꽃을 튀길 것 같은 두 사람을 가로막듯이 나오키 씨가 마사키 씨의 어깨를 두드렸다.

"마침 열었으니 잘 됐어. 그 가운데 칸에 있는 상자를 꺼내봐.

그 옻칠 상자 말이야."

"뭐? 이거? 뭔가 좋은 거라도 들어 있어?"

가로세로 15센티미터 정도 크기의 검은 옻칠 상자를 받아든 나오키 씨는 나와 유키야 오빠를 소파 쪽으로 불렀다. 그리고 뚜껑을 열었다.

"이건 사쿠라 미하루 씨에게 드리는 유증 목록에는 들어 있지 않았지만 괜찮다면 가지고 가시겠어요?"

상자 안에는 종이 꾸러미 몇 개가 겹겹이 들어 있었다. 종이 겉면에는 '좌증라', '촌문다라'고 침향의 이름이 붓글씨로 쓰여 있었다. 종이를 펼치자 죽피지에 싸인 향목 조각이 있고, 같은 식으로 꾸러미에 하나씩 작은 향목이 들어 있었다.

"아니에요, 이런 것까지 받을 순 없어요. 이미 충분히 많이 받았는데……."

"이것도 향도에 사용하는 거 맞잖아요? 아버지 외에 그런 취미를 가졌던 사람은 어머니였는데, 어머니도 한참 전에 타계하셔서 솔직히 이 집에 놔둬봐야 아무런 의미가 없어요. 이런 건 가치를 아는 사람이 가지는 편이 낫죠."

"하지만." 하고 황급히 고개를 가로젓는 나보다 더 강하게 이의를 제기하는 사람이 있었다.

"형, 잠깐 얘기 좀 해."

낮은 목소리로 말하며 나오키 씨의 팔을 잡고 마사키 씨는 금고 옆에 있는 문을 열고 쿵쾅거리며 들어갔다. 책이 빽빽이 꽂혀 있는 서가가 보였으니 아마 서고일 것이다.

"사람이 왜 그렇게 욕심이 없어! 저것도 몇 십만 엔은 나가는 물건인데 그걸 남한테 공짜로 주겠다고?"

"내가 가지고 있어봐야 쓸모가 없기 때문이야. 그보다 목소리가 크잖아. 저쪽에서 다 들리겠어."

죄송해요, 다 들려요……! 나는 당황해서 어쩔 줄 몰랐지만 유키야 오빠는 안경테 브리지를 밀어 올리며 유심히 귀를 기울이며 듣고 있었다.

"형은 옛날부터 그랬어. 내가 갖고 싶다고 하면 뭐든 주고, 아버지가 정부의 아이를 데리고 오면 보살펴주고, 어머니의 넋두리도 온종일 들어주고. 형이 무슨 신선이야? 뭐가 그렇게 잘났어! 그러다 제 명대로 못 살 거야!"

"마사키, 조금 떨어져줄래? 자꾸 배가 닿잖아."

"게다가 미련하게 사람이 좋아! 나도 다 알아. 형은, 형 몫에서 히비키한테 돈을 떼 줬지? 그런 녀석한테 왜 그렇게까지 하는 거야?"

"……히비키는 받지 않았어."

"당연하지! 그 녀석한테 줄 거면 차라리 날 줘……, 아니, 그게 아니지. 만약 포기한 게 마음에 걸려서 그러는 거라면 그럴 필요 없어. 녀석이 저지른 짓을 생각하면 오히려 그 정도는 당연하니까. 녀석은⋯⋯."

"마사키!"

나오키 씨의 날카로운 목소리로 대화는 중단되었다. 문 너머에서 풍겨오는 마사키 씨의 분노. 그리고 그보다도 강렬한 나오키 씨의 후회. 그는 저렇게까지 가슴 아파하며 무엇을 후회하는 것일까.

"기다리게 해서 미안해요."

서고에서 나온 나오키 씨는 나와 유키야 오빠의 맞은편에 있는 소파로 돌아오더니 아무 일도 없었던 것처럼 담담하게 조금 전에 하던 이야기를 다시 시작했다.

"한 번 더 말하지만, 그 향목은 사쿠라 미하루 씨에게 드리세요. 솔직히 내가 가지고 있어봐야 아무 소용이 없어요."

"하지만⋯⋯."

"히비키 씨는 상속을 포기하셨나요?"

수면에 물방울이 떨어지듯이 나오키 씨의 향기가 물결쳤다.

중후한 책상에 기대 팔짱을 끼고 있던 마사키 씨도 눈을 크게 뜨고 유키야 오빠를 보았다. 나오키 씨가 조용히 입을 열었다.

"히비키에게서 들었나요?"

"아니요. 죄송하지만 조금 전 저쪽 방에서 마사키 씨가 '포기'라고 하시는 게 들렸거든요."

"……그것만으로요?"

"처음에 그렇지 않을까 하고 생각한 건 응접실에서였어요. 히비키 씨가 오셨을 때 마사키 씨가 이렇게 말씀하셨거든요. '이제 와서 유산을 아쉬워해봐야 소용없어.'라고. 아쉬워한다는 것은 히비키 씨가 유산을 취득하지 않으셨다는 뜻이라고 생각합니다. 그리고 예카테리나라는 개도 그렇고요."

"예카테리나?"

어리둥절한 표정의 나오키 씨에게 유키야 오빠는 고개를 끄덕여보였다.

"말씀하셨잖아요? 예카테리나는 고인과 히비키 씨만 따르는 개라, 나오키 씨가 상속을 하긴 했지만 히비키 씨에게 넘기기로 하셨다고요. 하지만 그렇다면 처음부터 히비키 씨가 애견을 상속하시는 것이 자연스러운 일이라고 생각합니다. 그러지 않았던 것은 히비키 씨가 상속인의 자격을 잃었기 때문이 아닌가요?"

마사키 씨는 입을 떡 벌리고 유키야 오빠를 보고 있었다. 아마 나도 비슷한 상태였을 것이다. 이 저택에 온 뒤로 나와 유키야 오빠는 줄곧 같이 있었으므로 계속 같은 것을 보고 들었을 텐데 나는 그런 생각은 전혀 못했다.

"주제넘은 참견인 줄은 잘 알지만 히비키 씨는 어째서 상속을 포기하셨나요?"

"……자네 말대로 아주 주제넘은 참견이야. 그게 왜 궁금하지?"

적어도 스무 살은 많은 어른에게 유키야 오빠는 주눅 들지 않고 대답했다.

"만약 히비키 씨가 본부인의 자식이 아니라는 이유로 두 분에게 부당한 상속 포기를 강요당했다면 항의하고 싶기 때문입니다."

"아까부터 학생은 정말로 버르장머리가 없군."

마사키 씨가 눈썹을 치켜 올리자 나는 그 날선 목소리에 화들짝 놀랐다.

"그만 좀 해, 마사키."

나오키 씨가 나무라도 마사키 씨는 유키야 오빠를 계속 노려보았다.

"상속 포기는 히비키가 먼저 멋대로 꺼낸 말이야. 나와 형은 녀석한테 아무것도 강요하지 않았어. 애당초 녀석은 집에서 나간 뒤로 어머니 장례식과 아버지 장례식에도 잠깐 왔다가 바로 갔고, 게다가 아버지가 임종을 앞두고 있을 때조차 얼굴을 내비치지 않았으니 강요할 시간도 없었어. 뭐, 얼굴을 내밀 염치가 없는 게 당연하지. 제대로 된 녀석이면 그럴 수 있겠어?"

"마사키, 그만해."

나오키 씨의 목소리가 단호해졌지만 마사키 씨는 위협하듯이 형을 노려보았다.

"그런 도둑놈은 딱히 감싸줄 필요 없잖아?"

―도둑?

"학생, 할머니께 드릴 향목이 하나 비어 있었지? 뭐였더라, 그
―."

"아, 가, 가라예요."

"그래, 가라. 그 가장 비싼 향목이 빠져 있는 이유는 히비키
가 훔쳤기 때문이야. 아마 팔아서 돈으로 바꿔 썼겠지."

나는 믿을 수 없었다. 활기찬 미소와 함께 진심으로 마음을
열어준 그 히비키 씨와, 마사키 씨가 이야기하는 히비키 씨는
도저히 같은 사람 같지가 않았다. 그것은 유키야 오빠도 마찬가
지였을 것이다. 신중한 말투로 마사키 씨에게 되물었다.

"히비키 씨가 훔친 것이 확실한가요?"

"확실해. 녀석도 자기가 그랬다고 인정했어."

마사키 씨의 이야기에 따르면 그것은 10년 전의 일이라고 한
다.

도난당했다는 가라 향목을 돌아가신 케이타로 씨는 가장 소
중히 아끼셨다고 한다. 그것은 그 오동나무 향함에 넣어서 서재
의 대형 금고에 엄중히 보관해두었다.

하지만 어느 날 케이타로 씨가 향을 들으려고 열어보니 가라
만이 홀연히 사라져 있었다. 당연히 집안이 발칵 뒤집혔다. 쿠
라나미 씨 댁은 경비회사와 계약해서 방범도 확실했다. 그 외에

도난당한 것도 어질러진 곳도 없으니 외부인의 짓이라고는 생각하기 힘들었다.

"향목은 금고에 보관되어 있었다고요? 금고 번호를 히비키 씨는 알고 있었나요?"

"공공연하게 할 수 있는 말은 아니지만 아버지는 아무래도 그런 금고 숫자 같은 걸 어려워하셔서 번호를 적은 메모를 책상에 넣어두셨고, 어쩌다 보니 가족들은 모두 그걸 알고 있었어. 그러니까 녀석도 열 수 있었을 거야."

"그렇다면 히비키 씨뿐만 아니라 가족 모두가 가능했을 텐데요?"

"그건 그렇지. 하지만 본 사람이 있어. 일이 터지기 전날 밤에 히비키가 몰래 아버지의 서재에서 나오는 걸 형이 다 봤거든."

그렇지, 형?

"—그래."

마사키 씨가 강한 눈길로 쳐다보자 나오키 씨는 중얼거리듯이 한 마디 하고는 입을 다물었다.

사람은 말을 가짜로 꾸밀 수 있다. 모습과, 표정과, 때로는 자신의 마음까지도.

하지만 자신을 속이지 못하는 사람은 거짓말을 한 순간 뒤가 켕기는 냄새를 풍긴다. 선함, 공정, 아름다움과 배려를 중시하고 자신도 그렇게 되고 싶다고 노력하는 사람일수록 더욱더 그렇다.

대체 왜……. 나오키 씨에게서 나는 냄새 때문에 혼란스러운 나는 유키야 오빠가 나를 보고 있다는 것을 뒤늦게 깨달았다.

마치 고대 문자를 해독하려는 학자처럼 나를 바라보던 유키야 오빠는, 이어서 손으로 시선을 떨어뜨리는 나오키 씨를 보고 마지막으로 책상에 기댄 마사키 씨를 보았다.

"조금 전에 히비키 씨도 인정했다고 하셨는데 정말로 히비키 씨가 자신이 훔쳤다고 말씀하셨나요?"

"말한 건…… 아니야. 우리가 추궁하니까 녀석은 화가 난 얼굴로 입을 다물어버렸지. 녀석은 옛날부터 그랬어. 혼을 내거나 화를 내면 밉살스럽게 이쪽을 노려보면서 말을 안 해. 하지만 부정하지 않았으니 녀석이 했다는 뜻이지. 훔치지 않았는데 그렇다고 말하지 않는 사람이 어디 있겠어?"

여기까지의 이야기를 들어보아도 나는 역시 히비키 씨가 그런 짓을 했다고는 생각할 수 없었다. 하지만 그렇다면 어째서 히비키 씨는 아무 말도 하지 않았을까. 조금 전에 나오키 씨에게서 본 떳떳하지 못한 느낌은 뭐였을까. 도무지 이해가 되지 않아서 머리가 아파왔다.

옆에서 턱을 당기고 무언가를 골똘히 생각하고 있던 유키야 오빠가 조용히 입을 열었다.

"한 가지 더 궁금한 게 있는데요, 아래층에서 이 3층으로 올라오는 방법은 저 나선계단 외에도 있습니까? 1층과 2층 사이에는 평범한 직선계단이 있던데 그런 길이 3층으로도 이어져 있나요?"

마사키 씨는 '왜 그런 걸 묻는 거야?'라는 표정을 지으면서도 꼬박꼬박 대답해주었다.

"아니, 2층과 3층 사이에는 저 나선계단밖에 없어. 3층은 할아버지 대에 증축한 거라 나선계단만 위로 이었지."

"—그렇군요."

얼마 동안 생각을 정리하듯 뜸을 들인 뒤 유키야 오빠가 일어나자 나도 황급히 따라 일어났다. 내가 알 수 있는 것은 유키야 오빠가 무언가를 알아냈다는 사실뿐, 그것이 무엇이고 방금 그 질문의 의미가 무엇인지는 전혀 알지 못했다. 끝까지 거절하지 못하고 받은 향목 조각이 든 옻칠 상자를 들고 "오, 오늘은 정말 감사했습니다." 하고 머리를 숙였다.

그동안 유키야 오빠는 일어서서 나오키 씨를 보고 있었다. 그리고 나오키 씨도 폭풍이 지나간 뒤의 바다처럼 잔잔한 눈으로 유키야 오빠를 보고 있었다.

하지만 결국 두 사람은 아무 말도 하지 않았고, 우리는 서재를 나왔다.

3

"카노, 히비키 씨가 어디 있는지 알 수 있어요?"

유키야 오빠가 나선계단을 2층까지 내려온 뒤 나에게 물었다. 나는 고개를 끄덕였다.

사람은 저마다 고유한 체취를 가지고 있다. 그것은 감정의 움직임과 몸 상태의 변화에 따라 끊임없이 변화하지만, 예를 들어 할머니의 어린 시절 사진을 보더라도 어딘가 지금과 공통된 모습이 있듯이 사람의 냄새도 기본적인 부분은 달라지지 않는다.

마음을 집중하고 천천히 숨을 깊이 들이마시자 어렴풋이 히비키 씨의 냄새가 났다. 게다가 요리사인 그에게는 향신료의 독특한 냄새도 배어 있으므로 뒤따라가기는 비교적 편했다.

"여, 기모노 커플. 야호."

우리는 현관 밖으로 나와 철창 대문과 저택 사이에 있는 아름다운 정원으로 들어섰다. 그리고 얼마 동안 걸어가자(얼마 동안 걷지 않을 수 없을 만큼 넓었다.) 커다란 느릅나무 밑에서 하얀 대형견 한 마리와 느긋하게 쉬고 있는 히비키 씨를 발견했다.

그 새하얀 개는 매우 특징적인 늘씬한 몸을 하고 있었다. 다리가 길고 배에서 엉덩이까지의 선이 꽉 조인 듯이 가늘었다. 일어서면 키가 상당히 클 커다란 몸에 비해 얼굴은 작고 길쭉했다. 마치 귀족처럼 우아하고 아름다운 개였다.

내가 반한 것은 말할 것도 없고, 의외로 내 옆에 서 있는 유키야 오빠에게서도 두근거리는 향기가 둥실 풍겼다. 유키야 오빠는 감정 변화가 잘 일어나지 않아서 평소에는 그다지 향기를 느낄 수 없다. 유키야 오빠는 짐짓 무표정을 가장하며 흘끔흘끔 자기가 입고 있는 기모노를 신경 썼다.

"유키야 오빠, 그 기모노는 날씨가 조금 더 따뜻해지면 세탁소에 보내야겠다고 요전에 할머니가 그랬으니까 조금쯤 더러워져도 괜찮을 거예요."

"아닌 밤중에 홍두깨같이 갑자기 무슨 소리예요?"

"그리고 저 예카테리나는 아주 기품이 있어 보이니까 다가가서 쓰다듬어도 다짜고짜 달려들어서 털을 비벼대지는 않을 거예요."

"그건 모르죠. 개는 원래 애정으로 가득 찬 미사일 같은 생물이니까요."

"그럼 난 가볼게요."

"뭐라고요?"

참지 못하고 나는 총총히 걸어갔다. 우아한 하얀 개는 나무 밑에 앉아 있는 히비키 씨의 무릎 위에 턱을 올리고 엎드려 있다가 내가 다가가자 고개를 들었다.

이미 상당히 나이를 먹은 듯했다. 눈동자는 희미하게 하얀 막이 씌워진 것처럼 탁했지만 끝이 없는 깊이를 담고 있어서 자신의 가치를 감정당하는 기분이 들었다. 조금의 경계와 호기심, 그리고 그러한 감정을 감싸고 있는 고귀한 고요함. 그런 향기를 하얀 개 예카테리나에게서 느꼈다.

"안녕?"

천천히 쪼그려 앉으며 오른손을 살포시 내밀자 예카테리나가 나의 손에 코를 댔다. 그리고 몇 번 각도를 바꾸며 냄새를 확인한 뒤,

"조금쯤은 쓰다듬어도 돼."

하는 느낌으로 턱을 내 손바닥 위에 슬쩍 비볐다. 나는 여왕님이 말을 걸어준 정원사처럼 감격해서 복슬복슬한 턱 밑을 쓰다듬었다. 한쪽 무릎을 세워 안고 있는 히비키 씨에게서 놀라움의 향기가 났다.

"대단한걸. 이 녀석은 조금 까다로워서 모르는 사람은 경계하는데."

"아마 나의 넘쳐나는 존경심이 전해진 걸 거예요."

"존경? 하하, 넌 재미있는 말을 하는구나."

어릴 때 나는 개와 이야기를 나눌 수 있으면 좋겠다고 생각했다. 사실은 지금도 그렇게 생각한다. 뛰어난 후각을 칭찬 받는 그들에게 물어보고 싶기 때문이다.

너희는 사람들이 가진 고유한 냄새를 알 수 있니? 나처럼 사람이 느끼는 감정의 냄새를 맡을 수 있니? 난 이따금 무서워져.

사실은 이게 다 나의 망상이고 내가 그냥 이상한 애라서 그런 게 아닐까 싶어서.

"카노 혼자만, 약았어요……."

결국 참지 못하겠는지 다가온 유키야 오빠가 나직하게 말했다. 약았다고 해도 어쩔 수 없다.

내가 옆으로 살짝 옮기며 자리를 만들어주자, 유키야 오빠는 기장이 긴 소매가 땅에 닿지 않도록 잡고 예카테리나 앞에 무릎을 꿇었다. 마치 기사가 여왕님을 알현하듯이 공손하게.

그러자 예카테리나가 일어나서 유키야 오빠의 턱을 날름 핥았다. 천천히 꼬리를 흔드는 예카테리나에게서 기쁨의 냄새가 났다. 어디로 보나 나보다 유키야 오빠가 더 환영받았다. 어쩐지 진 것 같은 기분에 사로잡힌 내 옆에서 유키야 오빠는 미소 지으며 개의 머리를 쓰다듬었다.

"오늘은 어쩐 일이야, 예카테리나? 나만 좋아하는 줄 알았는데, 충격이야."

"틀림없이 젊은 남자가 더 좋은 거겠죠. 보르조이죠?"

보르조이? 고개를 갸웃거리는 나에게 유키야 오빠가 설명해주었다. 이 특징적인 늘씬한 체형의 소유자인 예카테리나는 보르조이라는 견종으로, 제정러시아에서 왕후귀족만 사육할 수 있었던 고귀한 사냥개라고 한다.

"잘 아네?"

"옛날에 우리 집에서도 키웠었거든요."

나는 정말로 숨 쉬는 것도 잊을 정도로 놀랐다.

유키야 오빠는 자기 이야기를 거의 하지 않는다. 가족 이야기는 전혀 하지 않는다. 하지만 지금 정말로 아주 조금이지만 자신의 과거에 대해 이야기했다. 아마도 카마쿠라 어딘가에 있을 유키야 오빠의 본가에서 옛날에 예카테리나와 꼭 닮은 개와 살았던 일을. 자신이 그런 말을 했다는 사실조차 깨닫지 못한 것 같은 환한 미소를 지으며.

"예카테리나라는 이름은 러시아 여제에게서 따온 건가요?"

"맞아. 이 녀석은 강아지 때부터 기품 있는 얼굴을 하고 있었거든."

그렇다면 내가 품었던 여왕님이라는 인상도 틀린 것은 아니었다. 예카테리나는 역시 히비키 씨가 머리를 쓰다듬어줄 때 가장 기쁜 냄새를 폴폴 풍겼다.

"오늘 예카테리나를 데리고 가시나요?"

내가 물어보자, "형이 그래?" 하고 눈썹을 치켜 올리며 히비키 씨가 웃었다.

"맞아, 이제야 데리고 가. 사실은 좀 더 일찍 데리러 오고 싶었지만 나는 줄곧 아파트에서 살았거든. 이 녀석이랑 같이 지낼 공간이 없었어. 하지만 지난번에 마침내 주택을 구해서…… 여기와 비교하면 상당히 좁지만 참아줄 거지, 예카테리나? 작지만 정원도 있어."

예카테리나의 얼굴을 마구 마사지하는 히비키 씨에게서 흘러넘치는 깊은 애정의 향기에 나는 눈물이 핑 돌았다. 나는 이런 향기에 약했다. 예카테리나를 위해 새 집을 구할 정도로 그는 개를 소중히 여기는 것이다.

"그럼, 산책도 했으니 슬슬 갈까, 여왕님?"

히비키 씨가 엉덩이에 묻은 흙을 털며 일어선 그때였다.

"10년 전의 향목 도난 사건에 대해 마사키 씨에게서 들었어요."

예카테리나의 눈처럼 하얀 등을 쓰다듬으며 유키야 오빠가 조용히 말했다.

바람이 아름드리 느릅나무의 가지를 흔들자 파도 소리 같은 나뭇잎 스치는 소리가 머리 위에서 잔잔하게 들려왔다. 나는 숨을 삼켰다. 유키야 오빠는 무슨 말을 하려는 걸까.

"그랬구나. 미안하다, 꼴사나운 이야기를 듣게 해서."

"고인의 금고에 들어 있던 가라를 히비키 씨가 빼내서 팔았고, 금고가 있던 서재에서 주위를 두리번거리며 나오는 당신을 나오키 씨가 목격했다지요?"

담담하게 이야기하며 유키야 오빠는 일어나 히비키 씨를 똑바로 바라보았다.

"하지만 훔친 사람은 히비키 씨가 아니죠?"

컹, 하고 예카테리나가 작게 울며 히비키 씨의 손등을 코끝으로 찔렀다. 눈이 휘둥그레진 채 움직이지 못하는 히비키 씨를 "왜 그래?" 하고 걱정하는 듯했다.

"……내가 훔치지 않았다니, 어째서 그렇게 생각하지?"

"당신은 고인의 서재에서 향목을 훔칠 수 없다고 생각하기 때문이에요. 10년도 더 지난 일이고 나는 완전한 외부인이니 지금부터 하는 이야기에 확증은 없어요. 혹시 잘못 알았다면 사과할게요."

히비키 씨를 보며 유키야 오빠는 중저음의 목소리로 말했다.

"히비키 씨, 당신은 고소공포증이 있지 않나요?"

——고소공포증?

내가 볼 때 히비키 씨는 거의 표면상으로는 반응을 보이지 않았다. 하지만 그의 냄새는 정곡을 찔린 듯한 동요를 보이며 사방으로 흩어졌다.

"위화감을 느낀 것은 히비키 씨가 우리를 불단이 있는 방으로 안내해줬을 때예요. 중앙의 나선계단으로 올라가는 편이 그 방으로 가기에는 훨씬 가까운데 당신은 일부러 멀리 둘러가는 직선계단을 이용했어요."

아, 하고 나도 생각났다. 분향을 하고 불단이 있는 방에서 나왔을 때 바로 옆에 나선계단이 있는 것을 보고 유키야 오빠만큼 위화감을 느끼지는 않았지만 이상하기는 했다.

"고소공포증이 있는 사람은 단순히 높은 곳을 무서워한다기보다 발밑에 공간이 있으면 그곳으로 떨어지는 이미지가 떠오르기 때문에 공포를 느낀다고 하더군요. 그런 사람에게는 1층부터의 높이가 고스란히 한눈에 들어오는 나선계단은 무서울 거예요."

"……다른 계단으로 올라간 건 너희한테 계단 벽에 걸려 있는 그림을 보여주고 싶었기 때문일 수도 있지 않을까? 난 그 그림을 좋아하거든. 무얼 표현한 건지는 몰라도 색감이 예쁘잖아."

"그렇군요. 나도 그 그림은 멋있다고 생각했어요. 조금 전에도 말했지만 이건 단지 추측일 뿐이라 당신이 그렇지 않다고 하면 그뿐이에요. —어때요?"

히비키 씨는 입술을 꾹 다물고 아무 말도 하지 않았다. 침묵은 10초 정도 이어진 듯했다. 이윽고 그는 얼굴을 찡그리는 것에 가까운 미소를 지었다.

"네 이름도 아직 못 들었는데, 혹시 김전일이야?"

"아쉽지만, 코난도 아니고 키시다입니다. 언제부터예요?"

"유치원 때 정글짐에서 떨어져서 머리를 몇 바늘 꿰맸는데 그 뒤로 생겼어. ……아무한테도 들킨 적 없었는데. 꼴불견이지? 전구만 갈아도 식은땀이 나니 스카이트리도쿄에 있는 세계 최고 높이를 자랑하는 전파탑. – 역자 주는 물론이고 사그라다 파밀리아 성당에도 평생 못 갈 거야."

역시 유키야 오빠의 말대로였다. 나는 놀라서 히비키 씨를 보았다.

그리고 그 순간 알았다. 유키야 오빠가 무슨 말을 하려고 하는지를.

"하지만 그렇다면 히비키 씨는 3층에는……."

"맞아요. 사건이 있었던 10년 전에 이미 히비키 씨는 고소공포증을 가지고 있었어요. 3층에 있는 서재에 갈 수 있는 방법은 그 나선계단밖에 없죠. 하지만 히비키 씨는 나선계단을 올라가지 못해요. 그러니 히비키 씨는 3층 서재에 드나들 수가 없겠죠. 물론 참으면 나선계단을 올라갈 수도 있겠지만 역시 나는 당신이 훔치지 않았다고 생각해요. 당신한테 도둑질은 어울리지 않아요."

그렇지 않나요?

유키야 오빠의 물음에 히비키 씨는 작은 한숨으로 대답했다. 그것으로 충분했다.

"마사키 씨는 당신이 의심을 받는데도 부정하지 않았다고 하셨어요. 왜 본인이 아니라고 반박하지 않았어요?"

"글쎄, 이젠 기억도 잘 안 나. 10년도 전의 일이니까. ……하지만 아마 아무래도 상관없다고 생각했겠지."

끙, 하고 울며 예카테리나가 또다시 히비키 씨의 손등을 핥았다. 그는 애견에게 미소 지어주며 사랑이 듬뿍 담긴 손길로 목을 쓰다듬어주었다.

"중학교 때 이 집으로 오게 됐지만 난 어떻게 해도 이곳의 진짜 가족은 될 수 없다는 걸 금방 깨달았고, 형들이나 양어머니가 날 싫어해도 그건 당연한 일이고, 내 부모는 이제 아버지 한 사람밖에 남지 않았는데 그 아버지가 내 얘기는 전혀 듣지도 않고 다짜고짜 호통부터 치니 이제는 아무래도 좋다고 생각했겠지. 그 무렵의 난 순진한 고등학생이었으니까."

마지막에는 또다시 농담 투로 말하며 히비키 씨는 웃었다. 그런 그에게서 풍기는 향기는 슬픔이 배어 있기는 해도 원망은 없었고, 비 갠 뒤의 하늘 같은 청명함으로 감싸여 있었다.

이 사람은 강한 사람이다. 깊은 상처를 스스로 치유하고 투명한 마음을 지켜왔다.

하지만 감동하는 한편 나는 마음이 어두워졌다. 역시 케이타로 씨의 향목을 훔친 사람이 히비키 씨가 아니었다면, 다시 말해 그 사람은.

"당신이 서재에서 나오는 것을 봤다는 나오키 씨의 증언은 사실이 아니었다는 뜻이 됩니다. 나오키 씨가 뭔가 착각을 했든지 아니면 거짓말을 했든지 두 가지 가능성을 생각할 수 있지만, ……당시 이 집에 살고 있던 사람은 당신과 나오키 씨, 마사키 씨, 케이타로 씨와……."

"양어머니. 형들의 어머니."

"그렇다면 나오키 씨가 착각했다고는 생각하기 어렵군요. 누군가를 잘못 봤다고 하더라도 다른 사람들은 당신과 스무 살 가까이 나이 차이가 났을 거고, 양어머니는 성별 자체가 다르죠. 제삼자가 침입했을 가능성에 대해서는 마사키 씨가 상당한 자신감을 보이며 부정하셨어요. ……그렇다면 역시 나오키 씨는 거짓말을 한 거죠."

나는 히비키 씨를 목격했다고 말했을 때 맡았던 나오키 씨의 향기를 떠올렸다. 떳떳하지 못한 느낌과 괴로움에 몸부림치는 후회.

"거짓말을 한 이유로는 먼저 나오키 씨 본인이 향목을 훔치고 그 죄를 당신에게 덮어씌웠다고 생각해볼 수 있겠죠."

"그렇진 않아."

히비키 씨의 목소리는 매서울 정도였다. 그리고 그는 눈을 감았다.

"그 형은 도둑질을 할 사람이 아니야. 뭐랄까, 청렴결백한 사람이야. 처음에는 가까이하기 어려워 보여도 정말 좋은 사람이고, 거짓말을 못하고 약속은 반드시 지켜. 절대로 누군가를 무시하거나 속이지도 않아. 아버지와 형과 양어머니도 모두 나오키 형을 신뢰했어. ……정부의 자식이라도 제대로 동생으로 대해주고 돌봐주는 그런 사람이야."

그러니까, 하고 고통스러운 향기를 풍기며 히비키 씨는 계속 말했다.

"도둑질을 했다거나 그래서가 아니라 단지 내가 거슬렸던 거야. 역시 사실은 정부의 자식이 싫었고, 그래서……."

아아, 나는 가슴이 저릿했다. 의심을 받았을 때 히비키 씨가 부정하지 않았던 이유는 그런 식으로 생각했기 때문도 있었던 것이다. 자신을 돌봐주던 형, 틀림없이 히비키 씨도 마음을 열었을 사람이 갑자기 영문도 모르는 일로 자신을 고발하고 매몰차게 내치자 히비키 씨는 더 이상 자기가 그러지 않았다는 말조차 나오지 않았던 것이다.

"그건 모순이 아닌가요?"

하지만 키시다 유키야 오빠는 감성적인 분위기는 꾹꾹 뭉쳐서 쓰레기통에 버린듯이 쿨했다. 히비키 씨와 나는 어안이 벙벙했다.

"나오키 씨는 청렴결백한 인격자고 당신을 동생으로 여기며 돌봐줬어요. 그런데도 나오키 씨가 어느 날 갑자기 마음이 바뀌어서 당신을 모함하기 위해 향목 도난 사건을 연출했다는 건가요?"

"……아니, 그러니까 그 전에는 꾹 참으며 나를 대했지만 한계에 달했다거나 해서 그랬겠지."

"조금 석연치 않네요."

그럼 날더러 어떡하란 거야? 라는 얼굴로 히비키 씨가 나를 보았다.

"죄송해요, 죄송해요."

나는 연신 굽실거리며 사과했다.

"하지만 향목 도난이 금전 목적이 아니라 당신을 모함하기 위한 것이 아닌가 하는 생각에는 나도 동의해요. 마사키 씨는 당신이 돈 때문에 향목을 훔쳤다고 굳게 믿었고, 그것이 당시 모두의 의견이었겠지만 이 댁의 자산을 생각하면 굳이 절도라는 위험성이 큰 방법을 취하지 않더라도 돈을 조달하는 데에는 문제가 없었을 거예요."

그리고 유키야 오빠는 숨을 내쉬고, "지금부터는 추측이라기보다 상상이니 그렇게 생각하고 들어주세요." 하고 조용히 운을 띄웠다.

"향목을 훔친 사람이 나오키 씨는 아니었을 거예요. 다른 사람이 금고에 엄중히 보관되어 있던 가라를 훔쳤어요. 왜냐하면 그것은 케이타로 씨가 가장 소중하게 아끼는 물건이기 때문이죠. 정열을 쏟아 수집한 소중한 컬렉션이 도난당하면 당연히 케이타로 씨는 충격을 받고 범인에게 불같이 화를 낼 거예요. 그 분노를 히비키 씨에게로 몰아가는 것이 '그 사람'의 목적이었어요."

그리고 실제로 히비키 씨는 케이타로 씨에게 호되게 야단을

116   제2화

맞았다. 그의 말은 들어주지도 않을 만큼.

"케이타로 씨가 향목이 도난당한 걸 발견한다. 집안이 발칵 뒤집힌다. 제삼자가 침입했을 가능성은 낮다, 그렇다면 가족 중 누군가의 소행이다―, 그런 이야기가 됩니다. 나오키 씨는 어떤 이유로 범인이 누구인지 알아챘거나 실제로 그 누군가가 서재에서 나오는 모습을 봤는지도 몰라요. 혹은 히비키 씨 당신의 탓으로 해달라고 '그 사람'에게 부탁을 받았거나. 어쨌든 나오키 씨는 당신에게 죄를 뒤집어씌우기로 했어요. '그 사람'을 감싸기 위해."

나는 어느 틈에 가슴을 부여잡고 있었다. 심장 소리가 불길하게 빨라지고 괴로웠다. '그 사람'이 누구인지 천천히 머릿속에서 모습이 완성되어가고 있었다.

"그럼 '그 사람'은 누구일까요? 나오키 씨와 향목의 정당한 소유자인 케이타로 씨는 제외할게요. 마사키 씨도 어지간한 연기자가 아닌 한 그 말과 행동으로 보아 아니라고 생각합니다. 그렇다면 남는 사람은……."

"이제 됐어."

유키야 오빠의 말을 가로막은 히비키 씨의 목소리는 딱딱하고 갈라져 있었다. 그리고 손으로 입을 막으며 침묵했다.

모든 것은 상상이다. 나는 그 사람의 이름도 모른다. 단지 쿠라나미 씨 댁 형제들이 그 사람의 존재를 이야기하는 것을 몇 번 들었을 뿐이다.

그 사람은 케이타로 씨에게 자기 외에도 여자가 있다는 사실을 알았을 때 틀림없이 큰 충격을 받고 상처를 입었을 것이다. 그리고 그 여자의 아이인 히비키 씨가 집으로 왔을 때 형용할 수 없는 기분을 맛보았을 것이다.

만약 그 사람이 너무 괴로운 나머지 죄를 지었고, 그 사실을 나오키 씨가 알았다면 그는 아마 어떻게 해서든 그녀를 지키려고 했을 것이다. 설령 성실하고 공정한 자신의 마음을 등지게 되더라도. 그리고 의심을 받은 히비키 씨는 이 아름다운 저택을 떠났다.

바람이 불며 다시 느릅나무 이파리가 스치는 소리가 내려앉았다.

그랬을지도 모른다는, 지금은 이미 확인할 방법도 없는 슬픔을 애도하듯이.

4

긴 침묵 뒤에 유키야 오빠가 입을 열었다.

"한 번 더 말하지만, 방금 한 이야기는 추측이라기보다는 상상이고, 향목을 훔친 사람이 실제로는 누구였는지, 무엇이 목적이었는지도 이미 확인할 방법이 없어요. 하지만 히비키 씨가 향목을 훔쳤다는 오해는 아직 풀 수 있다고 생각해요."

유키야 오빠는 틀림없이 그 오해를 풀고 싶어서 10년 전의 진상을 파헤치려고 했을 것이다. 분명 내가 그렇듯이 유키야 오빠도 이 사람이 좋아졌기 때문이다.

히비키 씨는 아련한 눈으로 나무숲 너머의 저택을 바라보았다. 그리고 입을 열었다.

"아니, 이제 됐어."

의외일 만큼 공허한 목소리로 말했다.

"도둑 취급을 받는 이대로가 괜찮다는 건가요?"

"응, 괜찮아. 이미 10년이나 그랬으니까, 앞으로 10년이든 20년, 50년 이대로여도 별로 상관없어. 애당초 이미 나는 크게 신경 쓰지도 않고."

"하지만……."

그렇다면 히비키 씨의 명예는 어떻게 되지? 상처받은 마음은? 내가 말하려는 것을 가로막듯이 히비키 씨가 웃었다. 강하고 눈부신 미소였다.

"난 지금 제법 행복하게 살고 있어. 10년 전의 일은 확실히 불쾌했지. 하지만 아마 그 일도 지금의 내가 되는 데에 필요했던 거야. 그러니까 됐어. 이제, 괜찮아."

히비키 씨는 나에게, 그리고 유키야 오빠에게 부드러운 눈길로 미소를 지어 보였다.

"정말로 생각도 못했어. 10년이나 지나서 그 일은 내가 한 게 아니라고 다른 누군가가 말해주다니. 게다가 기모노를 입은 귀여운 여자애와 꽃미남 안경, 두 사람이나. 난 그걸로 충분해. — 고마워."

히비키 씨는 그러고 나서, "그럼 갈까!" 하고 기운을 북돋듯이 활기찬 목소리로 말하고 예카테리나의 목에 줄을 맸다. 아직 석연치 않은 부분이 있었지만 나와 유키야 오빠도 대문으로 향하는 그의 뒤를 별 생각 없이 뒤따랐다.

이 뒤의 일은 스스로도 상당히 훌륭한 어시스트였다고 생각한다. 물론 가장 큰 공로자는 예카테리나고, 나는 깍두기에 지나지 않았지만 말이다.

예카테리나가 행동에 나선 것은 그 으리으리한 검은 철창 대문이 보이기 시작했을 때였다. 먼저 예카테리나는 걸음을 갑자기 멈추고 버티고 서서 목줄을 쥔 히비키 씨에게 반항했다. "왜 그래?" 하고 히비키 씨가 어리둥절하며 줄을 잡아끌려고 했다.

"멍!"

그러자 예카테리나는 위엄이 가득한, 하늘로 쏘아올린 불꽃처럼 뱃속까지 울리는 울음소리를 냈다. 나도 깜짝 놀라고, 유키야 오빠도 놀라고, 그리고 누구보다도 히비키 씨가 충격을 받았다.

"나한테 짖은 적은 한 번도 없었는데……."

멍! 멍! 하고 계속 짖으며 예카테리나는 줄을 잡아당겼다. 그러는 그녀에게서 향기를 느꼈다. 안타까움과 어떤 결단을 내린 의지.

"저기, 어디에 가고 싶은 게 아닐까요?"

예카테리나는 아마도 히비키 씨를 어딘가로 데리고 가고 싶은 것이다. 내 말에 히비키 씨는 눈썹을 찡그리면서도 줄을 당기던 손에 힘을 풀었다. 그 순간 예카테리나는 잰 걸음으로, 하지만 여왕의 이름에 걸맞은 위엄을 유지하며 상아색 저택으로 우리를 데리고 갔다.

예카테리나가 똑바로 향한 곳은 저택 1층 끝에 있는 넓은 방이었다. 그다지 물건이 없어서 깔끔한 방엔 깜짝 놀랄 만큼 커다란 은색 케이지가 창가에 있었다. 그곳은 예전에 히비키 씨의 방이었고, 지금은 예카테리나가 자는 곳이라고 했다.

"아……, 예카테리나. 이렇게 말하면 미안하지만 이제부터 넌 다른 집에서 살아야 해. 이곳보다는 좁지만 바다도 보이고 햇볕도 잘 드는 곳이니까 은퇴했다고 생각하고……."

히비키 씨가 엉뚱한 말로 설득하는 가운데 예카테리나는 목줄을 질질 끌면서 창가의 케이지로 들어가 "멍!" 하고 또 한 번 울었다. 슥, 슥, 하고 코끝으로 무언가를 밀어냈다.

그것은 한 변이 30센티미터 정도의 멋스러운 나무 상자였다.

"여봐라, 멀뚱히 있지 말고 이것을 들어라."

그렇게 명령하듯 날카로운 향기를 풍기며 예카테리나가 나에게 고개를 돌렸으므로 나는 몸을 굽혀 "시, 실례할게요." 하고 은색 케이지 안으로 몸을 반쯤 넣었다. 뚜껑이 달린 나무 상자는 잡아당겨 보니 제법 무거웠다.

"아, 아버지가 사준 장난감 상자라는 거구나. 그러고 보니 같이 가지고 가라고 했지."

히비키 씨가 눈을 동그랗게 뜨며 상자를 받아들려고 양손을 내밀었다. 하지만 나는 건네지 못했다. 상자에서 풍기는 향기로운 냄새를 알아챘기 때문이다.

물론 나무 상자는 두꺼운 뚜껑으로 덮여 있었으므로 유키야 오빠나 히비키 씨는 맡지 못했을 것이다. 하지만 나에게는 느껴졌고, 그것이 무슨 향기인지도 알고 있었다. 이래봬도 향 가게 손녀다. 하지만 설마, 왜 이런 곳에……

"……죄송하지만 이 상자를 열어봐도 될까요?"

"응? 그래, 괜찮아."

상자 안에는 곳곳에 이빨 자국이 난 뼈와 공 모양의 나무 장난감이 들어 있었다. 하지만 상자 구석에 딱 내 손 정도의 길이와 폭의 화지 꾸러미가 들어 있었다. 나무 장난감 사이에서 그것만 명백히 이질적이어서 나는 가만히 손가락 끝으로 화지 꾸러미를 풀었다. 화지 밑에서 또다시 죽피지가 나왔다. 이미 이때

제2화

에는 '설마'가 거의 확신으로 바뀌면서 심장 소리가 빨라졌다.

　그리고 죽피지 포장을 풀자 생각했던 물건이 나타나 현기증이
났다.

　"……유키야 오빠."

　"응? 왜 그래요?"

　"……라예요……."

　"미안한데, 잘 안 들렸으니까 한 번 더 말해줄래요?"

　"……이건, 가라예요!"

　어지간해서는 당황하지 않는 유키야 오빠의 눈이 안경 너머에
서 휘둥그레졌다.

　"마, 맡아보세요."

　내가 양손으로 내민 이중 포장으로 유키야 오빠가 코를 가까
이 댔다. 거기까지 대면 유키야 오빠도 어렴풋한 향기를 알 수
있을 것이다. 얼마 뒤 몸을 일으킨 유키야 오빠는 얼굴이 굳어
졌다.

　"……향기가 나네요. 나는 종류까지는 판별하지 못하겠는데,
틀림없나요?"

　"얼마 전에 할머니가 가라를 들려줬기 때문에 아마도……."

　"이렇게 큰 건 처음 봤어요……."

　"그보다 어째서 이런 곳에 떡하니……."

　"응, 뭐야? 무슨 얘길 하는 거야? 나만 빼놓고 너희끼리만 얘

기하지 마."

나는 장난감 상자를 유키야 오빠에게 들고 있으라고 하고 화지와 죽피지 꾸러미를 신중하게 들어올렸다.

히비키 씨 앞에서 맨손으로 만지지 않도록 조심하며 더욱 신중하게 포장지를 좌우로 펼쳤다.

그러자 나무 조각 한 덩어리가 모습을 나타냈다. 유목流木처럼 울퉁불퉁한 질감이고, 크기는 내 손가락 끝부터 손목 정도의 길이, 그리고 관록 있는 가로 폭과 두께를 가지고 있었다. 색깔은 거무스름하고 무게는 묵직했다. 듬뿍 들어 있는 수지의 무게다.

"이건 향목이에요. 제대로 감정을 하지 않아서 확실하지는 않지만 가라라는 종류일 가능성이 있어요."

"향목? 아아……, 아버지 건가?"

"가라는 향목 중에서 최상품으로, 지금은 1그램에 2만 엔에서 5만 엔 정도 해요. ―그러니까 이게 진짜 가라라면 수백 만 엔에서 1천만 엔 정도의 가치가 있을 거예요."

히비키 씨는 나를 보며 아무 말도 하지 않았다. 그보다는 말문이 막혔다.

"……뭐? 어째서 그런 물건이 여기 들어 있지?"

나도 그 이유가 알고 싶었다. 이런 거대한 향목이, 그것도 가라가 개의 장난감 상자에 들어 있었다. 너무 믿을 수가 없어서 새삼 현기증이 났다.

"아버지는 그런 물건을 예카테리나가 물고 놀게 줬다는 말이야?! 제정신이 아닌 거 아냐?!"

"하, 하지만 이빨 자국은 없어요! 그러니까 괜찮아요!"

"그런 문제야?!"

혼란에 빠진 나와 히비키 씨 옆에서 혼자 잠자코 있던 유키야 오빠가 입을 열었다.

"이 가라는 혹시 10년 전에 도난당한 게 아닐까요?"

아, 하고 의표를 찔리고 나서 나는 떠올렸다.

케이타로 씨가 우리 할머니에게 남긴 향함에서 하나만 비어 있던 '가라'. 그렇다. 10년 전에 홀연히 사라진 향목도 가라였다.

"가라는 몇 개씩 모을 수 있는 물건이 아니에요. 아마, 그렇다고 생각하지만."

"……하지만 만약 그렇다면 어째서?"

어째서 잃어버렸을 터인 향목이 장난감 상자에 들어 있는 것일까.

어느새 예카테리나가 내 옆에 서 있었다. 지금은 돌아가신 저택의 주인에게 사랑받았던 긍지 높고 아름다운 개. 어렴풋이 하얗게 변한 눈동자가, 그녀가 내뿜는 향기가, 무언가를 나에게 호소하고 있었다. 예카테리나. 케이타로 씨가 산 장난감 상자. 거기에 들어 있던 향목. 문득 그런 파편들이 연결되면서 그 이야기가 내 안에 퍼져 나갔다.

"……고인께서 히비키 씨에게 남긴 메시지가 아닐까요?"

히비키 씨가 나를 보며 미간을 찡그렸다. 그러고 보니 영정 사진에서 본 케이타로 씨와 히비키 씨는 얼굴이 조금 닮았다.

"히비키 씨가 집을 나간 뒤 고인께선 어떤 계기로 진상을 알았는지도 몰라요. 히비키 씨는 범인이 아니라는 걸 알았고, 사라졌던 향목도 다시 돌아왔죠."

화지에 감싸인 향목을 히비키 씨에게 내밀었다. 머뭇거리면서 그는 그것을 받아들었다.

"그리고 돌아가시기 전에 예카테리나의 장난감 상자에 그 향목을 넣어둔 거예요. 예카테리나는 고인과 히비키 씨밖에 따르지 않았잖아요? 그렇다면 고인께선 자신의 사후엔 틀림없이 히비키 씨가 예카테리나를 맡아줄 거라고 생각하셨을 거예요. 이 장난감 상자도 예카테리나와 함께 히비키 씨에게로 넘어가겠죠. 그러니까 틀림없이 메시지를 담아 이 가라를 넣으셨을 거예요. '사실을 알았다. 미안했다.'라는 마음으로."

히비키 씨의 눈동자가 흔들리고 그의 향기도 마찬가지로 흔들렸다. 믿을 수 없어, 설마 그런 일이, 있을 리가 없어, 하지만.

"……모르잖아, 아버지가 어떻게 생각했었는지는."

"당신은 어땠으면 좋겠어요?"

눈살을 찡그리는 히비키 씨에게 유키야 오빠는 차분한 목소리로 말했다.

"당신 말대로 케이타로 씨가 돌아가신 지금으로서는 사실을 확인할 길이 없어요. 그러니까 당신이 좋을 대로 생각하면 된다고 봐요. 당신이 앞으로 살아가는 데에 가장 도움이 되는 방향으로 말이에요."

히비키 씨의 입술이 작게 떨리더니 향목 꾸러미를 든 채 고개를 숙였다.

예카테리나가 우아한 발걸음으로 걸어가 히비키 씨 앞에 앉았다. 오래 기다렸다고요. 그렇게 말하듯이 하얀 꼬리를 흔들며.

풋 하고 웃으며 히비키 씨는 무릎을 꿇고 예카테리나를 끌어안으며 하얀 개의 복슬복슬한 목에 얼굴을 파묻었다.

햇빛이 어렴풋이 노을 색깔을 띠기 시작했을 무렵, 나와 유키야 오빠는 저택을 나왔다.

정원의 나무와 꽃들을 흔드는 바람은 어렴풋이 초여름 향기를 머금고 있었다. 다음 계절에는 이 정원에 어떤 꽃이 필까. 그게 무엇이든 분명 아름다울 것이다.

히비키 씨는 그 가라를 들고 나오키 씨를 만나러 갔다. 이미 상속인 자격이 없는 자신이 받을 수는 없고, 상속세 신고에서 누락되면 문제가 된다고.

단, 유키야 오빠는 나와 둘만 남게 되었을 때 이야기했다.

"하지만 나오키 씨는 장난감 상자에 들어 있는 가라를 알고 있었는지도 몰라요. 히비키 씨한테 그랬잖아요? 장난감 상자를 '반드시 잊지 말고' 가지고 가라고."

"네? ……그럴지도 모르겠네요."

"케이타로 씨가 돌아가신 뒤 유산 상속을 위해 저택의 모든 재산을 조사했을 거고, 만약 나오키 씨가 알고 있었다면 그 가라를 히비키 씨가 가지고 가도 아무런 지장이 없도록 제대로 절차를 밟아뒀을지도 몰라요. 뭐, 실제로 어떤지는 모르지만요."

그렇다. 우리는 쿠라나미 씨 댁 사정에 아주 잠깐 얽혔을 뿐이라 사실은 어떠한지 모르는 채로 끝날 것이다. 하지만 나는 유키야 오빠의 말대로 나오키 씨가 장난감 상자에 들어 있는 가라를 알고 있었을 것이라고 생각한다. 그리고 알고 있었다면 그것이 틀림없이 히비키 씨에게 가도록 이미 다 손을 써두었을 것이라고도.

왜냐하면 우리에게 망설임 없이 히비키 씨를 '동생'이라고 소개한 그도 지난 10년 동안 마음의 상처를 안고 살아왔을 테니까. 줄곧 히비키 씨에게 속죄하고 싶다고 생각했을 테니까.

나와 유키야 오빠는 그런 이야기를 하면서 정원 사이의 포석이 깔린 길을 지나 철창 대문 앞까지 왔을 때 그녀와 마주쳤다.

"영차."

철창 대문을 기어오르려던 여성은 20대 중반 정도의 젊은 나이에 여름 꽃처럼 명랑하고 생기가 넘치는 사람이었다. 틀림없이 수상하다는 표정을 짓고 있었을 나와 유키야 오빠를 알아보고 철창에 발을 올린 채 "아하하." 하고 쑥스러운 듯이 웃었다.

"저기, 이 집 사람이야? 히비키 알아?"

"아, 히비키 씨라면 방금……."

"─나나! 뭐 하는 거야, 내려와! 천천히!"

커다란 목소리에 돌아보자 예카테리나와 같이 히비키 씨가 엄청난 표정으로 달려왔다.

"바보야, 위험하잖아! 떨어지면 어떡하려고!"

"에휴, 히비키는 지나치게 싸고돌아서 곤란하다니까. 아, 네가 예카테리나니? 듣던 대로 미인이네. 난 히비키의 아내야. 앞으로 잘 부탁해."

세상에, 히비키 씨의 부인?

"내 말을 듣고는 있는 거야?"

얼굴을 찡그리고 이야기하던 히비키 씨는 나와 유키야 오빠를 돌아보고 온화하게 웃었다.

"따라잡아서 다행이야. 한 번 더 제대로 인사를 하고 싶었거든. 여러 모로 고마워. 정말로."

아뇨, 별 말씀을요. 하고 당황하다 나는 알아챘다. 예카테리나의 목줄을 쥔 손과는 반대쪽 손에 들려 있는 화지 꾸러미. 가슴이 욱신거렸다. 히비키 씨가 이것을 가지고 왔다면 역시 유키야 오빠의 말대로 나오키 씨는…….

"앗, 이것 봐. 냄새 맡고 있어."

히비키 씨 부인의 웃음소리에 모두가 돌아보았다. 예카테리나가 부인의 배에 코를 들이대고 킁킁거리고 있었다. 나도 그녀에게서 피어오르는 향기를 알아챘다. 그녀의 몸에서 나는 냄새와, 우유 같은 달콤한 냄새. 아, 하고 생각했다. 그렇구나. 이 사람은—.

"그런데 이렇게 큰 아이가 우리의 작고 낡아빠진 자동차에 탈 수 있을까?"

"작고 낡아빠져서 미안하게 됐네. 뒤쪽 좌석에 태우면 되잖아? ……그럼 우린 갈 테니까 두 사람도 잘 지내."

도로 끄트머리에 세워둔 경자동차 문을 열며 히비키 씨가 웃는 얼굴로 손을 흔들었다. 유키야 오빠는 고개를 꾸벅 숙여 인사했고, 이번에는 내 차례다. 망설였지만 아무래도 말하고 싶었다.

"히비키 씨도 잘 지내세요. 그리고……, 축하드려요."

히비키 씨의 눈이 커졌다. 어떻게 알았냐고 묻듯이.

하지만 그는 개의치 않고 이내 환하게 웃었다.

"고마워! 데이트 할 때 꼭 들러. 서비스 정도가 아니라 내가 한턱 낼 테니까!"

히비키 씨와 부인과 예카테리나를 태운 자동차가 떠나가자 나와 유키야 오빠도 반대 방향의 길로 걸음을 옮겼다. 곧바로 유키야 오빠가 신기한 듯이 물었다.

"조금 전에 축하한다고 했는데 뭘 말이에요?"

"뱃속에 아기가 있을 거예요, 히비키 씨의 부인. 임신을 하면 몸에서 두 가지 향기가 나거든요. 여동생을 임신했을 때 엄마도 그랬어요."

유키야 오빠는 의표를 찔린 듯했지만 "아아." 하고 이내 생각났다는 듯이 중얼거렸다.

"단독주택을 구한 건 그 이유도 있었을까요? 개를 위해서 무척 마음을 쓰는 사람이라고 생각했는데."

사랑하는 사람과 예카테리나, 그리고 앞으로 태어날 아기와 함께 새로운 집에서 살아가는 히비키 씨를 상상했다. 자기는 행복하다고 말했다. 정말로 그럴 것이다. 그리고 앞으로도 행복하게 살아갈 것이다. 그 사람은 틀림없이 어떤 고난이 닥쳐와도 남을 원망하지 않고 자기 힘으로 희망을 찾아내고 그것을 손에 넣을 테니까.

일요일 저녁 무렵, 여전히 혼잡한 하세의 중심지 인파에 굳어 버린 나는 이번에도 유키야 오빠가 이끄는 대로 뒷골목으로 들어섰다. 상아색 저택에 있었던 시간은 두 시간이 채 되지 않았지만 어째서인지 훨씬 더 오랜 시간을 보낸 기분이었다. 오늘 일어난 수많은 일을 멍하니 되새겨보고 있는데 유키야 오빠가 불쑥 말했다.

"처음 들었어요, 여동생 이야기."

"네?"

"미하루 씨를 통해 여동생이 있다는 사실은 알고 있었지만 카노의 입으로 들은 건 처음이에요."

바보같이 나는 유키야 오빠에게 그 말을 듣고 비로소 자기 이야기를 하지 않는 것은 나도 마찬가지임을 깨달았다.

부모님에게 미움 받는 나와 반대로 두 분의 사랑을 독차지하고 있는 여동생에 대한 이야기. 그런 사정이 알려지는 것이 부끄러워서, 불쌍하게 보는 것이 싫어서 나는 말하지 못했다.

"……두 살 어리고 예쁘장하게 생겼어요. 나랑은 다르게. 성격도 명랑하고. 나랑은 다르게."

"그 '나랑은 다르게'는 여동생을 수식하는 관용구 같은 건가요? 카마쿠라 하면 '별이 빛나는 밤'이라는 수식어가 자연스럽게 붙는 것처럼?"

유키야 오빠가 쿡쿡거리며 웃었다. 그가 웃어주자 옥죄던 마음이 누그러졌다.

나도 이런 식으로 물어봐도 괜찮은 걸까. 싫어하진 않을까.

하지만 나도 알고 싶다. 지금 옆에서 걷고 있는 이 사람을.

"……개 이름은 뭐였어요?"

민가의 정원에 핀 꽃을 보고 있던 유키야 오빠가 이쪽을 보았다. 예카테리나와 많이 닮은 개와 유키야 오빠가 같은 시간을 보냈던 집이 어디에 있는지조차도 나는 모른다.

상당히 오랜 침묵이 흘러 역시 물어보지 말았어야 했나 싶은 마음에 눈물이 날 것 같았을 때 불쑥 대답이 들려왔다.

"코코아."

나는 무심코 유키야 오빠를 뚫어지게 보고 말았다.

"그 이름, 유키야 오빠가 지었어요?"

"귀의 털 색깔이 코코아 같았거든요. 예카테리나와 달리 수컷이었지만."

"그렇구나……. 귀여운 이름이네요."

"왜 웃음을 참는 듯한 이상한 표정을 짓는 거예요?"

이상하다기보다 코코아라고 이름을 붙인 유키야 오빠가 귀여워서, 가르쳐준 것이 기뻐서 마음이 들뜨고 말았다. 결국 참지 못하고 웃음을 터뜨리자 곁눈으로 째릿 노려보았다.

"……그날은 코코아가 눈을 감은 뒤라 집으로 돌아가고 싶지 않았어요. 유일한 친구였거든요."

'그날'이 언제인지 물어볼 필요는 없었다. 똑똑히 기억하고 있기 때문이다. 틀림없이 평생 잊지 못할 것이다.

그날, 검은 책가방을 맨 말라깽이 소년은 친구가 떠나버린 집으로 돌아가기 싫어서 학교를 마치고 돌아오면서 일부러 다른 길로 멀리 둘러 갔는지도 모른다.

이윽고 소년은 포렴에 '향'이라고 적혀 있는 가게 앞을 지나가다 들고양이와 놀고 있는 소녀를 발견한다. 그 소녀도 카마쿠라에 온 지 얼마 안 되어 역시 친구가 없었지만 소년은 그것을 몰랐다. 그리고 소년에게 소녀는 이렇게 묻는다.

――왜 그렇게 슬퍼해?

하세 역에 가까워졌을 때 띠로리로링, 하고 기모노에 맞춘 내 전통 가방 안에서 전자음이 울렸다. LAND 메시지 알림음이다. 스마트폰을 꺼내보니 할머니에게서 문자가 와 있었다.

[유키야는 벌써 돌아갔어?! 학생한테서 흑모 와규 스테이크 고기를 세 장 받았는데 아직 같이 있으면 집에 보내지 마! 돌아갔으면 다시 불러오고!]

나는 말없이 유키야 오빠에게 스마트폰 화면을 보여주었다. 메시지를 읽은 유키야 오빠는 조금 난감한 표정을 지었다.

"하지만 오늘은 일도 하지 않았는데 저녁까지 얻어먹기엔……."

"서운하게 왜 그래요, 나랑 할머니랑 유키야 오빠 사이에?"

어째선지 갑자기 의욕이 생겨서 나는 여전히 망설이는 표정의 유키야 오빠를 역으로 데리고 갔다. 집으로 돌아가기 전에 슈퍼에 들러 채소를 사야지. 유키야 오빠는 채를 아주 잘 치니 샐러드 담당을 맡기고, 나는 간단하게 곁들일 음식과 된장국을 만들며 할머니를 기다려야지.

이 사람이 아직 그날처럼 누구에게도 보여주지 않는 마음 깊은 곳에 슬픔과 외로움을 숨기고 있다는 것은 알고 있다.

하지만, 예를 들면, 아르바이트를 하는 토요일과 일요일에 나와 할머니와 함께 밥을 먹는 시간이 이 사람에게 조금이라도 위로가 되면 좋겠다. 우리는 가족은 아니지만 그 낡고 커다란 집을 자기 집처럼 편안하게 느껴주면 좋겠다.

왜냐하면, 우리는 유키야 오빠를 정말로 좋아하니까.

제 3 화

사랑하는
사람

1

그 여자 손님은 하늘이 꾸벅꾸벅 졸고 있는 것처럼 흐릿한 토요일에 찾아왔다.

카마쿠라 축제도 끝나고 4월도 후반으로 접어든 무렵. 츠루가오카 하치만구 신사와 아사히나 오솔길을 잇는 카나자와 가도와 접해 있는 카게츠 향방은 가도에서 조금 안쪽으로 들어간 곳에 고즈넉하게 자리 잡고 있다. 자동차를 간신히 두 대 세울 수 있는 가게 앞의 공간을 빗자루로 쓸고 있으면 스기모토데라 절과 호코쿠지 절, 조묘지 절 등으로 향하는 관광객들이 송구스러울 만큼 좁은 보도를 지나갔고, 이따금 하얀 바탕에 '향'이라는 한 글자가 붓글씨로 쓰여 있는 포렴을 어라? 하는 느낌으로 쳐다보았다.

그날 할머니는 문화 스쿨 강사로 초빙되어 가게를 비웠다. 오전에 손님이 몰렸다가 점심때는 여유가 생겼으므로 유키야 오빠에게 점심을 먹고 오라고 내보냈더니 2초 뒤에 돌아와 "소같이 생긴 고양이가 있어요." 하고 말했다. 밖으로 나가보자 확실히 젖소처럼 흰색과 검은색 무늬를 가진 뚱뚱한 고양이가 가게 앞 양지바른 곳에서 기분 좋게 몸을 동그랗게 말고 있었다. "이런 애들을 얼룩이라고 하지 않나요?" 내가 말하자, 유키야 오빠는 "얼, 룩, 이?" 하고 외국인처럼 한 글자씩 따라 말했다. 유키야 오빠는 박식하면서도 가끔 누구나 아는 기본적인 것을 잘 모른다.

아무튼 그런 평화로운 오후에 내가 혼자 가게로 돌아오고 바로 뒤이어 그녀가 들어왔다. 포렴을 오른손으로 휙 걷으며 단숨에 칠하지 않은 나무로 된 미닫이문을 벌컥 열고 들어온 그녀의 모습을 나는 지금도 기억한다. 마치 결투를 하러 온 사람처럼 박력이 있었다. 결투라는 인상을 받은 까닭은 그녀의 찌르는 듯한 강렬한 눈빛과 그녀에게서 느껴지는 적개심의 냄새 때문일 것이다.

"어서 오세요."

카운터 안쪽에서 인사하는 나에게 그녀는 가볍게 고개를 까딱하며 응수하고 가게 안을 천천히 둘러보기 시작했다. 지적인 짧은 단발의 검은 머리. 검은 스키니 바지에 하얀 블라우스, 검은 카디건. 지극히 심플한 차림을 아주 멋스럽게 소화하는 사람이었다. 나이는 유키야 오빠와 그다지 차이가 나지 않아 보였다.

향낭과 일본 전통 소품이 진열되어 있는 선반, 향로와 향받침이 진열된 선반, 스틱 타입과 콘 타입 등 모양도 색깔도 가지각색인 향이 진열된 선반. 처음 온 손님들이 곧잘 그렇듯이 그녀도 상품이 진열된 선반을 안쪽부터 차례로 훑어보았다. 이따금 나는 선반 너머로 그녀와 눈이 마주쳤다. 매서운 눈빛. 그리고 시간이 갈수록 진해지는 적개심의 냄새.

"이거 주세요."

이윽고 그녀는 선반에서 아무렇게나 집어든 고체 향수를 계산대 위에 올려놓았다. 고체 향수는 유지에 향료를 섞은 고형 향수를 말한다. 카게츠 향방에서 취급하는 고체 향수는 마키에 옻칠을 한 바탕에 금이나 은가루를 뿌려 문양을 그리는 일본 전통 칠공예. – 역자 주풍 디자인의 동그란 용기에 들어 있으며, 금목서나 유자 같은 일본의 향기를 이미지로 삼았다. 그녀가 고른 것은 금목서 향기였다.

나는 대금을 받고 고체 향수를 얇은 종이봉투에 넣었다. 가까이서 본 그녀는 예쁜 사람이었고, 어쩐지 커피에는 우유와 설탕을 전혀 넣지 않을 것 같은 어른스러운 미인이었다. 그녀는 상품을 싸고 있는 나를 물끄러미 보고 있었다. 나는 아래쪽을 보고 있었으므로 그녀가 나를 보고 있는지 아닌지 알 수 있을 리가 없지만 그래도 뚫어지게 보고 있다는 느낌이 들었다. 나는 식은땀이 날 것 같은 기분으로 역시 그렇구나 하고 생각했다.

이 사람의 적개심은 나를 향한 것이었다.

대체 왜지? 단골손님의 얼굴은 대체로 기억하는데 이 사람은 본 기억이 없었다. 하지만 내가 기억하지 못할 뿐이고 실제로는 이 사람에게 무슨 실수를 한 걸까? 나도 모르는 사이에 나는 또 뭔가 이 이상한 체질 때문에 누군가를 상처주고 만 것일까.

"오, 오래 기다리셨, 습니다."

동요하는 바람에 평소보다도 더욱 더듬거리며 내가 계산대에서 나와 포장한 고체 향수를 내밀자 그녀는 "고마워요." 하고 받아들었다.

마지막으로 그녀는 꿰뚫을 듯한 눈으로 나를 똑바로 쳐다보고 가게를 나갔다.

나는 어떤 일이 마음에 걸리면 계속 얽매이는 성격이라 그로부터 이삼일은 그 사람이 누구였을까, 내가 뭘 잘못했을까 고민하며 끙끙 앓았다. 그래도 5월의 황금연휴가 지나고 5월 중순의 중간고사와 모의고사로 정신없이 바쁘게 지내는 사이에 그 사람에 대해서는 까맣게 잊어버렸다.

그리고 5월이 끝나가는 목요일에 나는 다시 그 사람과 만나게 된다.

그 목요일로부터 며칠 전, 정확히는 토요일 아침 아홉 시 반 무렵, 나는 삼각지붕이 특징적인 카마쿠라 역 앞을 어슬렁거리고 있었다. 역 앞 서점에서 참고서와 할머니에게 부탁받은 패션 잡지를 사서 돌아오는 길에 무심코, 정말로 어쩌다 보니 역에 가보고 싶은 기분이 들었고, 그러자 마침 슬슬 요코스카 선전철이 곧 도착한다고 해서 어디까지나 별 생각 없이 그 전철을 기다려보았다.

이윽고 승객들이 개찰구를 빠져나오며 단숨에 역 구내가 인파로 혼잡해졌다. 나는 방해가 되지 않도록 기둥 뒤에 몸을 숨기고 사람들의 얼굴을 응시했다. ……없다. 다음 전철인가, 아쉬워라, 하고 한숨을 내쉬었을 때였다.

"무슨 임무를 수행하는 중이에요?"

"꺄악!"

심장이 덜컥 내려앉는 기분으로 등 뒤를 돌아보자, 내가 놀라는 바람에 오히려 더 놀랐다는 표정으로 유키야 오빠가 서 있었다. 그러데이션 줄무늬 니트에 검은색 청바지. 유키야 오빠의 사복 차림은 언제나 심플하지만, 사이즈가 딱 맞는 데다 스타일이 좋아서 무엇을 입어도 평균 이상으로 잘 어울린다.

"어? 방금, 전철, 어째서?"

"방금 도착한 전철의 앞차를 타고 왔는데 사고 싶은 책이 있어서 저쪽 서점에 들렀었어요. 그랬더니 카노가 들어왔다가 나를 알아보지 못하고 나간 뒤에 어째선지 역 쪽으로 가기에 뭐지, 하고 지켜보고 있었어요."

"계속 말도 안 하고 보고만 있었어요?!"

"행동이 재미있어서 나도 모르게 그만."

서점에서 나온 뒤부터의 자신의 행동을 모조리, 게다가 하필이면 유키야 오빠에게 들켰다고 생각하자 아니나 다를까 내 얼굴의 난감한 기능이 최대출력으로 발동했다. 나는 고개를 푹 숙이고 와카미야 대로 쪽으로 걸어갔다. 유키야 오빠도 옆에서 걸었는데, 그쪽은 다리가 길어서 유유히 걸음을 옮겨도 잰걸음으로 총총거리는 나와 속도 차이가 나지 않았다.

"임무는 이제 다 끝났어요?"

"……덕분에 완수했어요."

"고생 많았어요. 그런데 조금 전에 '꺄악!' 하고 소리 지른 거, 무척 귀여웠으니까 한 번 더 해보지 않을래요?"

"이, 이상한 소리 할 거면 따라오지 마세요!"

"그래요? 아쉽네요. 그런데 난 카게츠 향방이라는 곳으로 가는데 그쪽은 어디로 가요?"

오늘의 키시다 유키야 오빠는 아침부터 짓궂은 스마일 만발이다. 입을 꼭 다문 내가 점점 더 발걸음 속도를 올리자 옆에 있는 사람이 풋 하고 웃는 것이 느껴졌다. 이쯤에서 한번 흘겨봐 주어야겠다고 고개를 돌린 순간, 어, 하고 깨달았다.

"안경 바꿨네요?"

이야기하자마자 유키야 오빠는 쑥스러운 듯이 손가락으로 안경테 브리지를 올렸다.

"……알겠어요? 비슷한 디자인으로 골랐는데."

"예전 안경은 다리인가 그 부분이 나무로 되어 있었죠?"

금속 알레르기가 있다는 유키야 오빠는 지난주까지는 관자놀이에 닿는 부분이 나무로 되어 있는 검은 메탈 프레임 안경을 쓰고 있었다. 지금 쓰고 있는 것도 겉모양은 거의 달라진 점이 없지만 다리 부분이 짙은 청색 플라스틱으로 되어 있었다.

"학교에서 안경이 망가진 데다 잃어버리기까지 하는 바람에 어쩔 수 없이 새로 샀어요."

"요점이 너무 간략하게 추려져서 오히려 이해가 잘 안 되는데, 대체 무슨 일이……."

"동아리에서 프레젠테이션 준비를 할 때 동급생이 기재로 치는 바람에 렌즈가 깨졌는데, 테는 무사해서 나중에 렌즈만 갈아야겠다고 생각하고 책상에 올려뒀는데 어째선지 감쪽같이 사라져서 다시 사야 했어요."

요코하마에 있는 대학교에 다니는 유키야 오빠는 '투자 서클'이라는 곳에 소속되어 있다. '간단히 말하면 경제와 돈에 대해 공부하거나 토론하는 모임'이라고 한다. 그리고 발생한 안경 분실 사건은 상당히 뜻하지 않은 사건이었는지 평소에는 그다지 향기가 나지 않는 유키야 오빠에게서 흐릿하게 언짢은 향기가 감돌았다.

"새 안경도 잘 어울려요."

"고마워요."

"하지만 이번 기회에 콘택트렌즈로 바꿔보지 그랬어요?"

"그러고 싶은 마음은 굴뚝같았지만 그 얇은 플라스틱 조각이 안구 위에서 깨지거나 휘어지면 어쩌나 싶은 생각에 아무래도 자꾸 망설이게 돼요."

"안경도 좀 더 대담한 디자인에 도전해보지 그랬어요?"

"안경점 직원이 고추잠자리 같은 색깔의 안경을 씌워주면서 '정말 잘 어울려요, 얼굴이 환해 보여요~.'라고 하는 게 기분 나빠서 이걸로 바로 결정했어요."

고추잠자리 색깔의 안경을 쓴 유키야 오빠를 상상하고 웃음을 짓자, "상상하지 마요." 하고 어째선지 내 속마음을 꿰뚫어보며 흘겨보았다.

와카미야 대로를 따라 북쪽으로 가면 츠루가오카 하치만구 신사 앞의 거대한 토리이가 나온다. 보석처럼 아름다운 신록에 둘러싸인 경내는 이미 관광객으로 가득했고, 붉게 칠한 마이도노신사 경내에 설치된 아악을 하기 위한 건물. - 역자 주, 그리고 긴 돌계단 꼭대기에 엄숙하게 자리 잡고 있는 본당을 향해 사람들이 긴 돌계단을 올라가고 있었다. 이 하치만구 신사의 토리이에서 동쪽으로 이어진 길이 카나자와 가도 입구로, 카게츠 향방은 이 길을 따라 20분 정도 가면 나온다.

"그러고 보니 유키야 오빠, 다음 주 목요일 오후에는 뭐 해요?"

문득 생각나서 물어보자, 유키야 오빠는 새 안경 너머에서 눈이 동그래졌다.

"목요일이요? 그날은 수업이 끝난 뒤 세 시쯤에 동아리에 얼굴을 내밀었다가 다른 곳에 가볼 데가 있어요."

"그렇군요. 고마워요."

"왜요?"

"아니, 그냥요."

그냥 물어보진 않았을 것이라고 유키야 오빠가 눈살을 찡그렸지만 웃음으로 얼버무렸다. 생각대로 될지 어떨지 아직 전혀 모르는 일이기 때문이다.

그리고 문제의 목요일에 나는 그 여자 손님과 만난 뒤에 유키야 오빠의 일로 큰 충격을 받게 되지만, 이때는 아직 그렇게 되리라고는 짐작도 하지 못했다.

2

나는 현재 시치리가하마에 있는 현립 고등학교에 다니고 있다. 중학교까지는 집에서 가깝기도 해서 사립 여자중학교에 다녔지만 뜻하는 바가 있어서 이 진로를 선택했다.

학교에는 먼저 카마쿠라 역에서 에노시마 전철을 타고 사가미 만에서 가까운 역에서 내린 뒤 언덕 위에 있는 학교까지 걸어서 간다. 중학교까지의 나는 이상한 체질 때문에 버스나 전철을 잘 못 타서 줄곧 피해왔지만 이 생활 덕분에 조금은 익숙해질 수 있었다. 아직 힘든 것은 마찬가지지만 사람의 향기를 대하는 방법을 조금씩 파악하게 되었으니 다행이라고 생각한다.

그리고 또 하나, 지금의 진로를 결정함으로써 얻은 보물이 이 친구다.

"카노, 나 어제는 너무 긴장해서 거의 새벽 두 시까지 불상을 조각했지 뭐야."

버스 안에서 이런 이야기를 소곤소곤 하는 사람은 고등학교 1학년 때부터 같은 반인 내 운명의 단짝 치요다. 치요의 본명은 마츠키 야치요로, 집은 자이모쿠자에서 '마츠키 불교 용품점'을 운영하고 있다. 불상 조각은 치요의 취미라기보다는 훨씬 더 본격적으로 깨달음을 얻기 위한 라이프워크로, 투명한 무위의 경지에 이를 수 있다고 치요는 말했다.

"두 시? 치요, 졸리면 좀 자. 도착하면 깨워줄게."

"아냐, 괜찮아. 지금은 훨씬 더 긴장해서 하나도 안 졸려. 게다가 난 절대로 카노를 혼자 험난한 속세에 남겨두고 잠들거나 하지는 않을 거야."

"치요……."

"카노……."

나와 손을 맞잡은 치요는 눈썹까지 앞머리를 가지런히 내리고 옆머리는 양쪽 귀 뒤에서 묶었다. '주목받지 않고 방해받지 않는 그런 수수한 여자가 나는 되고 싶다'고 진지한 얼굴로 이야기하는 치요는 토끼 같은 얼굴의 고상한 여자애다. 참고로, 나는 중학교 때부터의 습관으로 교복을 입을 때 머리는 언제나 종종 땋아 내린다.

나와 치요, 그리고 같은 학년 학생들 약 서른 명을 태운 버스는 이윽고 요코하마 시가지로 접어들었다. 운전석 바로 뒤에 앉아 있던 인솔 교사가 대학교에 도착한 뒤의 스케줄을 다시 한 번 알려주자 수다 떠는 목소리가 작아졌다.

내가 다니는 고등학교에는 캠퍼스 투어라는 것이 있다.

2학년으로 올라가면 마침내 이듬해의 대학 입시가 시야에 들어온다. 그 준비 과정으로 선생님들이 선정한 인근의 대학교 중에서 자신이 관심이 있는 곳을 골라 실제로 견학하러 가서 분위기를 알아보는 것이 이 투어의 목적이다. 참고로, 선택지로 정한 대학교에선 우리 학교 졸업생이 나와서 교내 가이드를 해준다.

5월 마지막 목요일. 오후 수업 시간을 이용해 이루어지는 캠퍼스 투어에서 나와 치요가 선택한 대학교는 요코하마 중심지에 있는 국립대학이었다. 들어가기 어려운 대학으로 유명하고,

드넓은 부지 면적은 도쿄 돔 열 개만큼 넓다고 한다(나는 도쿄 돔에 가본 적이 없어서 언제나 이 비유가 와닿지 않는다).

그리고 말할 필요도 없겠지만 이 대학교의 경제학부 국제경제학과에는 키시다 유키야 오빠가 다니고 있다.

"카노의 남자 친구."

"남자 친구 아니야!"

"남자 친구가 아닌 유키야 오빠는 오늘 학교에 있어? 대학생은 학교에 안 가고 인도로 떠나거나 학교에 안 가고 미팅만 하거나 학교에 안 가고 뒹굴뒹굴하면서 테즈카 오사무일본 만화의 아버지라 불리는 만화가이자 애니메이션 감독. 대표작으로 『밀림의 왕자 레오』, 『우주소년 아톰』 등이 있다. – 역자 주 전집을 탐독하거나 하잖아……?"

"치요의 오빠는 그래……? 유키야 오빠는 지난주에 물어봤더니 수업 끝난 뒤에 세 시부터 동아리 활동하러 간다고 했어."

주차장으로 들어선 버스가 천천히 후진했다. 나와 치요의 수다는 동급생들의 떠들썩한 이야기소리에 파묻혔다.

나는 쉽게 긴장하는 성격이라 목소리가 자주 기어들어가서 상대가 곧잘 "뭐라고?" 하고 되묻거나 "미안해, 한 번 더 말해 줘." 하고 말하는 바람에 침울해지는데, 고등학교에 입학한 뒤 처음 반에서 자기소개를 할 때 치요의 떨리는 작은 목소리를 듣고 확신했다. 우리는 틀림없이 많은 부분에서 서로를 이해할 수 있을 거란 걸. 용기를 내어 쉬는 시간 10분 동안 치요의 자리로 가려고 했는데 동시에 치요도 일어나 내 쪽으로 걸어오고 있었다. 우리 사이에 더는 말이 필요 없었고, 수줍게 웃으며 운명의 단짝이 되었다.

"세 시면 마침 자유 견학 시간이네. 그럼 동아리 견학을 가면 틀림없이 유키야 오빠를 만날 수 있을 거야."

"으, 응……. 있잖아, 치요, 이제 와서 이런 말 하긴 좀 그렇지만 혹시 견학하러 가면 너무 뻔뻔하지 않을까? 방해가 되거나 하진……."

"뭐? 카노, 혹시 유키야 오빠한테 캠퍼스 투어 간다는 얘기 안 했어?"

"……응, 그냥, 깜짝 놀라게 해주고 싶은 마음에……."

"깜짝 놀라게 해줄 속셈으로 숨기고 있다가 직전에 마음이 약해지다니, 카노, 본말이 전도됐잖아……."

작은 목소리로 말하며 나와 치요는 정차한 버스 통로에 줄을 섰다. 앞쪽 자리에 앉았던 학생부터 버스에서 내렸다. 내 앞에 서 있는 치요가 토끼 같은 동그란 눈동자로 돌아보았다. 치요는 나보다 탁구공 하나만큼 키가 작다.

"가자, 카노. 나도 같이 가줄 테니까 용기를 내."

"치요……."

"나도 유키야 오빠를 실제로 보고 싶거든. 머리 좋고 예의 바르고 외까풀의 일본풍 미남이라며 자랑은 잔뜩 해놓고 사진은 한 장도 안 가지고 있다니 너무하잖아. 전혀 모르는 남자를 만 난다니, 생각만 해도 긴장돼서 잠도 못 잤지만……."

"아, 두 시까지 불상 조각한 건 그래서야……? 캠퍼스 투어 때 문에 긴장한 게 아니라?"

그런 비밀 이야기를 하며 나와 치요는 버스에서 내려 선생님 의 지시에 따라 대학교 중앙에 있는 하얀 5층 건물로 들어갔다.

약 서른 명의 고등학생을 대학생 다섯 명이 맞이해주었다. 성 별과 학년은 저마다 다르지만 모두 우리 학교 졸업생이다. 먼저 하얗고 긴 책상이 나란히 이어져 있는 대강의실로 안내되어 30 분 정도 대학교 소개 DVD를 보았다. 고등학교에서는 대부분의 일을 선생님이 하는데 여기서는 모든 일을 학생이 직접 하는 모 습이 멋있었다.

학생들이 자신의 대학 생활 에피소드를 섞어가며 안내해준 구내에는 신선한 놀라움이 가득했다. 아무튼 드넓고 자유롭고, 배우기 위한 환경과 재료가 아낌없이 준비되어 있어 마음만 먹 으면 무엇이든 할 수 있을 것 같았다.

나는 아직 장래의 목표와 내가 하고 싶은 일을 전혀 찾지 못 했다. 단지 부모님에게 빌릴 돈을 최대한 줄이고 싶어서 국립대 학을, 그리고 할머니를 혼자 두고 싶지 않으니 카마쿠라에서 다 닐 수 있는 곳이라는 두 가지 조건 때문에 이 대학교를 진학 후

보로 넣었을 뿐이었다. 하지만 직접 눈으로 보며 걷다 보니 이런 곳의 일원이 된다면 나도 조금은 내 인생의 실마리를 찾아낼 수 있지 않을까 하는 마음이 점점 커졌다.

"입학할 수 있으면 좋겠다……."

똑같은 생각을 했는지 옆에서 걷는 치요가 불쑥 말했다.

"치요는 경영학부에 들어가고 싶다고 했지?"

"응. 오빠는 도움이 안 되니까 내가 마츠키 불교 용품점을 지켜야지."

"치요는 대단해. 난 아직 그런 목표가 전혀 없어……. 그보다 그 전에 정말로 공부 열심히 해야지. 등급도 미달인데……."

"그러지 마, 카노. 모처럼 들뜬 가슴의 열기가 식잖아……."

학생들의 가이드에 따라 다음 목적지인 도서관으로 이동하며 문득 생각했다.

이 학교 어딘가에 있을 그 사람이 꿈과 미래에 대한 불안을 이야기하는 것을 나는 한 번도 들어본 적이 없다. 그 사람은 자기 이야기를 거의 하지 않으니까.

그 사람은 무슨 생각으로 이 학교에서 공부하고, 무엇을 추구하며 살아가고 있을까.

3

　학생들에게 방해가 되므로 수업은 견학하지 못했지만, 각 학부의 보기 드문 연구 시설이나 실험 시설까지 둘러보며 "오오." "와아." 하고 감탄하는 사이에 순식간에 90분이 지나갔다.

　견학이 한 차례 종료된 뒤에는 한 시간의 자유 견학 시간이 주어진다. 학교에서 도시락을 먹은 뒤인데도 학생식당으로 달려가는 남학생도 있고, 대학 생협에서 쇼핑을 하는 여학생도, 가이드 학생에게 부탁해 특별히 연구실을 보여 달라고 하는 아이들도 있었다. 나와 치요처럼 동아리 견학을 희망하는 학생도 몇 명 있었다.

　"저기요, 투자 동아리를 견학하고 싶은데 어, 어디로 가야 하나요?"

　낯가림 지수가 평균보다 높은 나와 치요는 친절해 보이는 여대생에게 물어보았다. 그녀는 "와, 취향이 독특하네." 하고 나와 치요를 말똥말똥 보았다.

　"얘, 타카하시."

　그녀가 다른 학생 가이드를 부르자, "왜요?" 하고 보통 키, 보통 체격에 동안인 남학생이 달려왔다. 투자 동아리에 소속되어 있는 2학년으로, 이름은 타카하시 켄타로라고 했다. 크고 동그란 눈이며 부르는 목소리에 반응하여 곧바로 달려오는 모습이

꼭,

"강아지 같아……."

옆에서 작게 중얼거린 치요에게 맞아 맞아, 하고 나도 고개를 끄덕였다.

"뭐, 투자 동아리에 관심이 있어!? 정말로?"

여대생으로부터 우리를 소개받은 타카하시 선배는 눈부실 정도로 순수한 미소로 기뻐하며 어째선지 나와 치요에게 악수를 청했다. 뭐랄까, 귀여운 사람이었다.

"우리 동아리에 여고생이 견학하러 오는 건 처음이야. 그렇게 메이저한 분야는 아니니까 말이야. 두 사람은 투자에 대해 잘 알아?"

"아, 아뇨……, 저기, 죄송해요. 잘 알지는 못하지만 아는 사람이 있어서요. 키시다 유키야 오빠라고 하는데……."

걸으면서 나는 아차 싶었다. 아는 사람을 만나고 싶어서 견학하러 가는 건 생각해보면 실례가 아닐까. 타카하시 선배는 기분이 상했을지도 모른다.

하지만 돌아본 타카하시 선배가 안 그래도 굴러 떨어질 것 같은 눈을 더욱 크고 동그랗게 뜨는 바람에 나는 무심코 "떨어지겠어요!" 하고 양손을 내밀어 받쳐줘야 할 것 같은 기분이 들었다.

"키시다 유키야? 국제경제학과 2학년의? 너, 윳키랑 아는 사이야?"

웃키?!

"뭐야, 그랬어? 난 웃키의 친구야! 같은 학과고 절친이나 다름
없지!"

타카하시 선배는 "이것 봐." 하고 스마트폰에 저장되어 있는
사진을 보여주었다. 술자리인지 유리잔이 즐비한 테이블을 앞에
두고 V 사인을 그리며 웃는 타카하시 선배와, 타카하시 선배가
두른 팔에 어깨동무를 당하고 미간에 깊은 주름을 새기고 있
는 유키야 오빠가 찍혀 있었다. "또 있어." 하고 타카하시 선배
가 다음 사진으로 넘기자, 이번에는 유키야 오빠가 타카하시 선
배의 얼굴을 오른손으로 움켜쥐고 있었다.

"아이언 클로……!"

오빠의 영향으로 프로레슬링 기술을 잘 아는 치요가 두려움
에 떠는 목소리로 속삭였다.

"웃키는 회식 자리에는 거의 안 나오는 환상 속의 레어 캐릭
터라 사진을 가지고 있는 사람은 나뿐이야."

자랑스럽게 이야기하는 유키야 오빠의 절친(?) 타카하시 선배
는 학생식당에서 지갑을 깜빡하고 오는 바람에 울상을 짓고 있
을 때 유키야 오빠가 30퍼센트 이자를 붙여 돈을 빌려주면서
친해진 일과, 학점을 따지 못하게 될 때마다 유키야 오빠가 멱
살을 움켜쥐고 구원해준 일 등을 부실로 가는 길에 이야기해

주었다. "멱살······?" 하고 치요가 의아한 듯이 중얼거렸다.

부실은 동아리방 건물이라고 불리는 낡은 3층 건물에 있었다. 정면 현관으로 들어가자 취주악부의 트럼펫 소리와 정체불명의 땅울림이 들려왔다. 복도는 어수선했고, 쌓여 있는 상자에는 지구본이나 기발한 의상이 들어 있었다.

"아, 토와코 선배."

투자 동아리 부실은 3층 왼쪽 끝에 있다고 했다. 우리가 계단을 올라가자 마침 부실에서 나오는 키 큰 여성을 보고 타카하시 선배가 반갑게 손을 흔들었다.

"타카하시, 그 애들은 누구야? 고등학생?"

하이힐 소리를 높게 울리며 다가오는 여자의 얼굴을 보았을 때, 나는 숨이 멎는 것 같았다.

지적인 짧은 단발머리. 검은 브이넥 니트에 청바지 차림은 예전과 마찬가지로 지극히 심플하고, 시원시원하게 아름다운 얼굴의, 특히 힘 있는 눈매가 매력적이었다.

──그 사람이야.

"오늘 내 모교 애들이 캠퍼스 투어를 하러 온다고 했잖아요? 이 애들이 우리 동아리를 견학하고 싶대서요."

"와, 여자애들이라니 놀랍네. 기뻐."

활짝 웃으며 나와 눈이 마주친 그녀의 표정은 거의 달라지지 않았다.

하지만 그녀의 향기는 분명히 크게 일렁이고 있었다. 갑자기 뺨을 얻어맞기라도 한 것처럼.

어떻게 하면 좋을지 몰라 숨을 꼴깍 삼키는 나에게 그녀는 쾌활하게 웃으며 말했다.

"**만나서 반가워**, 렌조 토와코야. 일단은 이 동아리의 대표야."

완벽한 미소에 2초간 굳었다가 나는 "아, 안녕하세요……." 하고 머리를 숙였다. 마찬가지로 주뼛거리며 인사한 치요는 "무서워 보이는 언니다……." 하고 기어들어가는 목소리로 속삭였다.

"그런데 어떤 걸 견학하고 싶어? 주식이나 FX 같은 관심 분야가 있어?"

"아, 저기……."

"이쪽의 카노가 웃키랑 아는 사이래요. 그래서 만나러 왔나 봐요."

"아……, 그렇구나."

토와코 씨의 미소에 살짝 실망이 배자 나는 온몸이 화상을 입은 것처럼 뜨거워졌다. 지식도 탐구심도 없이 불순한 동기로 이곳에 온 자신이 부끄러웠다.

"키시다라면 방금 왔어. 어쩐지 무시무시한 살기를 내뿜으며 네 포트폴리오를 노려보고 있던데."

"윽."

"—타카하시, 밖에 있어?"

첼로 음색 같은 부드러운 중저음의 목소리였다. 하지만 내가 평소에 듣던 목소리와는 달리 저음의 현을 천천히 활로 켜는 심상치 않은 울림이 있었다.

"들어와."

문 너머에 있는 보이지 않는 인물이 명령하자, 무서운 선생님한테 불려가는 학생처럼 딱딱하게 굳은 타카하시 선배가 슬금슬금 부실로 들어갔다. 문이 닫히는 그 짧은 순간에 나는 데스크톱 컴퓨터 앞에서 긴 다리를 꼰 그 사람을 보았다.

딸깍딸깍 하고 마우스를 클릭하는 소리 뒤에 다시 보이지 않는 인물의 목소리가 들렸다.

"타카하시, 이게 뭐지?"

"내 금융자산 일람, 다시 말해 포트폴리오야."

"제대로 발음할 수 있게 됐구나, 잘했어. 하지만 방금 물은 건 그게 아니야. 네가 이 리스트의 기업을 선택한 이유가 뭔지, 그로 인해 지금 어떤 상황이 되었는지, 너는 그 상황을 파악하고 있는지를 물어보는 거야."

"방금 그 한 마디에 그렇게 깊은 뜻이 있었어?"

"투자에서 반드시 지켜야 한다고 가르쳐준 게 두 가지 있었지? 큰 소리로 말해봐."

"첫째, 투자하기 전에 기업을 철저히 연구하라! 둘째, 투자하면 손절매를 철저히 실행하라!"

"알고 있으면서 어째서 넌 그걸 실행하지 못하지? 이 마이너스로 점철된 퍼포먼스는 뭐야? 거기 정좌하고 앉아서 이유를 설명해봐, 어리석은 놈."

분위기가 심각하다는 것 외에는 무슨 이야기인지 전혀 모르는 나와 치요에게 토와코 씨가 간단히 설명해주었다.

"지금 동아리 안에서 짝을 지어서 일본 주식을 운용하고 있거든. 그렇다고 해도 가상 자산을 이용한 버추얼 거래지만. 되도록 싸게 샀다 최대한 비싸게 팔아서 그걸로 일정 기간에 얼마나 수익을 내는지 경쟁하는 거야."

그리고 타카하시 선배와 문 너머의 보이지 않는 사람이 짝이고, 타카하시 선배의 성적 부진을 보이지 않는 사람이 혼내고 있는 듯했다. 치요가 내 교복 소매를 살짝 잡아당겼다.

"카노……, 지금 말하고 있는 무서운 사람이 유키야 오빠는 아니지……?"

내가 머뭇거리는 동안에도 보이지 않는 사람은 점점 더 매섭게 타카하시 선배에게 호통을 쳤다.

"조금만 더 기다리면 주가가 회복되지 않을까 싶어서……."

"그렇다면 주식을 추가 구매했어야 해. 하지만 네가 그러지 않았다는 건 더 떨어질 가능성을 느꼈기 때문이잖아? 그렇다면 그 자리에서 팔아. 바보하시, 아니, 타카하시, 그 얼굴에 가득한 건 뭐야?"

"응? ……사랑과 용기?"

"지금 당장 전생부터 다시 살고 와! 너도 일단은 영장류 인간과니까 그 머리에는 지상의 생명체 중에서도 특별히 뛰어난 뇌라는 기억장치가 있을 거 아냐? 그걸 조금은 활용해봐. 네가 낸 손실 때문에 내 수익도 결국 플러스마이너스로 제로가 됐잖아. 이제 좀 내가 얼마나 화가 났는지 깨달아야 하지 않겠어?"

"히익, 미안해, 잘못했어, 미안해……!"

"미안하다는 말 한마디로 끝난다면 세상에는 경찰기관도 국제사법재판소도 국제투자분쟁해결센터도 필요 없을 거야."

"용서해줘, 다신 안 그럴게, 정말로……!"

"그렇게 흐리멍덩하게 사니까 내 안경을 부수고 잃어버리기까지 하는 거잖아."

"그건 정말로 책상 위에 놔뒀는데 어째선지 어느 순간 사라져 있었어!"

"변명하지 마. 안경의 행방은 차치하더라도 나한테 스크린을 부딪쳐서 렌즈에 금이 가게 만든 사람은 틀림없이 너야. 그 안경은 다리가 마음에 들었었는데."

"변상할게, 변상할게, 제발 변상하게 해줘……!"

"넌 내가 이미 새 안경을 쓰고 있는 게 안 보여? 그보다 넌 남의 상처 입은 마음을 돈으로 해결할 수 있다고 생각하는 거야?"

어쩐지 일이 엄청나게 돌아가고 있었다. 토와코 씨가 "아아……." 하고 못 봐주겠다는 듯이 문을 열었다.

"이제 그쯤 하지그래?"

창문에 블라인드가 달려 있는 실내에는 긴 테이블이 놓여 있고, 몇 대의 데스크톱 컴퓨터가 놓여 있었다. 부실 안쪽에는 아이보리 색 소파도 있었다.

창가 쪽으로는 바닥에 납죽 엎드려 있는 타카하시 선배의 등이 보였다. 그리고 바퀴가 달린 의자에 앉은, 검은 바지를 입은 긴 다리를 꼬고 영구동토 같은 시선으로 타카하시 선배를 내려다보고 있는 그 사람이 고개도 들지 않고 토와코 씨에게 대답했다.

"용무가 있으면 나중에 얘기해요. 지금 조련 중이니까요."

"그래? 정말 괜찮겠어? 귀여운 손님이 와 있는데."

그러자 그제야 그 사람이 눈썹을 찡그리며 고개를 들었고 나와 눈이 마주쳤다.

먼저 안경 너머의 눈이 동그래지고 잘못 본 것이 아닌지 의심하듯이 미간을 잔뜩 찡그리더니 최종적으로는 역시 내가 맞다고 인식하고,

"카노……?"

유키야 오빠는 어린아이처럼 소스라치게 놀랐다.

"어떻게 여기에?"

아직 놀라움에서 벗어나지 못한 유키야 오빠의 발밑에서 타카하시 선배가 몸을 휙 일으켰다.

"내 모교 애들이 캠퍼스 투어로 학교 견학을 하러 온다고 전에 얘기했잖아, 윳키."

"그렇게 부르지 말라고 몇 만 번 말해야 알아들을래? ······캠퍼스 투어?"

그런 말은 들은 적 없다는 표정으로 유키야 오빠가 눈썹을 찡그리며 나를 보았다. 말한 적 없다고, 나는 고개를 돌렸다.

바로 그때, 부실 문이 벌컥 열렸다.

"야호, 다들 잘 있었어?"

설탕과자 같은 달콤한 목소리와 함께 스타일이 아주 좋은 여대생이 들어왔다. 풍성하게 만 긴 머리카락과 시폰 블라우스에 스커트를 입은 모습이 토와코 씨와는 대조적으로 여성스러운 사람이었다. 그녀는 나와 치요를 보고 성냥 세 개는 가볍게 올릴 수 있을 것처럼 하늘로 치켜 올라간 속눈썹을 깜빡깜빡하다 거침없이 집게손가락으로 가리키며 말했다.

"이 여고생들은 누구야? 아니, 중학생인가?"

유카리 씨라는 그 여대생은 토와코 씨가 캠퍼스 투어로 학교를 방문한 고등학생이라고 우리를 설명하자 "아하." 하고 손가락 끝의 손거스러미를 신경 쓰면서 대답했다.

"그럼 모처럼 왔으니까 가볍게 동아리 설명이라도 할까? 아, 주스라도 사 오는 게 나을까? 잠깐 갔다 올게."

토와코 씨가 움직이려고 하자, "괜찮아요." 하고 손으로 제지하면서 유키야 오빠가 일어났다.

"음료수는 적당히 사 오면 될까요? 원하는 게 있으면 얘기해요."

"응? 아냐, 괜찮아. 내가 대표잖아……."

"대표는 근엄하게 그냥 앉아 있어요."

그 순간 토와코 씨에게서 포롱 피어오른 향기에 나는 심장이 덜컥했다.

이 사람은 유키야 오빠를…….

"꺄아, 키시다, 멋있어! 난 커피 맛 두유 먹고 싶어."

조금 과장스러운 말투로 거침없이 주문한 유카리 씨는 나와 치요를 돌아보고 이해할 수 없는 반응을 보였다.

"두 고등학생은 뭐 마실래?"

우리라기보다는 아마도 나를 정면으로 본 순간 흠칫 놀라며 표정이 굳어졌다. 그리고 그녀의 향기는 표정보다도 정직하게 동요를 드러냈다.

─이 사람은 날 알고 있잖아?

혼란스러웠다. 나를 보고 마치 조금 전의 토와코 씨와 같은 반응을 보이는 유카리 씨. 하지만 나는 토와코 씨는 예전에 보앉아도 유카리 씨와는 정말로 오늘 처음 만났을 터였다. 그런데 어째서 나를 보고 놀라는 것일까.

"뭐든 마시고 싶은 거 얘기해도 돼. 키시다는 지난번에 제약 회사 주식을 잘 팔아서 부자니까 뭐든 주문해도 괜찮아. 그렇지?"

무언가를 얼버무리듯이 쾌활하게 유카리 씨가 양팔로 유키야 오빠의 왼팔을 끌어안았다. "와." 치요가 감탄했다. 유키야 오빠는 조용히 유카리 씨의 팔을 뿌리쳤다.

"누가 만지는 걸 별로 안 좋아해요. 이러지 마세요."

쌀쌀맞다고 느껴질 정도의 목소리였다. "어떡해, 완전 쿨해. 짜릿해." 하고 웃는 유카리 씨는 내버려두고 유키야 오빠는 나와 치요를 향해 말했다.

"두 사람은 마시고 싶은 거 없어요?"

"……난, 뭐든 괜찮아요."

"저기, 그럼 전 저한테 어울린다고 생각하는 걸로 부탁드려요."

카리스마 미용사에게 머리를 잘라달라고 부탁할 때처럼 말하는 치요를 유키야 오빠는 진귀한 생물 보듯이 찬찬히 보더니 "찾아볼게요." 하고 끄덕였다.

"아, 그럼 두 사람 다 이쪽으로 와 앉아."

토와코 씨가 싹싹하게 웃으며 부실 안쪽의 소파로 우리를 데려갔다. 토와코 씨와 유카리 씨는 바퀴가 달린 의자를 끌고 와 앉았다. 그때, 지갑을 들고 문을 연 유키야 오빠가 무언가 생각 난 듯이 돌아보았다.

"토와코 선배."

어째서일까.

타카하시 선배도 그렇게 불렀고 나도 머릿속으로는 이름으로 부르고 있었다. 유키야 오빠는 할머니와 나도 이름으로 부르니 선배인 토와코 씨도 그렇게 불러도 전혀 이상할 것이 없는데 어째선지 기분이 이상했다.

"부탁한 리포트는 공유 폴더에 올려놨어요."

"뭐, 벌써? 빠르네. 고마워."

"그럼 갔다 올게요."

"아, 웃키, 나도 같이 가!"

"왜 따라오겠다는 거야?"

유키야 오빠와 타카하시 선배가 나가자 여대생 둘과 여고생 둘만 남은 방에는 조용히 침묵이 내려앉았다. 소파 맞은편에서 유카리 씨가 명랑하게 말을 꺼냈다.

"그럼, 이쪽이 카노고 저쪽이 치요지? 조금 전에 타카하시한 테 들었는데 카노는 키시다랑 아는 사이라며?"

"아……, 네. 저기, 우리 집이 카마쿠라에서 향방을 하고 있거 든요."

"향방?"

"향이나 향목, 일본의 향과 관련된 물건을 파는 가게예요. 유키야 오빠는 작년부터 우리 가게에서 아르바이트를 하고 있어요."

"뭐, 작년? 어쩐지 훨씬 오래 전부터 아는 사이처럼 보였는데."

점점 앞으로 다가오듯이 유카리 씨가 묻자 나는 진땀이 났다. 탐색하는 듯한 그녀의 향기와 거기에 흐릿하게 배어 있는 반발심 같은 것이 느껴졌다.

"……아뇨, 저기, 알게 된 건 훨씬 더 전부터예요. 초등학교 때예요."

"초등학교? 와, 정말 오래됐네. 초등학생 키시다라니, 어쩐지 상상이 안 돼. 그런데 혹시 두 사람은 사귀는 사이야?"

"사귀—아, 아니, 아니에요, 그런 사이는……!"

"그만해, 유카리. 뭘 그렇게 꼬치꼬치 캐묻니?"

토와코 씨가 눈살을 찡그리며 나무랐다. 어렴풋이 피어오르는 불쾌한 향기. 유카리 씨가 펄이 든 립글로스를 발라 반짝반짝 빛나는 입술을 삐죽거렸다.

"꼬치꼬치 캐묻진 않았잖아? 운용보고서에 비유하면 이제 1페이지 넘어갔는걸."

"카노가 난감해하잖아. 넌 조금 더 분위기를 파악하는 법부

166   제3화

터 배워."

"파악하고 있는데? 단지 키시다는 지독한 비밀주의자니까 잘 아는 사람한테 물어보고 싶은 것뿐이야. 토와코는 궁금하지 않아? 아니면 전 남자 친구한테는 더 이상 관심 없어?"

전 남자 친구……?

나와 눈이 마주친 토와코 씨는 대각선 아래로 눈길을 떨어뜨렸다. 대신 유카리 씨가 아몬드 모양의 커다란 눈을 더욱 크게 뜨고 나를 보았다.

"어라, 키시다한테 못 들었어? 토와코랑 키시다는 얼마 전까지 사귀던 사이였어. 토와코가 찼지만."

"유카리."

토와코 씨의 목소리는 지독하게 낮았다.

"자꾸 쓸데없는 말 하면 화낼 거야!"

"응, 쓸데없는 말? 왜?"

어째선지 토와코 씨의 목소리와 유카리 씨의 목소리가 아득히 먼 곳에서 울리는 것처럼 들렸다. 이상하다고 생각한 순간, 나는 눈썹꼬리를 내리고 치요가 나를 들여다보고 있는 것을 깨달았다. 마치 "괜찮아?" 하고 묻는 것 같았다. 괜찮아, 하고 나는 고개를 끄덕였다. 정말로 별일 아니니까. 단지 조금 놀랐을 뿐이다.

유키야 오빠가 누군가와 사귀었던 것은 몰랐으니까 놀랐을 뿐이다.

"사귀었다고 해도 아주 잠깐이었어. 한 반년 정도."

어째서 토와코 씨는 나에게 그런 이야기를 하는 걸까. 왜 그
렇게 금방이라도 "미안해." 하고 사과하는 말투와 표정으로. 이
해가 되지 않고, 어쩐지 뭐가 뭔지 하나도 모르겠어서 나는 "아
뇨……." 하고 의미 없는 말밖에 하지 못했다.

여자만 넷이 있는 공간에 또다시 침묵이 내려앉았다. 이상하
리만큼 갑갑했다. 그러고 보니 어째서 여기 있는 걸까, 하고 점
점 더 혼란스러웠다.

"아야!"

역시 이번에도 침묵을 깬 사람은 유카리 씨였다. 어쩐지 안심
한 듯이 "왜 그래?" 하고 묻는 토와코 씨에게 유카리 씨는 유난
스럽게 오른손 집게손가락을 들어보였다.

"거스러미를 잡아 뜯었더니 피가 나! 어떡해, 아파!"

"에휴, 정말……. 유카리, 그 버릇 좀 고쳐. 작은 상처도 곪을
수 있다고."

"하지만 무의식적으로 뜯게 되는걸. 토와코, 반창고 좀 줘."

일어선 유카리 씨는 긴 테이블 끄트머리에 놓여 있던 파우치
로 손을 뻗었다.

검은색과 보라색으로 된 멋스러운 파우치였다. 유카리 씨가
그것을 집으려 한 순간,

"안 돼!"

토와코 씨가 단호하고 날카로운 목소리로 외쳤다. 나와 치요는 무심코 움찔했고, 유카리 씨도 움직임을 딱 멈추며 눈이 동그래졌다. 토와코 씨 본인도 자신의 큰 목소리에 놀랐는지 불안스레 눈동자가 떨렸다.

"……반창고, 오늘은 안 가져왔어. 미안해."

"아니, 딱히 그렇게 사과할 일은 아닌데……."

"저기, 반창고라면 저한테 있어요."

치요가 무릎에 올려놓고 있던 책가방에서 자신의 파우치(귀여운 지장보살 고리가 달려 있다)를 꺼내어 반창고를 유카리 씨에게 내밀었다. "고마워!" 하고 감동하는 유카리 씨를 본체만체하며 토와코 씨는 자신의 파우치를 집어 들고 문 쪽으로 향했다.

"미안한데 화장실 좀 갔다 올게."

"아! 저도 같이 가도 될까요? 미안해, 카노. 잠깐 다녀올게……."

파우치를 든 채로 치요가 황급히 토와코 씨 뒤를 따라갔다. 계속 참고 있었는지도 모른다. 나와 같이 남겨진 유카리 씨는 얼마 동안 치요에게서 받은 반창고를 만지작거리다,

"나도 이거 화장실에서 붙이고 올게."

하고 어색하게 웃으며 말하고 방에서 나갔다. 반창고는 화장

실까지 가지 않더라도 붙일 수 있지만 나와 단둘이 있는 것이 불편해서 그럴 것이다.

혼자 남게 되자 어째서 여기에 있는지 점점 더 알 수 없게 되어 머리가 멍해졌다. 창가의 햇볕이 쏟아지는 부분에만 미생물처럼 공기 중을 떠도는 먼지가 보였다. 컴퓨터의 하드디스크가 찌직찌직 하며 쥐가 무언가를 갉아먹는 것 같은 소리를 냈다. 이윽고 멀리서 말소리와 발소리가 들려왔다.

"어라, 카노 혼자 있어? 다른 사람들은?"

부실로 돌아온 타카하시 선배가 깜짝 놀랐다. 뒤이어 들어온 유키야 오빠는 생협 비닐봉투를 들고 있었는데 흐릿하게 종이팩 색깔과 모양이 비쳐 보였다.

"친구는 이거면 될까요?"

유키야 오빠는 봉투에서 바나나우유를 꺼내어 나에게 건넸다. 확실히 크림색 종이팩에 들어 있는 바나나우유는 치요와 어울린다.

그리고 유키야 오빠는 당연하다는 듯이 말차 우유를 나에게 주었다. 내가 음료수를 살 때는 언제나 말차 우유를 고른다는 것을 알고 있으니까. 나도 안다. 유키야 오빠는 달콤한 주스를 싫어해서 언제나 설탕이 들어 있지 않은 홍차를 마신다.

하지만 내가 알고 있는 것은 그런 것뿐이고 중요한 것은 아무것도 모른다. 예를 들면, 유키야 오빠의 본심도, 좋아하는 사람도. 당연하다. 유키야 오빠가 그런 이야기를 털어놓는다면 그 상대는 분명히 특별한 사람일 테고, 나는 단지 아르바이트를 하는 가게의 손녀에 지나지 않으니까.

"캠퍼스 투어를 하러 온다고 말해줬으면 좋았을 텐데."

"……미안해요."

토와코 씨가 앉았던 바퀴 달린 의자에 앉으며 유키야 오빠가 미간을 찡그렸다.

"딱히 사과할 필요는 없어요. ……왜 그래요?"

"아무것도 아니에요. ……갑자기 와서 죄송해요."

나는 줄곧.

내 체질이 이상하다는 사실을 자각한 어린 시절부터 줄곧 나는 나와 같은 사람을, 나와 마찬가지로 향기를 느낄 수 있는 사람을 찾아왔다.

"카노?"

하지만 다행이다. 그런 사람이 없어서 참 다행이다.

지금도 내가 계속 뿜어내고 있는 탁하고 불쾌한 냄새를 들키지 않고 넘어갈 수 있다.

"아, 돌아왔네? 그럼 다 같이 주스 마시면서 잠깐 이야기하자."

토와코 씨와 유카리 씨와 치요가 같이 돌아왔다. 토와코 씨는 검은색과 보라색 파우치를 벽 쪽의 선반에 놔둔 자신의 가방 안에 넣었고, 치요는 지장보살 고리가 달린 파우치를 든 채 "카노 기다렸지?" 하며 내가 앉아 있는 소파로 총총히 돌아왔다. 치요가 가방에 파우치를 넣는 것을 보고 나는 일어나서 치요의 손을 잡았다. 치요가 눈을 깜빡깜빡했다.

"카노?"

"그만 가자, 치요."

"어, 벌써 가? 집합 시간까지는 아직 넉넉할 텐데……."

나는 말리려는 타카하시 선배를 돌아보고 짧게 대답했다.

"괜찮아요."

타카하시 선배는 어쩐지 쩔쩔매며 "그, 그래?" 하고 고개를 갸웃했다. 나는 치요와 손을 잡은 채 그 자리에 있는 대학생 네 명에게 머리를 숙였다.

"바쁘신데 시간을 내주셔서 감사합니다. 안녕히 계세요."

"아, 안녕히 계세요……."

"아, 둘 다 잠깐 기다려! 집합 장소까지 안내……."

"길은 아니까 괜찮아요. 걱정해주셔서 고맙습니다."

다시 쩔쩔매는 타카하시 선배에게 한 번 더 인사를 하고 투자 동아리 부실을 나왔다. 빠른 걸음으로 내가 잡아당기는 바람에 치요는 거의 뛰다시피 했다. 밖으로 나오자 여름 기운을 머금은 바람과 햇볕이 밀려와 삐걱삐걱 조여오던 무언가가 대번에 풀어졌다.

집합 장소인 주차장으로 향하는데 치요가 잡고 있는 손을 꾹꾹 당겼다.

"카노, 괜찮아……?"

치요의 목소리는 가늘고 부드러운 아기 고양이의 울음소리 같아서 갑자기 콧속이 찡했다.

꼴사납다.

멋대로 기분이 상해서는 버릇없이 굴며 모두를 어리둥절하게 만들었다. 충격을 받았다든가 그런 건 아닌데. 나는 상처 받을 입장조차 되지 못하는데.

하지만 가슴이 아파서 견딜 수 없었다.

그날 저녁, 카마쿠라의 집에 도착해 스마트폰을 보자 유키야 오빠에게서 전화가 와 있었다.

나는 다시 걸지 않았다.

4

"몸이 안 좋니?" 하고 할머니가 물을 정도로 걱정을 끼치며 등교한 이튿날 아침은 말도 안 되게 하늘이 파랗고 쾌청했다. 에노시마 전철 창밖으로 보이는 사가미 만에서는 서퍼 몇몇이

넘실거리는 파도에 도전하고 있었다.

4교시까지의 수업 시간 동안 건성건성 다른 생각만 하다가 점심시간이 되었다. 교실 구석에서 치요와 책상을 붙이고 점심을 먹는데 맞은편에서 닭고기 튀김을 젓가락으로 집으며 치요가 "카노, 기운이 없네." 하고 작게 말했다.

"역시 아이언 클로가 필살기인 이니셜 Y 때문이구나……."

"치요, 괜찮아. 평범하게 이름으로 말해도 돼."

"저기, 괜찮을 거야. 토와코 씨랑 유키야 오빠가 예전에 사귀었을지는 몰라도 토와코 씨가 찼다고 한 거 카노도 들었잖아?"

응, 하고 고개를 끄덕였지만 아마도 내가 울적한 원인은 다른 일 때문이다.

나는 자만하고 있었다. 나는 유키야 오빠 안에서 조금은 특별한 위치에 있지 않을까 하고. 아주 주제넘게도 그렇게 믿고 있었는데, 하지만 어제 유키야 오빠가 여자로서 누군가를 좋아할 때 그 대상에 나는 포함되어 있지 않으며 유키야 오빠에게 나는 중요한 일을 털어놓을 수 있는 상대가 아니라는 사실을 알게 되었다. 깨달았다고 하는 쪽이 더 정확할지도 모르지만 나는 그 사실이 충격이었다.

맛이 제대로 느껴지지도 않는 점심을 먹고 교실 근처의 수돗가에서 양치질을 했다. 그때, "어?" 하고 치요가 작게 외쳤다.

"왜 그래?"

립크림이라도 꺼내려고 했었나 보다. 치요가 귀여운 지장보살 고리가 달린 파우치를 연 채 굳어 있었다.

"뭔가가 들어 있어……."

"뭔가라니, 뭐가?"

치요는 파우치 안에서 그것을 꺼냈다.

"이게 뭐지……? 왜 내 파우치 안에 있지……?"

그것은 제비꽃 색 손수건이었다. 무언가 길쭉한 것이 손수건으로 싸여 있었다.

치요가 조심스럽게 손가락으로 집어서 손수건을 펼쳤다. 그때 문득 달콤한 인공향료의 향기가 내 코끝을 스쳤다. 아, 하고 생각했다. 이 향기는 알고 있다.

그렇다. 금목서를 본뜬 이 향기는…….

"이게 뭐지……?"

손수건을 펼친 치요가 한층 더 당황하며 중얼거렸다.

손수건에는 검은 메탈 프레임의 안경이 싸여 있었다. 언뜻 보면 아주 심플하지만 다리 부분이 매끄러운 나무로 되어 있었다. 그리고 왼쪽 렌즈에 금이 가 있었다.

한눈에 알 수 있었다.

유키야 오빠가 학교에서 잃어버렸다고 한 안경이었다.

치요는 상당히 혼란스러워했고, 처음에는 나도 어떻게 된 일인지 이해가 되지 않았다. 도대체 어떤 이유로 유키야 오빠가 잃어버린 안경이 치요의 파우치에서 나오는 것일까? 마치 마술 같았다.

하지만 깨진 안경을 사이에 놓고 둘이서 머리를 싸매고 고민하다 나는 문득 떠올렸다.

"치요, 이 파우치를 마지막으로 열었던 게 언제야?"

"응? 그게…… 아, 어제 대학교에서 서클 견학을 하고 화장실에 갔을 때. 저기……, 나 지금…… 생리 중이거든."

"화장실에서 파우치를 열었을 때에는 안경이 들어 있지 않았지?"

"응. 들어 있었다면 깜짝 놀랐을 거야."

"그럼 파우치는 개인 칸에 들어갈 때 가지고 들어갔어?"

"아니……. 빌려 쓰면서 불평하긴 좀 그렇지만 그곳 화장실이 상당히 오래돼서 칸 안에 파우치를 놔둘 곳이 없었어. 토와코 씨라는 사람도 파우치는 세면대에 놔두길래 나도 똑같이 놓고 들어갔어."

화장실에 가기 전까지 치요의 파우치는 계속 가방 안에 있었고, 화장실에서 돌아온 뒤에도 가방에 넣어두고 그 뒤로 꺼내지 않았다. 유키야 오빠의 안경이 치요의 파우치로 이동한다면 역시 치요가 파우치를 놔두고 화장실에 간 시간이 가장 수상하다.

그렇다면 안경이 치요의 파우치에 들어간 게 화장실 안에서의 짧은 시간 동안이었다고 한다면, 그 안경은 어디에서 이동해 온 것일까?

거기에 대해서는 짐작이 갔다. 지금도 분명히 기억나는, "안 돼!" 라고 외치던 그녀의 날카로운 목소리. 그리고 안경을 싼 손수건에서 풍기는 금목서 향기.

하지만 안경이 저절로 움직여서 파우치 안으로 숨어들거나 하지는 않는다. 누군가의 손이 그렇게 옮겨놓은 것이다. 그렇다면 그 사람은 누구일까?

"치요, 화장실 칸에 들어간 건 토와코 씨랑 치요 중에 누가 먼저고 나온 사람도 누가 먼저였는지 기억 나?"

치요는 당황했는지 눈만 깜빡깜빡했다.

"음……, 칸에 들어갈 때는 토와코 씨랑 나랑 거의 비슷했어. 나온 건 내가 먼저였고. 아, 상관없을지도 모르지만, 내가 나왔을 때는 유카리 씨가 있었어. 반창고를 잘 못 붙이겠다고 해서 내가 붙여줬어. 붙여주는 도중에 토와코 씨가 나와서 어린애한테 그런 것까지 해달라고 하냐며 핀잔 줬어."

"치요, 완벽해."

"응? 에헤헤……. 너무 추켜세우지 마, 카노."

"그리고 화장실에 토와코 씨랑 유카리 씨 말고 다른 사람도 있었어?"

"아니. 화장실에 들어갔을 때에는 아무도 없었고, 유카리 씨 말고는 새로 들어온 사람도 없었어. 누군가가 들어오면 문이 열리는 소리로 알 수 있거든."

그렇다면 역시 유키야 오빠의 안경이 치요의 파우치에 들어 있는 트릭은 나의 예상대로인지 모른다. 그 외에는 생각하기 어렵다.

————하지만.

진상의 윤곽이 보이기는 했는데, 그렇다면 이제 어떻게 하면 좋을까. 이 안경은 누구에게 주어야 할까. 유키야 오빠? 아니면 그 사람? 애당초 이것은 내가 관여해도 좋을 일일까. 나는 아무런 상관도 없는 단순한 제삼자일 뿐인데.

"카노, 뭔가 알아냈구나?"

치요가 얼굴을 가까이 들이대며 아래에서 나를 올려다보았다.

"……알아냈다고 생각은 하는데. 하지만 그게 이유는 안 된단 말이야."

"이유?"

"알았다고 해서 제삼자가 관여해도 괜찮다는 뜻은 아니잖아?"

치요는 동그란 눈으로 물끄러미 나를 보았다.

"카노, 관여하고 싶구나? 제삼자인 게 싫은 거야."

나는 고개를 끄덕였다.

그렇다. 나는 그 사람과 연관된 사람이고 싶다. 가장 친근한 사람이고 싶었다. 하지만 그렇지 않았기에 슬펐고 충격이었다.

"유키야 오빠가 그렇게 좋아? 확실히 예의는 바르지만 아주 냉정한 독설가던데?"

"……나나 할머니 앞에서는 상당히 얌전한 척한다는 건 알고 있었어."

"타카하시 선배한테는 욕도 막 하던데?"

"그건 복잡미묘한 애정 표현이야. 유키야 오빠는 자기 성미가 까다롭다는 걸 스스로도 자각하고 있기 때문에 타카하시 선배 같은 순수한 사람을 좋아하면서도 콤플렉스가 있어서 괴롭히는 거야."

"유카리 씨를 뿌리쳤을 때는 얼음 왕자 같았는데?"

"자기 의견을 분명하게 표현하는 건 좋은 일이라고 생각해."

"카노, 난 카노의 깊은 사랑이 좀 무서워……."

"겨우 이 정도 가지고 뭘. 아홉 살 때부터 좋아했는걸……."

치요는 작고 따뜻한 손으로 내 손을 잡았다.

위로 향하게 한 내 손바닥에 자, 하고 말하듯이 손수건에 싸 인 안경을 올려놓았다.

"카노가 어떻게 할지 정하는 사람은 카노지만 후회는 하면 안 돼. 그리고 만약에 울면서 돌아오게 되면 역까지 마중 나가줄게."

단짝의 우정에 나는 눈물이 고일 것 같은 얼굴로 웃어 보였다. 그리고 그때, 한 번 더 그곳으로 가기로 마음먹었다.

5

다짜고짜 들이닥쳐도 만나려는 사람이 없을지 모른다고 내가 깨달은 것은 아주 한심하게도 대학교로 향하는 버스에 올라탄 뒤였다.

요코스카 선 전철을 타고 요코하마로 이동하면서 스마트폰으로 알아보니, 요코하마 역에서 대학교 교내로 들어가는 버스가 있었으므로 아슬아슬하게 그 버스에 뛰어 올라탔다. 그런데……, 동아리 활동은 매일 하는 걸까? 설령 동아리 활동은 한다고 해도 그 사람이 있다고는 장담할 수 없지 않을까? 큰일났다, 난 왜 이 모양이지, 하고 당황하는 사이에 버스는 대학교 중앙에 정차했고, 나는 움찔움찔 떨면서 낡은 3층짜리 동아리 건물로 향했다.

이상하게 여기는 대학생들의 시선을 느끼고 교복을 입은 채로 와버린 것을 땅을 치고 후회했다. 그리고 충동적으로 여기까지 와버렸지만 혹시 혼자 대학교에 올 때는 뭔가 수속이 필요한 게 아닐까? 어떡해, 사고쳤어, 하고 울상을 지으며 갈팡질팡하고 있던 그때, 마치 하늘에서 인도해준 것처럼 그 사람이 나타났다.

"어라, 카노? 뭐야, 여긴 어떻게 왔어?"

길 맞은편에서 동안의 타카하시 선배가 걸어오자, 아는 사람(어제 처음 봤지만)을 만난 안도감에 나는 또 눈물이 날 것 같았다. "왜 그래? 울면 안 돼. 초콜릿 먹을래?" 타카하시 선배는 황급히 가지고 있던 생협의 비닐봉투에서 한 입 크기의 초콜릿을 꺼내어 나에게 주었다.

"웃키라면 오늘은 학교에 안 왔는데? 웃키는 1학년 때부터 줄곧 인턴십을 하고 있거든. 오늘은 아침부터 그쪽 회사에……, 그보다 걔는 평일에는 아침부터 저녁까지 강의랑 인턴십으로 꽉 차 있고 집에서도 공부며 투자며 이것저것 하는 것 같던데, 그 사이사이에 동아리 활동도 하고 주말이랑 공휴일에는 거의 아르바이트만 하고, 웃키는 대체 언제 자? 사이보그야? 몸은 괜찮은 거야? 난 그 녀석이 늘 걱정이라……. 어라, 이야기가 샜나? 음, 어디 보자, 오늘은 웃키 학교에 안 왔는데?"

"아뇨, 유키야 오빠가 아니라…… 토와코 씨랑 유카리 씨한테 건네줄 물건이 있어서요."

"아, 유카리 선배랑 토와코 선배라면 있어. 내가 대신 전해줄까?"

내가 말없이 고개를 절레절레 가로젓자, 타카하시 선배는 고개를 갸웃하면서도 "그럼 같이 가자." 하고 손짓해서 불러주었다. 방문 수속에 대해서는 "괜찮아, 아마도!"라고 했다. 나는 이렇게나 단호하게 "아마도!"라고 말하는 사람은 처음 보았다.

"어라? 여긴 또 왜 왔어? 캠퍼스 투어는 이미 끝난 거 아냐?"

유카리 씨와는 투자 동아리 부실로 가는 도중의 계단에서 만났다. 손톱에 예쁜 핑크색을 그러데이션으로 바른 집게손가락을 내 쪽으로 내밀고 그녀는 고개를 갸웃거렸다.

나는 가방에서 연보라색 손수건에 싸인 물건을 꺼냈다.

그녀의 얼굴에서 표정이 단숨에 사라지고 시선이 싸늘하고 날카로워졌다. 있잖아, 하고 목소리만은 여전히 달달한 유카리 씨는 타카하시 선배에게 말했다.

"타카하시, 나 주먹밥 먹고 싶어졌는데 좀 사다줄래?"

"네?! 하지만 좀 전에는 샌드위치라고 하지 않았어요?"

"응, 아까는 샌드위치였는데 기다리는 동안 주먹밥으로 바뀌었어. 연어알젓이랑 참치마요로 부탁해."

"너무해……." 하고 힘없이 중얼거리면서 타카하시 선배는 터덜터덜 계단을 내려갔다.

그가 충분히 멀어진 뒤에 유카리 씨는 계단 위에서 나를 내려다보며 생긋 웃었다.

"그런데 그 손수건은 뭐야?"

"안에 안경이 싸여 있어요. 치요의 파우치에 어느 틈에 이게 들어 있었고요. 전 이걸 넣은 사람은 유카리 씨라고 생각해요."

유카리 씨는 여전히 웃는 얼굴로, 여전히 똑같은 향기를 풍기며 고막이 녹을 것 같은 달콤한 목소리로 말했다.

"계속해봐."

"치요가 어제 여기서 화장실을 쓰면서 파우치를 열었을 때에는 이게 아직 들어 있지 않았어요. 그리고 오늘 학교에서 파우치를 열어보니 들어 있었죠. 그러니까 어제 이곳 화장실에서 누가 이걸 넣었다고 생각해요. 치요와 거의 동시에 화장실에 들어갔다가 치요보다 늦게 나온 토와코 씨는 넣을 시간이 없었어요. 치요와 토와코 씨가 화장실에 들어가 있을 때 다른 사람은 아무도 없었고, 나중에 들어온 사람도 유카리 씨뿐이었다고 들었어요. 그렇다면 이걸 넣을 수 있는 사람은 당신밖에 없어요."

"그래, 논리적이기는 하네. 하지만 어째서 이곳 화장실에서 넣었다고 단정하는 거야? 치요라고 했나? 그 애네 집이라든가 학교 같은 데서 다른 누군가가 장난을 쳤거나 실수로 넣었을 가능성도 있지 않을까?"

"며칠 전에 동아리 부실에서 유키야 오빠가 안경을 잃어버렸어요. 알고 계시죠? 이 안경은 그때 행방불명된 유키야 오빠의 안경이에요. 난 유키야 오빠랑 만날 기회가 많고 이 안경은 다리가 나무로 되어 있어서 특징적이라 똑똑히 기억해요. 부실에서 유키야 오빠의 안경이 사라진 건 단순한 분실이 아니라 누군가가 가져갔기 때문일 거예요. 가져갈 수 있는 사람은 부실에 있던 동아리 관계자예요. 동아리 관계자의 손에 있던 유키야 오빠의 안경이 어제까지 본 적도 없던 치요의 집이나 우리 학교에서 파우치에 들어갈 수는 없어요. 그렇다면 이것을 넣은 장소는 역시 대학교 화장실이고, 그럴 수 있었던 사람은 유카리 씨뿐이에요."

침착해 보이려고 노력하고는 있지만 속으로는 긴장해서 심장이 죄여왔고, 손수건 꾸러미를 올리고 있는 손바닥에는 땀이 배어나왔다.

유카리 씨는 팔짱을 끼고 계단 난간에 기대어 아래쪽에 서 있는 나를 보고 있었다. 중간에 아는 사이인 듯한 남자가 아래쪽에서 계단을 올라오자 유카리 씨는 전혀 다른 사람처럼 활짝 웃으며 인사를 했다. 그리고 그가 지나쳐 가자 날카로운 면도날 같은 미소를 지으며 나를 내려다보았다.

"흥, 너무 얕봤나 봐. 수수하고 무던한 애라고 생각했는데 너 의외로 머리가 좋구나? 그래, 맞아. 그건 내가 치요의 파우치에 넣었어. 놀라게 해서 미안해. 가볍게 장난 좀 친 거야."

생긋 웃으며 유카리 씨는 나에게 손을 내밀었다.

"그 안경은 키시다한테 사과하고 돌려줄 테니까 이리 줘."

"사라진 유키야 오빠의 안경을 유카리 씨가 가지고 있었다는 건가요?"

"그래. 키시다가 너무 쌀쌀맞아서 좀 골려주고 싶었거든."

"그렇지 않아요. 유키야 오빠의 안경을 몰래 가지고 있었던 사람은 당신이 아니에요."

마른 땅바닥에 물이 스며들 듯이 유카리 씨의 미소가 사라졌다.

"무슨 소리야? 내가 그랬어."

"유키야 오빠의 안경은 이 손수건으로 곱게 싸여 있었어요. 유키야 오빠의 안경을 숨긴 사람이 안경에 흠집이 나지 않도록 자기 손수건으로 이렇게 쌌다고 생각해요."

"맞아. 내가 내 손수건으로 쌌어."

"이 손수건은 당신 것이 아니에요. 난 이게 누구 건지 알고 있어요."

유카리가 눈살을 찌푸렸다. 냄새에서 당혹감과 경계심이 나타났다.

"알고 있다니 어떻게? 뭘 근거로?"

"……그건 뭐랄까, 기업 비밀 같은 거예요."

"뭐라는 거야? 네가 기업이야? 그럼 투자금은 얼만데? 지난 분기 ROA랑 ROE는 얼마야?"

무서운 얼굴로 따지는 유카리 씨의 말을 나는 거북이처럼 움츠러들며 간신히 버텼다.

"이유는 말할 수 없어요. 하지만 난 알고 있어요. 이 손수건은 그 사람 거예요. 본인에게 확인해보면 알 거라고 생각해요."

유카리 씨는 날카로운 눈으로 나를 응시한 채 침묵했다. 그렇다. 확인해보면 아마도 그녀는 부정하지 않을 것이다. 그녀를 감싸주는 유카리 씨도 그 사실을 알고 있는 것이다.

"—그래서? 그 망가진 안경을 굳이 들고 온 넌 어떻게 하고 싶은데? 그 애한테 트집을 잡거나 시비를 걸러 온 거면 돌아가. 여기서 지나가지 못하게 막을 거니까."

"트집을 잡을 생각은 없어요. 시비 걸러 온 것도 아니고요. 단지 하고 싶은 말이 있어요."

그렇다. 묻고 싶은 말과 듣고 싶은 말이 있다. 예를 들면, 4월 말의 흐린 날의 일. 그날 나에게 들이민 향기의 의미.

"유카리 씨, 어제 날 보고 놀랐죠? 나랑 유카리 씨는 어제 처음 만났을 텐데도 말이에요. 그런 것도 그 사람한테 듣고 싶어요. 그건……"

사실은 숨겨두고 싶은 자신의 마음을 말로 다른 사람에게 보이려고 하면 가슴이 욱신거린다. 무의식적으로 손에 힘이 들어가 연보라색 손수건 너머에 있는 안경의 가느다란 뼈대가 느껴졌다. 어쩐지 다치기 쉬운 작은 새를 쥐고 있는 것 같았다. 남몰래 안경을 손수건으로 싼 그 사람도 이처럼 안타까운 마음이었을까.

"그건 틀림없이 유키야 오빠와도 관계가 있는 일이니까요. 유키야 오빠에 대해서 알고 싶어요."

긴 침묵 뒤에 성대한 한숨 소리가 위에서 쏟아져 내려왔다. 유카리 씨는 잔뜩 찡그린 얼굴로 계단 난간에 기댔다.

"그렇게 똑바로 직구 던지지 마. 난 너같이 솔직한 여자애는 딱 질색이야. 어쩐지 위 속이 간질간질해진단 말이야. 긁을 수도 없는데."

"앗, 죄, 죄송해요……."

"여자라면 연기해서 숨길 줄도 알아야 하는 거 아니니? 아, 근지러워. 질색이야."

그러면서 유카리 씨는 내 옆을 지나쳐 계단을 내려갔다. 그것이 그녀의 대답이라는 것을 한 박자 늦게 알아챘다.

유카리 씨, 하고 부르자, 다섯 계단 밑에서 그녀는 걸음을 멈추고 여전히 찡그린 얼굴로 돌아보았다.

"저기, 한 가지 이해가 안 되는 게 있어요. 어째서 이 안경을 치요의 파우치에 넣었어요? 왜 그런…… 복잡한 행동을 한 거죠?"

"그걸 왜 너한테 가르쳐줘야 하지?"

"……죄송해요. 그냥 알고 싶어서 물어본 것뿐이에요……."

"그러니까 아까도 말했잖아. 난 질색이라니까. 그런 솔직함은 근질근질하다고."

더 이상 어떻게 해야 좋을지 몰라 주눅 들어 있자 또다시 유카리 씨가 한숨을 푹 내쉬었다.

"토와코는 초등학교 때부터 줄곧 내 시누이야. 성실하고 머리 좋고, 완고하고 잔소리쟁이고. 계속 그래 왔고 앞으로도 그래야 해. 언제까지고 전 남자 친구를 못 잊어서 질질 끌면서 주저앉아 있는 건 내 시누이한테는 안 어울려."

그 말만 남기고 이번에야말로 돌아보지도 않고 유카리 씨는 계단을 내려갔다.

동아리 건물 3층 왼쪽 끄트머리. 그 문 앞에 서서도 나는 얼마 동안 움직이지 못했다. 유카리 씨와 이야기하는 데에도 기력이 빠졌지만, 지금부터 그녀와 일대일로 마주해야 한다고 생각하자 숨이 잘 안 쉬어질 만큼 긴장했다. 하지만 그냥 멀뚱히 서 있기만 하면 여기까지 온 의미가 없다. 용기를 짜내어 노크하자 "네." 하는 목소리가 들려왔다.

"어라, 여긴 어떻게 왔어?"

회색 캐주얼 재킷을 입은 토와코 씨는 나를 보자 컴퓨터 자판을 두드리던 손을 멈추고 유카리 씨와 마찬가지로 눈만 끔뻑끔뻑했다.

나는 인사를 하고 유카리 씨에게 했던 것과 똑같이 했다.

내 손에 놓인 연보라색 손수건을 보자 토와코 씨의 얼굴이 딱딱하게 굳었다. 얼마동안 입을 꾹 다물고 침묵하다가 깊은 한숨을 내쉬며 나를 올려다보았다.

"안 되겠다. 전혀 모르겠어. 왜 네가 그걸 가지고 있지?"

"이건 치요……, 어제 저와 같이 왔던 여자애의 파우치에 들어 있었어요."

"아아, 그래, 기억해. 그 애의 파우치, 독특한 고리가 달려 있었지."

건성으로 대답하며 토와코 씨는 또다시 한동안 고민하다 이윽고 아까보다도 더 깊게 한숨을 내뱉었다.

"유카리구나……."

토와코 씨에게서 피어오르는 향기는 분노나 노여움이 아니라, 예를 들자면, 여동생의 장난에 익숙한 언니가 '에휴, 또야.' 하고 한숨을 내쉬는 그런 느낌의 것이었다

나는 토와코 씨에게 연보라색 손수건을 내밀었다.

조용히 받아든 토와코 씨는 그것을 왼손에 올리고 손끝으로 손수건을 펼쳤다.

왼쪽 알에 금이 간 검은 금속 테 안경.

"토와코 씨가 이 유키야 오빠의 안경을 가지고 있었죠? 자신의 파우치에 넣어서."

"괜찮으니까 분명하게 '훔쳤다'고 해. 역시 어제 그 일 때문이었구나. 유카리가 반창고를 꺼내려고 했을 때 내가 이상하게 반

응해버렸으니까."

아마도 그럴 것이다. 의연하고 침착한 그녀가, 유카리 씨가 파우치에 손을 대려고 한 순간 안 된다고 목소리를 높였다. 그때 나는 화들짝 놀랐고, 틀림없이 유카리 씨도 그래서 토와코 씨의 파우치 내용물에 의문을 느꼈을 것이다.

그 후 토와코 씨와 치요가 화장실에 갔고 유카리 씨도 조금 있다가 따라 나갔다. 그때 유카리 씨는 보았다. 세면대에 놓여 있는 토와코 씨의 검은색과 보라색 파우치. 치요의 이야기에 따르면 화장실 칸 안에는 파우치를 둘 공간이 없어서 둘 다 짐을 세면대에 놔두어야 했다.

토와코 씨는 화장실 칸 안에 있다. 무방비한 파우치. 호기심인지 아니면 전혀 다른 감정 때문인지는 모르지만 아무튼 그녀는 토와코 씨의 파우치를 열었고, 연보라색 손수건에 소중하게 싸여 있는 유키야 오빠의 안경을 발견했다.

"그런데 왜 남의 파우치에 넣었을까⋯⋯? 유카리와는 초등학교 때부터 같이 지냈지만 이따금 걔는 정말로 '무슨 생각이지?' 싶은 장난을 친다니까."

토와코 씨에게 어리광부리듯이 장난을 치는 어린 유카리 씨가 자연스럽게 상상이 되었다. 단 이번 일은 장난이 아니었을 것이다.

남몰래 유키야 오빠의 안경을 숨겨서 가지고 있던 토와코 씨의 마음을 알고 유카리 씨는 이 이상 그 안경을 토와코 씨가 갖고 있게 하고 싶지 않다고 생각했다.

하지만 문 하나를 사이에 둔 바로 옆에 토와코 씨와 치요가 있으니 소리가 날 법한 야단스러운 짓은 할 수 없었을 것이다. 호주머니에 넣어서 들키지 않게 가지고 돌아갔다가 나중에 버릴 수도 있었겠지만 그러지 않았던 것은 숨길 만한 곳이 그날 그녀가 입은 옷에 없어서였는지도 모른다. 아니면 그런 방법을 취할 새도 없이 치요가 화장실 칸에서 나왔을 가능성도 있다. 아무튼 그녀는 아마도 순간적으로 토와코 씨의 파우치에서 치요의 파우치로 이 안경을 옮겨 넣었다. 토와코에게는 어울리지 않는다—틀림없이 조금 전에 이야기한 그런 마음에서.

"그런데 물어봐도 될까?"

불쑥 말을 꺼낸 토와코 씨는 손가락 끝으로 금이 간 안경의 테를 쓰다듬었다. 마치 상처 입은 작은 새의 몸을 쓰다듬듯이.

"확실히 이걸 훔친 사람이 내가 맞긴 하지만, 어떻게 나인 줄 알았어?"

나는 잠깐 망설이다 솔직히 대답했다.

"손수건에서 향기가 났어요."

"향기?"

"금목서의, 고체 향수의 향기예요. 4월 말 무렵에 사가셨죠? 카마쿠라의 카게츠 향방이라는 가게에서."

바퀴 달린 의자에 기대며 토와코 씨는 씁쓸하게 웃었다.

"한 달이나 더 지난 일이고 손님의 얼굴은 일일이 기억하지 못할 줄 알았는데."

"물론 모든 손님의 얼굴을 다 기억하진 못해요. 하지만 토와코 씨는 인상적이었거든요."

"어째서? 태도가 나빠서?"

"고체 향수를 살 때 아주 아무렇게나 하나 집어서 계산대로 가지고 오셨기 때문이에요. 보통 그런 향수를 살 때는 여러 가지 향을 확인해보고 좋아하는 걸 살 텐데, 토와코 씨는 뭐든 상관없다는 느낌이었어요."

"아아, 응. 실제로 그때는 뭐든 상관없었어. 하지만 의외로 좋아하는 향이라 썼었어. ⋯⋯그렇다 하더라도 이 손수건에서 무슨 향기가 나? 난 모르겠는데? 확실히 고체 향수도 파우치에 같이 넣어두긴 했지만 케이스에 들어 있고."

"그게, 전 남들보다 후각이 발달해서⋯⋯. 저기, 저도 물어봐도 될까요?"

코에 손수건을 가까이 대고 킁킁 냄새를 맡는 토와코 씨가 나를 올려다보았다. 내가 무얼 물어보려고 하는지 이미 알고 있다는 듯한 고요한 눈으로.

꽤나 오래 전에 딱 한 번 가게에 왔던 그녀를 기억하고 있는 이유는 하나 더 있다. 그때의 그녀가 강렬한 적개심의 향기를 나에게 드러냈기 때문이다.

"그때 카게츠 향방에는 왜 왔던 거예요?"

토와코 씨는 말없이 안경을 손수건으로 다시 싸고 그것을 어떻게 하면 좋을지 바라본 뒤 캐주얼 재킷의 호주머니에 넣었다.

"아직 시간 괜찮아? 이것저것 다 이야기해버릴 것 같은데."

"괜찮아요."

어쩌면 그것은 우유부단하고 심약한 내가 지금까지 살아오면서 가장 분명하게 대답한 '괜찮다.'였을지도 모른다.

6

누가 올지도 모르니 자리를 옮기자는 토와코 씨의 제안으로 다른 곳에서 이야기를 나누기로 했다. 중간에 마주친 생협 비닐 봉투를 든 타카하시 선배가 "유카리 선배 어디 있는지 알아요?! 주먹밥 사 왔는데 어디 갔는지 모르겠어요!" 하고 매달리듯이 물었지만, 미안하게도 나도 토와코 씨도 그녀가 어디 있는지 몰랐다. "에라, 모르겠다."며 주먹밥을 먹기 시작한 타카하시 선배에게 "잠깐 라운지에 갔다 올게." 하고 토와코 씨가 말했다.

그 라운지는 동아리 건물 옆에 있는 학생회관 1층에 있었다. 널찍한 공간에 나무 의자와 둥근 테이블이 넉넉하게 놓여 있었다. 100명은 충분히 수용할 수 있을 것 같았지만 오후 다섯 시 반이 지난 지금은 학생들이 드문드문 있었다.

나를 창가 자리에 앉힌 토와코 씨는 종이컵에 든 따뜻한 커피를 사주었다. 내가 느낀 인상대로 토와코 씨는 커피를 블랙으로 마시는 사람이었다. 나도 지고 싶지 않아서 블랙 상태로 커피를 마셨지만 속으로는 써서 눈물이 날 것 같았다.

"키시다는 말이야."

다짜고짜 이야기를 꺼낸 토와코 씨는, "아, 처음부터 이야기할 생각이라 네 질문에 대한 대답은 상당히 뒤에 나오게 되는데 그래도 괜찮겠어?" 하고 일시정지하고 나에게 확인했다. 시원시원한 성격처럼 보이는데 의외로 세심한 그녀에게 나도 모르게 약간 두근거렸다.

"키시다는 동아리에 들어온 1학년 때부터 다른 애들과는 달랐어. 1학년은 오랜 입시 공부에서 해방되어 자유로운 시간을 손에 넣고 신나게 놀거나 완전히 늘어져 있거나 하는 애들이 많은데 키시다는 뭐랄까……, 아주 차분했어. 얼마 전까지 고등학생이었다는 사실이 믿어지지 않을 만큼 어른스럽고 빈틈이 없고 쉽게 사람이 다가가지 못하게 하는 느낌이라 처음에는 이 녀석 뭐야, 하고 생각했지."

말을 끊은 토와코 씨는 커피를 한 모금 마셨다. 나는 유키야 오빠의 입학식 날 일을 떠올렸다. 축하를 해야 한다며 신이 난 할머니와 셋이서 스시 가게(회전하지 않는 스시집)에 갔다. 그때 유키야 오빠가 카게츠 향방에서 아르바이트를 해도 되겠냐고 했고 할머니는 눈물을 그렁그렁하며 기뻐했다. 그때는 할아버지가 타계한 지 아직 1년도 지나지 않은 터라 나와 할머니 둘이서만 그 가게에 있다 보니 지나치게 쓸쓸했다.

"키시다가 사이보그라고 불리는 거 알아?"

"사이보그……? 아, 그러고 보니 타카하시 선배가 아까 그런 말을 했었어요."

"응. 아무튼 아주 대단한 녀석이야. 수업은 들을 수 있을 만큼 꽉꽉 채워서 듣고 시간이 비면 다른 학부의 수업까지 들어. 교수님들의 연구실에도 수시로 드나들더니 얼마 뒤에는 인턴까지 시작했는데, 그것도 눈 돌아가게 바쁜 증권 관련 회사만 골라서 아침부터 저녁까지 일만 해. 집에서도 투자를 해서 돈을 모으고 있는 것 같고. 내가 키시다랑 만나는 곳은 동아리 정도였는데 거기서도 엄청나게 열심히 공부하는 걸 알 수 있었어. 우리 동아리는 해마다 비즈니스 콘테스트에 참가하는데 녀석은 1학년 때 혼자서 입상까지 해버렸거든. 아무튼 머리가 비상하고 그렇게까지 움직이는데도 피곤한 표정 한 번 짓지 않고, 오히려 언제나 무표정해서 붙은 별명이 사이보그야."

훗 하고 미소 짓는 토와코 씨에게서 달콤하고도 쌉싸름한 향기가 퍼졌다. 나도 가슴이 묵직해져서 쓴 커피를 한 모금 마셨다.

"나는 제법 금융 마니아라 키시다와는 곧잘 그런 얘기를 나눴어. 꽤나 마이너한 이야기를 해도 그 녀석이라면 받아주니까 즐거웠거든. 음, 얘기가 늘어지네……. 아무튼 그래서 아무래도 자꾸 신경이 쓰이게 돼서 사귀자고 했는데 걔가 뭐라고 대답했는지 알아?"

"네? ……뭐, 뭐라고 대답했는데요?"

"'그래요?'라고 했어. 그리고 10초 정도 침묵했다가 '잘 부탁해요.'래. 게다가 미묘하게 어미가 의문형이었고. 정말로 지금 다시 생각해도 그게 뭐야 하는 느낌으로……. 괜찮아, 그런 표정 짓지 않아도 돼. 어차피 금방 헤어지니까."

솔직히 유키야 오빠의 그런 이야기를 듣는 게 상당히 괴로워서 '그런 표정'을 지은 모양인 나를 보고 토와코 씨는 웃었다. 푸르른 물처럼 애잔하고 투명한 미소. 무리도 아니라고 생각했다. 유키야 오빠가 이 사람과 사귀고 싶다고 생각한대도 어쩔 수 없다.

"키시다는 머리도 좋고 얼굴도 잘생겨서 처음에는 인기가 많지만 얼마 지나면 다들 떨어져 나가. 키시다의 장벽이 어마어마하게 높고, 조금 받아들여줬다 싶다가도 금방 자신을 1밀리그램도 생각하지 않는다는 걸 알게 되니까. 하지만 나만큼은 다르다고, 지금 생각하면 정말 어리석었지만, 그렇게 생각했어. 나한테만큼은 녀석도 마음을 열어주고, 나만큼은 녀석을 이해할 수 있다고. 그런 건 내 자만일 뿐이고, 결국 나도 녀석의 벽 주변만 어슬렁거렸을 뿐이라는 건 사귄 지 얼마 안 돼서 바로 알았지만."

이쯤에서 또 말을 끊고 토와코 씨는 미지근해진 검은 액체를 마셨다. 두 사람이 사귀었던 기간은 반년 정도라고 토와코 씨가 말했다. 나는 그 반년이 어떤 시간이었는지 전혀 상상이 되지 않았다. 단지 지금 토와코 씨의 내면에서 그 몇 달이 하루를 1초로 응축하며 되살아나고 있다는 사실은 그녀의 아련한 눈빛으로 알 수 있었다.

"하지만 사귀고 나서야 알게 된 일은 그밖에도 있었는데, 바로 녀석이 보이는 것만큼 여유가 있는 녀석이 아니라는 점이었어. 오히려 하루빨리 어른이 되려고 안달복달하고 있었고, 거의 불가능이나 다름없는 생활도 그래서 그런 것이었어. 녀석은 어째서인지 자기 혼자만의 힘으로 살아가야 한다고 생각해. 좀더 나를 의지하라고, 이래서는 사귀는 의미가 없다고 아무리 얘기해도 녀석은 우주인이 하는 말을 듣는 것처럼 난감한 얼굴을 해. 어쩐지 남한테 어리광부리는 법을 전혀 모르고 자란 애처럼. 왜 그런지는 모르지만 말이야. 내가 아는 사실은 아버지가 안 계신다는 것 정도고."

나는 심장에 말뚝이 박히는 것 같은 충격을 간신히 참았다.

아버지가 안 계신다.

유키야 오빠는 꽁꽁 숨겨둔 자신의 이야기 한 자락을 이 사람에게는 보여주었다.

"—그래서, 그런 이유로 유키야 오빠와 헤어졌어요……?"

필사적으로 동요를 억누르느라 목소리가 내 것이 아닌 것처럼 갈라졌다.

종이컵을 흔들던 토와코 씨는 맞은편에 앉아 있는 나에게로 시선을 돌리고 입꼬리를 끌어올렸다.

"이쯤에서 드디어 네가 나올 차례야."

내가 나올 차례? 어안이 벙벙한 나에게 토와코 씨는 도전적인 미소를 지으며 이야기를 계속했다.

"그 정도로 헤어질 마음은 들지 않았어. 난 '나만은'이라고 생각하는 여자니까. 오히려 키시다에게 넌 혼자가 아니라는 걸 알려줘야 한다고, 지금 생각하면 쥐구멍에라도 들어가고 싶을 정도지만, 그런 생각으로 녀석을 대했어. 하지만 사건이 터졌지. 4월의 내 생일에. 무슨 일이 일어났을 거 같아?"

아니, 그걸 제가 어떻게 알겠어요?! 당황하는 나에게 토와코 씨는 난폭하게 웃었다.

"사귀고 처음 맞이하는 여자 친구의 생일. 게다가 그날은 토요일이라 수업도 없었어. 난 둘이서 이것저것 할 수 있을 거라고 생각했는데 녀석이 그러더라. '토요일은 카마쿠라에서 아르바이트를 해야 해서 죄송하지만 같이 있을 수 없어요.' 이봐, 현역 여고생 사쿠라 카노, 이 애길 듣고 넌 어떻게 생각해?"

"······················조, 좀, 말도 안 되네요."

"그렇지? 다행이다, 내 기분을 알아줘서. 여자 친구의 생일도 내팽개치고 달려가는 아르바이트라니 얼마나 대단한 일이냐고, 얼마나 시급이 높은 일이기에 그러냐고 길길이 퍼부어댔지만 녀석은 결국 가버렸어. 카마쿠라의 카게츠 향방으로."

"그, 그래서 화가 나서 유키야 오빠와 헤어진······?!"

"아니, 아직이야. 난 '나만큼은' 특별하다고 생각하는 여자니까 화는 머리끝까지 났지만 아직 거기까지는 생각하지 않았어. 하지만 며칠 지난 뒤에 유카리가 그러더라. '키시다가 아르바이트 하는 향 가게에는 중학생 정도로 보이는 여자애가 있어. 사이가 무척 좋아 보이더라. 양다리 걸치는 거 아냐?' 하고. 생일도 내팽개친 일로 내가 유카리한테 꽤나 푸념했으니까, 그래서 키시다가 아르바이트 하는 곳을 보러 갔던 모양이야."

그래서 유카리 씨는 처음 만나는 데도 나를 알고 있었던 것이다.

아마도 내 얼굴에 핏기가 가셨나 보다. 토와코 씨는 덧니를 드러내며 맞아, 하고 말하듯이 더욱 진하게 웃었다.

"그런 애길 듣고 가만히 있을 수는 없잖아? 그래서 찾아갔어. 카마쿠라까지."

"아니, 아니에요! 양다리라니, 유키야 오빠는, 아니, 그런 짓은……!"

"알아. 그 일은 나중에 키시다한테 매섭게 따졌으니까. ……하지만 아무튼 그날은 스스로도 이유를 알 수 없을 만큼 머리가 빙글빙글 돌아서 카마쿠라로 갔어. 그리고 너랑 키시다가 같이 있는 걸 봤어."

문득 나에게 토와코 씨의 향기가 닿았다. 분노도 슬픔도 아니고, 세찬 폭풍이 지나간 뒤의 밤처럼 한없이 고요했다.

"너네 집은 오래되고 크고 분위기 좋은 가게더라. 그곳만 시간이 느긋하고 여유롭게 흘러가는 것 같았어. 그날 가게 앞에서 너와 키시다는 고양이랑 놀고 있었어. 둘 다 기모노 같은 걸 입고, 젖소 같은 얼룩무늬 고양이의 머리와 등을 쓰다듬며 웃고 있었어. 그렇게 편해 보이는 키시다의 얼굴은 처음 봤어. 난 언제나 만지면 튕겨나갈 것 같은 얼굴을 하고 있는 키시다밖에 몰라. 그렇게 태평하게 웃으며 고양이를 쓰다듬는 키시다는 본 적이 없었어."

그리고 토와코 씨는 유키야 오빠가 점심을 먹으러 밖으로 나간 뒤 엇갈리듯이 하얀 포렴을 걷고 들어온 것일까. 향기가 가득한 상품들을 보는 척을 하면서 가게 안을 둘러보다 원하지도 않는 고체 향수를 들고 내 앞에 섰던 것일까.

"그 다음 주에 억지로 시간을 만들게 해서 키시다의 방으로 찾아갔어. 키시다도 너랑 똑같은 말을 했어. 그 집 사람들한테는 정말로 많은 신세를 졌기 때문에 힘이 되어주고 싶다고. 하지만 나한테는 그날 본 광경이 어떤 의미에서는 양다리보다도 끔찍했어. 그래서 물어봤어. 너에 대해서. 그 애는 너의 뭐냐고, 그 애를 어떻게 생각하느냐고. ─듣고 싶어? 키시다가 뭐라고 대답했는지?"

그렇게 묻는 토와코 씨는 결코 우호적이지 않았다. 나를 응시하는 눈빛은 나를 꿰뚫어버릴 만큼 날카로워, 나는 시간을 거슬러 올라가 카게츠 향방의 계산대 너머에서 그녀가 날 노려보고 있는 듯한 착각에 빠졌다.

그녀는 처음부터 나에게 이 이야기가 하고 싶었던 것일까. 아니면 대답은 하지 못했지만 유혹을 이겨내지 못하는 나의 마음을 꿰뚫어본 것일까.

"말문이 막혔던 적이 없던 녀석이 아주 오랫동안 침묵하다가 간신히 말했어. '행복해졌으면 좋겠다고 생각해요.'라고."

이제 됐다고 하고 싶었다. 하지만 목이 말라붙어서 목소리가 나오지 않았다.

"무슨 말이 그래? 묻기 전보다도 훨씬 더 혼란스러워서, 그래서 나랑 걔 중에 누가 더 좋아? 만약 나랑 헤어지면 그 애랑 사귈 거야? 하고 물었어. 그랬더니 녀석은……."

담담하게 이야기하던 그녀의 말꼬리가 갑자기 갈라졌다. 동시에 그녀의 향기도 일렁거렸다. 흐트러지는 감정을 다잡기 위해 그녀는 천천히 숨을 내쉬었다.

"뭐랄까, 정말로 처음 보는 것 같은, 어찌할 바를 모르겠다는 얼굴로 못한다고 하더라. '자기 같은 놈은 제대로 소중하게 아껴 주지 못할 테니까 그럴 수는 없다.'고."

아무런 소리도, 아무런 사고도, 아무런 감각도 없는 공간에 순간적으로 내던져졌다.

천천히 주변의 술렁거림이 돌아오고 무릎 위에 올리고 있는 손의 감각이 돌아와도, 내가 나라는 형태를 되찾아도 꼼짝도 할 수 없었다.

그게, 뭐야.

"그게 뭐야."

내 마음을 읽듯이 토와코 씨가 말했다. 입술은 웃음을 띠고 있었다. 온갖 감정에 휘둘리다 완전히 기진맥진하여 마지막에 조용히 떠오르는 미소.

"그런 얘길 들으면 더 이상 어쩔 수가 없잖아. 아니, 그럼 뭐 야? 나는 소중히 여기지 않아도 된다는 거야? 녀석이 그런 뜻 으로 말한 게 아니라는 건 알지만 결국 따져보면 그런 뜻이잖 아? 그래서 거기서 끝냈어."

사랑에 실패했다는 표현이 문득 떠올랐다. 만약 정말로 사랑 에 이기고 지는 것이 있다면 이 이야기를 나에게 들려준 그녀는 틀림없이 이렇게 말하고 싶었던 것이다.

　──나는 졌어. 하지만 나 혼자 진 건 아니야.

"……하지만 여전히 유키야 오빠를 좋아하죠? 그래서 안경을……."

왜 공격을 당하면 되받아치지 않고는 견딜 수 없는 걸까. 그것은 너무 당연해서 굳이 말할 필요도 없건만 틀림없이 그녀가 건드리고 싶어 하지 않는 부분임을 알기에 나는 일부러 다시 그 이야기를 꺼냈고, 그러고 나서 지독한 자기혐오에 빠졌다. 그런 나에게 토와코 씨는 지금까지의 날카로움이 거짓말인 것처럼 투명한 미소를 보였다.

"응. 지금뿐만 아니라 아마 평생 잊지 못할 거야. 그 정도로 좋아했어."

그리고 그녀의 시선은 어째서인지 나를 지나쳐 훨씬 뒤쪽, 라운지 입구 쪽으로 흘러가더니 마치 누군가에게 신호를 보내듯이 작게 손을 들었다. 뭐지, 하고 돌아본 나는 처음에는 잘못 본 줄 알았다.

어째서──.

"하지만 이제 여자 친구는 되지 않아도 괜찮아. 녀석은 지나치게 성가시고, 녀석을 내 것으로 만들려고 하는 한 나 역시 제대로 녀석을 소중히 아껴줄 수 없으니까. 동아리 선배와 후배로 돌아간 걸로 충분해. 고마워. 네가 오늘 그걸 가지고 와준 덕에 그렇게 결심할 수 있었어. —왔어? 인턴 일은 끝났고?"

토와코 씨가 팔꿈치를 괸 채 입꼬리를 올리며 올려다보았다.

"오늘은 일찍 보내달라고 했어요."

테이블 옆에 선 유키야 오빠는 조금 숨을 몰아쉬며 말했다.

오늘의 유키야 오빠는 파란 스트라이프 와이셔츠에 남색 넥타이를 매고 있었다. 왼팔에는 양복 재킷을 걸치고 있었다. 나는 그런 모습의 유키야 오빠를 처음 봤기 때문에 조금 전까지 상당히 심각한 심경이었건만 조금 어찔해지고 말았다.

"그런데 어쩐 일이야? 학교엔 무슨 일로 왔어?"

"아뇨, 타카하시한테 볼일이 있어서 전화를 했더니 카노가 와 있다고 해서……."

그렇게 말하며 유키야 오빠는 나를 보고 미간에 주름을 지었다.

"카노, 벌써 여섯 시가 넘었는데 미하루 씨한테는 조금 늦는다고 제대로 연락 했어요?"

"네? 아……."

"안 했어요? 지금 당장 해요."

눈썹을 치켜 올리며 다그쳐서 나는 황급히 교복 스커트에서 하늘색 스마트폰을 꺼냈다. 그러자 20분 정도 전에 할머니에게서 [카노, 오늘은 늦게 올 거니?] 하는 LAND 메시지가 와 있었다. 그리고 유키야 오빠가 건, 받지 못했던 전화도 있었다. 토와코 씨와 이야기를 하느라 알아채지 못한 것이다. 할머니에게 메시지를 보내려고 하자 "전화로 해요." 하고 유키야 오빠가 무섭게 꾸짖는 바람에 나는 그 박력에 달달 떨면서 라운지 구석으로 가서 할머니에게 지금 요코하마의 대학교에 있다고 설명하고 되도록 빨리 돌아가겠다고 약속했다. 주뼛거리며 창가 테이블로 돌아오자 앉기도 전에 유키야 오빠의 설교가 시작됐다.

"그러면 안 되죠. 말도 없이 집에 늦게 가면 무슨 일이 생긴 게 아닌가 하고 미하루 씨가 걱정하잖아요. 보고, 연락, 상의는 인간관계의 기본이에요. 그보다 대학교에는 무슨 일로 왔어요? 캠퍼스 투어는 끝났잖아요?"

"유, 유키야 오빠와는 상관없는 일이에요. 나도 나름 볼일이 있다고요."

"반항기예요? 어제부터 상당히 대드는데."

"대들지 않았어요. 그냥 유키야 오빠가 이상한 말을 하니까."

"내가 뭐라고 했는데요?"

"아, 아, 그만해! 이제 됐어. 잘 먹었습니다."

토와코 씨가 지긋지긋하다는 투로 말하며 손뼉을 짝짝 쳐, 나와 유키야 오빠도 입을 다물었다. 겸연쩍어서 둘 다 나란히 눈길을 돌렸다.

"키시다, 카노 데려다줘. 슬슬 역까지 가는 버스가 올 시간이

잖아? 그거 놓치면 다음 차는 한 시간 뒤에나 오니까 서둘러야
할 거야."

"네."

"그리고 말이야."

"네?"

"너 정말로 정장 입으니까 '입사 5년차에 순조롭게 승진해서
얼마 전에 팀장으로 발탁되었습니다.' 하는 느낌이네, 푸하하."

더는 못 참겠다는 듯이 토와코 씨가 손가락으로 가리키며 폭
소를 터뜨리자 유키야 오빠는 뚱하게 입을 다물었다. 여전히 배
를 부여잡고 웃으며 토와코 씨가 일어났다.

"자, 이거 받아."

유키야 오빠의 가슴에 주먹을 뻗었다. 갑작스러운 펀치에 유
키야 오빠가 조금 비틀거리다 주먹을 펼친 토와코 씨에게서 그
것을 받고 눈이 동그래졌다.

"이건……."

"미안해. 하지만 나도 꽤나 울었으니까 이걸로 서로 비긴 걸
로 하자."

그럼 잘 가, 하고 토와코 씨는 하이힐 소리를 울리며 씩씩하
게 라운지를 나갔다.

알이 깨진 안경을 손바닥 위에 올리고 유키야 오빠는 멀뚱히
그녀의 뒷모습을 보고 있었다.

괜찮아요, 혼자서 갈 수 있어요, 하고 아무리 사양해도 유키야 오빠는 들으려고도 하지 않고 대학교 중앙에 있는 버스 정류소까지 따라왔다. 그리고 이제 괜찮아요, 혼자 타고 갈 수 있어요, 하고 몇 번을 말해도 유키야 오빠는 그 자리를 떠나지 않았다.

"오늘의 카노는 믿을 수가 없어서 안 돼요."

게다가 쌀쌀맞은 표정과 쌀쌀맞은 목소리로 쏘아붙이기까지 했다. 나는 아마도 처음으로 유키야 오빠를 밉살맞다고 생각했다.

"믿을 수 없는 쪽이 누군데요?"

쏘아붙이고 말았다. 맥박이 빨라졌지만 철회하지는 않았다. 유키야 오빠가 미간을 찡그렸다.

"무슨 뜻이에요?"

"여…… 여자 친구의 생일까지 내팽개치다니 너무해요. 그러면 어떡해요?"

평소보다 말이 빨라진 나에게서 불쾌한 냄새가 스멀스멀 올라왔다.

나는 딱히 토와코 씨를 위해 그렇게 말한 것이 아니었다. 흠

잡을 데 없는 유키야 오빠의 유일한 공격 포인트라서 찔러봤을 뿐이었다. 실제로는 유키야 오빠가 토와코 씨의 생일을 제대로 축하해주었더라면 훨씬 더 싫었을 거면서.

"……대학교까지 뭘 하러 왔나 했더니 그런 이야기나 듣고 있었던 거예요?"

버스 정류소 앞에 있는 도로 쪽을 보고 있던 유키야 오빠는 표정이 없었다. 땅거미가 지는 가운데 안 그래도 하얗고 체온이 낮아 보이는 옆얼굴이 그렇게 표정을 숨겨버리니 생명체 같지가 않았다.

"그러지 말아줄래요? 내가 모르는 곳에서 내 개인적인 부분을 캐고 다니면 불쾌해요. 카노와는 상관없는 일이잖아요?"

나도 그렇게 말한 적이 있으면서 나는 순간적으로 목소리도 나오지 않을 만큼 상처받았다. 상관없다는 그 한 마디에.

"……우연히 들었어요. 다른 이야기를 듣다가 그 이야기도 듣게 됐어요."

"우연히? 그럼 오늘 온 목적은 뭐였어요? 미하루 씨에게는 연락도 하지 않고 이렇게 늦게까지."

"유키야 오빠와는 상관없는 일이에요."

같은 말로 대꾸하자 이번에는 유키야 오빠가 입을 다물었다. 짓눌러오는 침묵이 무거워서 발이 땅바닥에 박힐 것만 같았다.

―어째서일까.

유키야 오빠에게 상처를 주고 싶은 것은 아니다. 화나게 하고 싶은 것도 아니다. 이런 태도를 취하면 온갖 문제를 악화시킬 뿐이라는 것을 알고 있으면서 어째서 나는 마치 떼를 쓰듯이 화풀이를 하지 않고는 참을 수 없는 것일까.

"……아르바이트는 볼일이 있을 때는 쉬어도 돼요. 할머니도 그렇게 말씀하셨잖아요? 애당초 우리 가게는 그렇게 바쁘지도 않고. 주말에는 나도 있으니까 할머니가 안 계셔도 가게를 지킬 사람은 있어요."

"그러면 카노의 휴일이 사라지고 학업에도 지장이 생겨요. 그렇게 되지 않게 하려고 나를 고용하신 걸요. 오히려 카노야말로 앞으로는 가게에 나오지 않아도 괜찮아요. 그보다 더 우선시해야 할 일이 있잖아요? 친구와 놀러 다닌다든가 공부를 한다든가."

"……난 하고 싶어서 하는 것뿐이에요. 참견하지 마세요."

"그렇다면 내가 하는 일에도 참견하지 말아요. 나 역시 이제 곧 성인이니 그만한 분별은 있고, 그 분별을 바탕으로 잘 되라고 생각해서 하는 일이니까요."

"분별이라니, 그래서 토와코 씨는 큰 충격을 받고……."

갑자기 팔을 휙 잡아당기는 바람에 앞으로 고꾸라질 뻔했다. 조금 전까지 내가 서 있던 곳으로 라이트를 켠 대학생의 자전거가 맹렬하게 달리며 지나갔다. 바로 옆에 스트라이프 와이셔츠를 입은 유키야 오빠의 가슴이 있었다. 큰 손이 힘껏 팔을 잡고 있었다.

"주변을 잘 좀 봐요. 위험하잖아요."

온갖 감정이 어지럽게 마구 휘몰아쳐서 결국 공연히 눈물이 날 것 같아 나는 잡힌 팔을 획획 휘둘러 뺐다. 마치 유치원생 같다. 한심했다. 유키야 오빠의 손이 느슨해지며 떨어졌다. 푸른 땅거미에 묻혀 이미 유키야 오빠의 표정은 잘 보이지 않았다. 설령 밝았다고 해도 눈물에 번져 보이지 않았을 것이다.

눈부시게 라이트를 빛내며 버스가 도로 저쪽에서 달려왔다. 그리고 조금 지나쳐서 정차하며 뒷문을 열었다. 나는 고개를 숙인 채 인사했다.

"고마웠어요."

유키야 오빠의 얼굴도 보지 않고 버스에 올라탔다. 창가 자리에 앉자 곧바로 버스가 출발했고, 경치와 함께 뒤로 흘러가는 길고 호리호리한 그림자가 시야 끄트머리에 비쳤다.

아직도 커다란 손의 감촉이 선명하게 남아 있는 위팔을 만졌다. 숨이 멎을 것 같았다. 마치 팔이 아니라 심장을 부여잡힌 것 같았다. 눈물이 흘러나와 나는 고개를 숙였다.

사실은 어렴풋이 느끼고 있었다. 유키야 오빠 안에 있는 나는 처음 만난 초등학생의 모습 그대로인 게 아닐까 하고. 초등학생은 아니라고 해도 토와코 씨처럼 여자로서 의식하는 존재와는 다른 상자에 들어 있는 게 아닐까 하고.

어려운 상황에 빠져 있으면 도와준다. 침울해져 있으면 위로해준다. 잘못했으면 야단쳐주고 같이 밥을 먹고 고양이를 쓰다듬으며 다정하게 웃어준다. 예를 들면, 가족이나 나이 어린 친구 같은 그런 상대에게 하듯이.

그래서 틀림없이 당신은 쉽게 나를 만진다. 나는 당신을 만지고 싶어도 만질 수 없고, 닿으면 숨이 멎고 가슴이 벅차올라 괴롭고, 그 뒤에도 계속 당신 생각이 머리에서 떠나지 않는데.

나에게 당신은 오빠도 친구도 아니었다. 나의 이상한 체질을 알고도 당신이 다정하게 미소 지어준 때부터, 어쩌면 훨씬 더 전에, 슬픔에 찬 눈동자를 한 당신을 처음 만난 날부터.

당신은 나의 그리운, 사랑하는 사람이었다.

제 4 화

향기로운
우정

1

우리 집 현관 초인종이 띵똥, 띵똥, 띵똥 하고 호들갑스럽게 세 번 연속해서 울린 건 6월 초순의 어느 금요일이었다. 그것도 저녁을 먹고 뒷정리까지 완전히 끝낸 할머니는 목욕 중이었고, 나는 2층 내 방에서 영어 숙제를 하고 있던 저녁 아홉 시가 넘은 시각이었다. 마침 그날 밤은 휘몰아치는 세찬 바람이 마치 살아남은 공룡이 동족을 찾아다니며 울어대는 듯한 소리를 내며 오래된 집을 덜컹덜컹 흔들어댔다.

이런 시간에 찾아올 사람은 아무도 없었다. 게다가 이렇게 남의 집 초인종을 띵똥 띵똥 띵똥 세차게 눌러대는 것으로 보아 아무래도 온화한 사람은 아닐 것 같았다. 나는 움찔움찔하며 계단을 내려가 현관 전등을 켜고 샌들을 신고 주뼛거리며 미닫이문을 열었다.

그 순간, 강풍이 몸통박치기를 하듯이 불어 닥쳤다. 머리카락이 휘날려 무심코 고개를 돌렸던 나는 눈을 가느다랗게 떴고 소스라치게 놀랐다.

초인종을 울려댄 장본인은 난폭한 바람에도 꿈쩍 않고 용맹하게 떡 버티고 서 있었다. 하얀 셔츠에 체크무늬 플리츠스커트, 남색 조끼의 도쿄 도립 중학교 교복. 짐은 어깨에 멘 파란 책가방 하나뿐이었다. 가슴까지 내려오는 머리카락이 바람을 따라 사방으로 나부껴, 나는 순간 용맹한 사자의 갈기를 떠올렸다.

"카린? 어쩐 일이야?"

두 살 아래의 여동생은 아무 말 없이 천천히 현관으로 들어오더니 미닫이문을 탁 닫으며 선언했다.

"오늘이랑 내일, 여기서 잘 거야."

이미 결정된 사항이라는 투였다.

"여기서 잘 거라니, 뭐? 자, 잠깐만——카린, 어쩐 일이야?"

"언니, 그 말은 아까도 했잖아. 여기서 자고 가려고 왔다니까."

내가 상황을 이해하지 못하고 우물쭈물하는 사이에 카린은 바람에 흐트러진 머리카락을 손으로 빗어 정리하고 곧바로 복도로 올라갔다. 나도 황급히 샌들을 벗고 뒤따랐다.

"카, 카린, 오랜만이야. 저기……, 교복 차림인 걸 보니 학교 끝나고 이리로 곧장 온 거야?"

"응. 언니, 잠옷 좀 빌려줄래? 그리고 샴푸랑 세안 폼도."

"그, 그래. 그건 괜찮은데……, 카린, 갑자기 찾아오면 깜짝 놀라니까 이럴 때는 먼저 연락부터 해주면 좋잖아?"

"LAND로 연락했어. 아까 초인종 누르면서."

"……아, 그렇구나. 그런데 가능하면 카마쿠라 역 정도에서 해주면 좋을 텐데. 그런데 갑자기 왜……."

"어머나, 카린 왔니?"

복도 맞은편에서 머리에 수건을 둘둘 말고 목욕탕에서 나온 할머니가 걸어왔다.

눈을 동그랗게 뜨고 손녀를 본 할머니는 환하게 웃으며 팔을 벌렸다.

"못 본 사이에 아주 미인이 됐네? 어서 오렴."

"할머니는 전혀 안 늙었네. 정말로 일흔 맞아?"

할머니는 카린을 꼭 끌어안았다가 몸을 떼며 고개를 갸웃거렸다.

"그런데 이런 늦은 시간에 연락도 없이 어떻게 왔어?"

"응, 그냥. 할머니, 오늘이랑 내일 여기서 자도 돼?"

"그럼, 당연하지. 그런데 아빠랑 엄마한테는 제대로 얘기하고 온 거야?"

"아……, 이제 할 거야."

"다음부터는 엄마 아빠한테 제대로 얘기하고 와. 걱정하잖니. 밥은 먹었고?"

"아니……, 아직."

밥이라는 말에 이끌린 것처럼 카린의 배에서 꼬르륵 소리가
났다.

"언니, 달걀이랑 양파랑 닭고기랑 밥이랑 케첩 있어?"

"응? ……응, 다 있어."

"오므라이스 먹고 싶어."

밤 아홉 시가 지난 시각에 그렇게 거하게 먹겠다니, 이 얼마
나 용감한 용사란 말인가. 그리고 그 오므라이스를 만드는 사람
은 나란 말인가. 애당초 동생은 내 물음에 제대로 대답을 안 하
지 않았나. 온갖 생각이 머릿속을 오간 끝에 최종적으로 말했
다.

"……20분만 기다려."

"언니 최고야."

그제야 오늘 처음으로 웃는 얼굴을 보여준 카린은 나에게도
포옹을 꽉 해주었다.

카린이 무언가 거대한 불안과 단호한 결심을 가지고 여기 온
것을 그때 알았다.

사람이 떠올릴 수 있는 유아기의 기억은 대체로 세 살 이후부
터라는 기사를 인터넷에서 보았다. 그 이전에는 자신이 언제 어
디서 무엇을 했는지에 대한 기억(에피소드 기억이라고 하는 듯
했다.)을 제대로 보존하지 못한다고 한다.

하지만 나는 아주 어렴풋하기는 하지만 엄마가 카린을 임신했을 때의 기억이 있다. 엄마의 것이 아닌 다른 향기가 나서 뭐지 하고 신기해서 엄마의 커다랗게 부푼 배를 쓰다듬었다. 엄마가 웃었고, 아빠가 나를 안아 올리며 뭐라고 얘기했다. 그런 기억이 있다.

그 이외의 기억은 역시 정설대로 남아 있지 않고, 문득 정신이 들고 보니 옆에는 여동생이 있었다. 지금 생각하면 언니인 나조차도 믿기 힘들지만 어릴 때의 카린은 나보다도 내성적이었고 낯을 가렸다. 모르는 사람이 무섭다고 울고 공사 중인 도로가 무섭다고 울고 이유도 없이 갑자기 무언가가 무섭다고 울고, 너무 잘 우는 바람에 유치원에서는 언제나 남자아이들에게 놀림을 받아서 곧잘 내가 있는 반까지 달려와 나한테 매달렸다.

그런 카린이 나는 귀여웠다. 나 역시 마음이 여린 어린애였지만 카린의 부서질 것 같은 작은 손을 잡고 있을 때는 내가 지켜줘야 한다고 용기를 낼 수 있었다. 엄마에게 이런 말을 들은 적이 있다. 동생이 태어나면 큰아이가 질투를 하는 경우가 많은데 나는 거의 그러지 않았다고. 그냥 참는 게 아닌가 하고 처음에는 걱정했지만 카린을 데리고 걷는 나를 보면 그래 보이지는 않았다고 하셨다.

나는 카린이 귀여웠다. 카린은 동생인 동시에 나와 동류라고 생각했다.

이상한 소리를 하면 안 된다. 거짓말을 하면 안 된다. 사람에게서 냄새는 나지 않는다.

부모님에게 계속 그런 말만 듣는 나의 동류라고, 나는 믿어 의심치 않았다.

❊

이튿날은 토요일. 강풍이 씻어낸 공기는 맑아서, 하늘은 투명하고 파란 유리 같았다. 그런 상쾌한 아침에 일과인 라디오 체조를 하면서도 나는 우울해서 견딜 수가 없었다.

지난주 토요일과 일요일, 나는 자이모쿠자에 있는 치요(본명은 마츠키 야치요)네 집에 놀러가 하룻밤 자고 왔다. 토요일에 가게를 보지 않은 날은 지난 3개월 동안 한 번도 없었다.

지난주 토요일은, 다시 말하면, 유키야 오빠가 다니는 대학교에서 유키야 오빠의 안경과 유키야 오빠의 전 여자 친구가 얽힌 이런저런 일을 계기로 나와 유키야 오빠가 말싸움 같은 것을 한 다음날로, 기가 약하고 겁이 많고 패기가 없는 삼박자를 고루 갖춘 나는 도저히 유키야 오빠의 얼굴을 마주볼 수가 없었다. 눈살이라도 찡그릴라치면 아마도 그 자리에서 숨이 끊어질 것이다.

"하지만 카노, 싸운 직후에 누가 봐도 빤한 핑계를 만들어서 달아나는 건 가장 안 좋은 패턴이라고 생각해⋯⋯."

치요네 집에서 치요에게 지적을 받고 땅을 치며 후회했지만, 그렇다고 다음 날인 일요일 아침 일찍 돌아가서 아무렇지 않은 얼굴로 유키야 오빠와 마주할 용기도 없다 보니 결국 나는 치요와 에노시마 수족관으로 놀러가고 말았다.

"응, 유키야? 전혀 문제없었는데? 오늘은 손님도 꽤 있어서 나도 가게에 나갔었는데 그 애 혼자서 아주 훌륭하게 처리하던 걸? 그리고 어제 저녁은 우리 둘뿐이라 고기 먹으러 갔어, 에헷."

유키야 오빠는 정확, 신속, 정중 3박자를 고루 갖춘 데다 행동거지가 점잖아서 가게는 혼자서도 충분히 볼 수 있다. —내가 없어도.

카노야말로 앞으로는 가게에 나오지 않아도 괜찮아요—유키야 오빠의 말이 머릿속을 빙글빙글 돌아서 차라리 세상이 끝나 버렸으면 좋을 텐데, 하고 꿀꿀하게 아침 식사로 토스트를 먹고 있는데 내 잠옷을 입은 카린이 비칠비칠 거실로 나왔다.

"언니, 휴일에 아침부터 라디오 체조 같은 거 하지 마⋯⋯."

눈을 슴벅슴벅하는 카린이 테이블 앞에 앉았을 때 나는 향기를 느꼈다. 어찔한 약품 같은 냄새와 감귤류 과일을 연상시키는 향료. 신기한 조합이었다.

"카린, 향수 뿌렸어?"

"향수? 아니, 안 뿌렸는데."

천진스러운 얼굴로 카린은 자신의 팔에 코를 대고 킁킁 냄새를 맡았다. 길고 검은 머리카락이 부스스해도 카린은 귀엽다. 어제 포옹하면서 깨달았지만 키도 나보다 더 커져 있었다.

나와 할머니 사이에서는 아침은 각자 해결한다는 규칙이 정해져 있지만, "달걀프라이 토스트 먹고 싶어." 하고 카린이 조르는 통에 나는 빵에 햄과 치즈와 달걀프라이를 얹어 오븐에 구운 토스트를 만들었다. 맛있다고 웃는 카린을 보며 도쿄의 집에서는 언제나 엄마가 만들어주겠지 하고 멍하니 생각했다.

"어머, 맛있는 거 먹네. 좋겠다~, 할머니도 먹고 싶어~."

개점 준비를 마친 할머니가 거실로 왔을 때는 여덟 시가 지나 있었다. 오늘은 드물게 볼일이 없다는 할머니는 그래도 연두색 로치리멘올이 성기게 짠 얇은 여름용 원단. - 역자 주 홑겹 기모노를 입고 머리에는 나비 비녀까지 꽂았다. '아침은 각자 알아서 먹는다'는 규칙은 어디로 갔나 하고 한탄하며 나는 카린에게 만들어준 것과 똑같은 토스트를 할머니에게도 만들어주어야 했다.

"잘 먹었어. 난 바로 나갈 거라 점심은 필요 없어."

접시를 부엌 싱크대에 갖다 놓고 카린이 거실을 나갈 때 맨발의 하얀 복사뼈가 이상하게 눈에 박힌 나는, 그러고 보니, 하고 생각했다.

카린은 어째서 갑자기 카마쿠라까지 온 것일까.

어제 느낀 카린의 향기. 불안과 짜증 같은 답답한 느낌, 그리고 마음속으로 무언가를 결정한 것 같은 단호한 마음.

도쿄에서 무슨 일이 있었을까, 하고 생각하고 있는데 할머니가 내 얼굴을 슥 들여다보며 물었다.

"그런데 카노, 오늘은 가게 나올 거니? 기모노 내놓을까?"

갑작스런 질문에 화들짝 놀라 "응? 아." 하고 의미 불명의 소리만 내고 있는데 할머니는 토스트를 내려놓고 내 옆으로 스스 다가와 생긋 웃었다.

"무슨 일이 있었는지는 모르지만 지난주에 거리를 둔 건 제법 고도의 테크닉이었어. 애태우고 쌀쌀맞게 구는 건 중요한 향신료거든. 말하자면 장어에 뿌리는 산초 같은? 하지만 오늘 즈음이면 화해하기 딱 좋지 않을까?"

새빨개져서 아무 말도 못하는 나에게 "어쨌든 기모노는 내놓을게." 하고 할머니는 윙크했다.

2

엄마에게서 전화가 온 것은 내가 여전히 가게에 나갈지 말지 방에서 머리를 싸매고 고민하던 아홉 시 반 무렵이었다. 열 시에는 유키야 오빠가 오는데, 하고 침대 협탁에 놓여 있는 시계를 보고 있던 때라 똑똑히 기억한다.

하늘색 스마트폰이 침대 위에서 착신을 알리며 진동하자 나는 얼마 동안 말없이 화면만 내려다보았다. 하지만 무시할 수는 없었다. 숨을 들이마시고 스마트폰을 귀에 댔다.

"……네, 여보세요."

[아, ─카노? 오랜만이야.]

엄마는 쾌활하게 이야기하려고 애쓰는 듯했지만 목소리에는 긴장이 배어 있었다. 엄마와 마지막으로 이야기한 것은 "5월의 황금연휴에 집에 올 거니?" 하고 전화했을 때로 약 한 달 전이니 확실히 오랜만이기는 하다. 집에는 곧 중간고사가 있다는 핑계로 가지 않았다.

"무슨 일이야?"

[그냥……, 좀 물어보고 싶은 게 있어서.]

이야기할 때 쓸데없이 서론이 긴 점이 나와 엄마의 공통점이다. 응, 하고 나는 대답했다.

[저기, 카린 말인데. 거기 가 있지? 좀…… 어떠니?]

나는 스마트폰을 귀에 댄 채 미간을 찡그렸다.

"어떻냐니? 그냥 평범한데."

[걔가 어제 학원에서 중요한 모의고사가 있었는데 말도 없이 빠지고 그쪽으로 갔거든.]

"뭐……?"

[지금까지 그런 적은 한 번도 없었는데……. 어제도 내가 아무리 연락해도 돌아오지도 않고, 겨우 전화가 왔다 싶었더니 토요일이랑 일요일은 카마쿠라에서 지내겠다는 말밖에 안 해. 대체 무슨 일이냐고 물어도 아무 일도 아니고 엄마랑은 상관없다며 도통 말을 안 하니……, 뭐가 어떻게 된 건지 솔직히 전혀 모르겠어서.]

나는 전화로 누군가와 이야기할 때는 언제나 조금 진정이 되지 않는다. 향기로 상대의 감정과 본심을 느낄 수 없기 때문이다. 이럴 때면 언제나 내가 지긋지긋하게 여기는 이 이상한 체질에 평소 얼마나 의존하며 살아가고 있는지 알게 된다.

게다가 엄마가 카린에 대해 장황하게 이야기하는 것을 듣고 있자니 점점 내 가슴속에서 검고 추악한 무언가가 고여 가는 것 같았다. 나에게서 풍겨오는 불쾌한 냄새.

"……그쪽에서 무슨 일이 있었던 거 아냐?"

[하지만 지금까지 그런 내색은 전혀 없었어. 정말로 어제 갑자기 시작됐어. 이건가 하고 짐작되는 일도 없고……. 지난 달 연휴에는 친구도 자러 왔었거든. 카마쿠라로 전학 간 친군데 재밌게 잘 놀았어. 그러니까 정말로 무슨 일인지 몰라서. 입시도 얼마 안 남은 중요한 시긴데 대체 왜 그러는지…….]

"그걸."

무심코 목소리에 날이 서자 엄마가 입을 다물었다. 순간적인 분노가 자기혐오로 바뀌었다. 어째서 나는 언제나 엄마와 이야기할 때면 착한 딸이 되지 못하는 걸까.

"……그걸 내가 어떻게 알아? 카린한테 직접 물어봐."

[하지만 아무것도 가르쳐주지 않으니까 너라면 그……, 뭔가 알 수 있지 않을까 싶어서.]

몇 초 동안 머릿속이 새하얘졌다.

그 말의 의미를 이해한 순간, 사그라져가던 감정이 몇 배로 부풀어 오르며 터졌다.

"캐보란 거야?"

[그렇게 말할 것까진…….]

"하지만 그런 뜻이잖아?"

이 체질 때문에 내가 싫어서 집에서 쫓아낸 주제에 이번에는 카린을 위해 나를 이용하겠다는 거야?

입술을 꽉 깨물고 간신히 그 말만은 하지 않도록 참았다. 귓가에 가느다란 엄마의 목소리가 들렸다.

[카노, 미안해. 있잖니.]

"……일단 왜 그랬는지 물어는 볼게. 장담은 못하지만. ―미안한데 오늘은 가게 봐야 돼서 이만 끊을게."

엄마에게 그렇게 말해버렸기 때문에 나는 가게에서의 차림으로 갈아입기 위해 1층 안쪽의 다다미방으로 향했다. 내 몸에서 나는 불쾌한 냄새가 사라지지 않았다. ―이런 일이 있을 때마다 자연스럽게 떠올리고 만다.

나는 나를 버린 엄마와 아빠를 지금도 원망하고 있다.

그리고 아무런 결함도 없고 아빠와 엄마의 사랑을 듬뿍 받는 여동생을 질투하고 있다.

어제 카린은 돌아가신 할아버지 방에 이불을 깔고 잤다. 할머니가 고른 하늘색 로치리멘 기모노로 갈아입은 뒤 정원 쪽으로 나 있는 그 방으로 가보니 내가 빌려준 하얀 원피스(이것밖에 사이즈가 맞는 것이 없었다)를 입은 카린이 툇마루에 앉아 스마트폰을 만지작거리고 있었다. 어쩐지 귀기가 서린 듯한 진지한 표정이었다.

"카린, 방금 엄마한테서 전화 왔는데 어제 모의시험 땡땡이쳤다며?"

고개를 든 카린은 엄마에게인지 나에게인지 모르지만 어렴풋이 불쾌해하는 향기를 풍겼다.

"땡땡이쳤는데, 그래서 뭐?"

"엄마가 걱정하셨어. 중요한 시긴데 왜 그러는 건지 모르겠다고."

"……짜증나. 아무것도 아니라고 했는데."

이 이상 그 이야기는 하고 싶지 않다는 것처럼 카린은 일어나서 복도를 걸어갔다. 이 복도를 쭉 따라가면 현관이 나온다. 나도 조금 뒤쳐져서 카린의 뒤를 따랐다.

모퉁이를 몇 번 돌았을 때 카린이 갑자기 걸음을 멈추고 돌아보더니 물끄러미 나를 쳐다보았다.

"언니의 그거 말이야. 내가 지금 어떤 기분인지는 알아도 생각하는 내용까지는 모르지?"

나는 작게 고개를 끄덕였다. 내가 향기로 느끼는 것은 지금 그 사람이 어떤 기분인지 정도로, 왜 그런 기분을 느끼는지 그 사정이나 이유까지는 모른다.

그렇구나, 하고 카린은 안도한 듯이 중얼거리고 다시 걷기 시작했다. 다시 말해 카린은 누가 들여다보면 안 되는 생각으로 머릿속이 가득한 것이다. 하지만 그것이 무엇인지 물어보려고 하면 또다시 얼굴을 찡그릴 뿐 대답해주지는 않을 것이다.

카린은 복에 겨웠다.

걱정해주는 것을 '짜증난다'고 하고, 쏟아주는 애정을 마치 성가신 날벌레 쫓듯 뿌리친다. 자연스럽게 그렇게 될 만큼 분명 사랑받는 데에 익숙하다.

마침 현관에 다다랐을 때 딩동 하고 초인종 소리가 울렸다. 불투명한 유리 너머로 비쳐 보이는 호리호리한 실루엣. 그러고 보니 벌써 열 시다.

나는 부자연스럽게 샌들을 신고 천천히 미닫이문을 열었다.

안경 너머에서 유키야 오빠의 눈이 조금 커졌다가 미소 지었다.

"좋은 아침이에요."

"……좋은 아침이에요. 오랜만이네요."

7부 소매의 하얀 마 셔츠에 검은색 바지를 입은 유키야 오빠는 "그러게요." 하고 또 조용히 웃으며 현관으로 들어왔다. 예전과 다르지 않은 부드러운 말투. 하지만 어쩐지 1센티미터 정도 멀어진 느낌이 들었다.

복도로 올라가자 팔을 꾹 잡혔다. 경계하는 고양이처럼 유키야 오빠를 응시하는 카린.

"언니, 저 사람은 누구야?"

"아르바이트 하는 키시다 유키야 오빠. 저기, 이쪽은 동생인 카린이에요."

"아아, 두 살 아래의……, 안녕하세요? 키시다예요."

정중하게 인사하는 유키야 오빠에게 주뼛거리며 꾸벅 인사한 카린은 소곤소곤 목소리를 낮춰 외쳤다.

"아르바이트생은 센스 있고 우수하고 백옥 같은 피부의 미인 여대생이 아니었어?"

"응……? 보다시피 유키야 오빠는 남잔데……?"

"아, 할머니가 거짓말했구나."

아하, 그랬어, 하는 말투의 카린. 나는 무슨 얘긴지 도통 이해가 되지 않았다. 신발을 가지런히 정리하며 유키야 오빠도 "여대생……?" 하고 처음 듣는 신어처럼 중얼거렸다.

"할머니가 작년에 아르바이트생을 고용한다고 했을 때 아빠가 내켜하지 않았거든. 하지만 할머니가 '여대생이야.' 하니까 그럼 괜찮다고 납득했어."

"……할머니는 왜 그런 거짓말을 한 거야?"

"그야 젊은 남자가 이 집에 드나들면 아빠가 틀림없이 화낼 테니까."

"화낸다고? 평판이 나빠지면 곤란하니까?"

"아니, 평판 때문이 아니라…… 언니가 걱정돼서 그렇지."

걱정?

"내 걱정 같은 건 안 해."

스스로도 놀랄 만큼 싸늘한 목소리가 나왔다. 카린이 얼떨떨한 표정으로 미간을 찡그렸다.

"왜? 걱정하는 게 당연하잖아. 딸인데."

"카린 걱정은 해도 내 걱정은 안 해."

아아, 틀렸다. 지금은 입을 열면 안 좋은 말밖에 나오지 않는다. 알고는 있지만, 사실은 말하고 싶었다. 그렇다. 아마도 나는 줄곧 이런 때가 오기를 기다리고 있었다. 마음속에 숨기고 있는 것을 토해낼 때를.

"왜 그런 말을 해……? 당연히 걱정하지, 아니, 하고 있어. 아빠도 엄마도 언제나."

"안 해. 그 사람들은 카린만 좋아하고 난 싫어하니까. ──그러니까 나만 카마쿠라로 쫓아낸 거잖아!"

마지막에 갑자기 높고 날카로워진 내 목소리에 귀 안쪽이 찌르르했다.

쏟아내도 전혀 편해지지는 않았다. 단지 허무함과 자기혐오와, 까닭 모를 폭력에 몸을 움츠린 카린만 남았을 뿐이었다.

알고 싶었다. 같은 부모 밑에서 태어난 나와 카린을 나눈 것이 대체 무엇인지.

어떻게 하면 나는 이 추한 질투를 지우고 진심으로 동생을 사랑할 수 있을까.

카린이 흔들리는 눈동자로 나를 보고 있었다. 카린 입장에서 보면 난데없이 떨어진 날벼락이나 마찬가지다. 이제야 자기가 한 짓이 무서워져 무슨 말을 해야 좋을지도 모른 채 입술만 덜덜 떨고 있는데 끼익, 하고 마룻바닥이 울렸다.

말없이 나를 보는 유키야 오빠의 안경 너머의 눈이 투명해서 더욱더 궁지에 몰린 느낌이 들었다. 올바른 말로 야단쳐주기를 숨을 죽이고 기다리고 있는데, 뻗어온 하얀 손이 토닥토닥 하고 내 머리를 부드럽게 토닥여주었다. 말문이 막히자 또 한 번, 그리고 또 한 번. 갑자기 눈 안쪽이 뜨거워져서 나는 고개를 숙였다.

아무도 상처주고 싶지 않다. 원망하고 싶지 않다. 질투하고 싶지 않다. 다정하게 대하고 싶다.

언제나 정말로 그렇게 생각하고 있는데 나는 왜 그러지 못하는 걸까.

세수를 하고 마음을 가라앉힌 뒤 가게로 나가자 이미 유키야 오빠가 손님 응대를 하고 있었다. 짙은 푸른색 기모노에 안이 비치는 하오리를 걸친 유키야 오빠는 고상한 세 노부인에게 이따금 손짓을 섞어가며 상품을 설명하고 있었다.

"겐지모노가타리_{헤이안 시대를 대표하는 작품으로, 무라사키 시키부가 쓴 가장 오래된 근대적 소설. ─ 역자 주}에 향을 피워 옷에 향내가 배게 하는 '훈의薰衣'가 등장하는데 이 연향이 그거예요. 저희 가게의 연향은 선대 사장님이 조합한 것으로 다석茶席 등에서 널리 사용하고 있지요."

향에 얽힌 짧은 에피소드를 끼워 넣어 설명하자 부인들은 "아하.", "그렇구나." 하고 즐겁게 듣고 있었다. 내가 나온 것을 본 유키야 오빠가 "카노." 하고 불렀다.

"손님께서 향을 직접 맡아보고 싶다고 하시니 부탁해요."

유키야 오빠가 조금 전의 일은 조금도 개의치 않는 표정과 목소리로 말해준 덕에 나도 "네." 하고 조금 전의 감정에 얽매이지 않고 대답할 수 있었다. 카게츠 향방과 같은 가게에서는 상품의 질과 마찬가지로 분위기도 중요하다. 가게 안쪽의 다다미방에서 움직임이 되도록 우아하게 보이도록 유의하며 향로를 준비하고 연향을 피우자, 세 노부인은 매우 만족해하며 향뿐만 아니라 향로와 재 같은 도구까지 한 벌 사주셨다.

그 뒤에도 곧바로 젊은 여성 단체 손님, 외국인 두 명, 중년여성 그룹 등 손님이 줄을 이었다. 눈앞의 일에만 집중해서 움직이는 사이에 점점 평정심을 되찾았다. 아까의 감정적인 자신을 돌이켜보자 목이 메어오듯이 괴로웠다.

그런 말을 카린에게 해서는 안 되었다. 애당초 나는 카린에게 무슨 일이 있었는지, 만약 혼자 끌어안고 고민하는 문제가 있으면 그것이 무엇인지 물어볼 생각이었는데.

"안녕?"

쩌렁쩌렁한 남자아이의 목소리와 함께 미닫이문이 열린 것은 점심때가 지나서였다. 생각에 잠겨 진열대를 먼지떨이로 털고 있던 나는 돌아보고 반가움에 소리쳤다.

"아사토!"

"오랜만이야."

가지런한 이를 보이며 웃는 아사토는 역시나 오늘도 머리카락이 삐죽삐죽 서 있었다.

오노 아사토는 할머니의 옛 친구의 손자로, 카린과 마찬가지로 중학교 3학년이다. 나와 유키야 오빠는 아사토의 할머니 이토코 씨가 남편에게서 받은 편지를 아사토와 함께 찾아드린 적이 있다. 아사토는 언뜻 보면 조금 골이 난 것처럼 보이지만 사실은 할머니에 대한 애정이 깊은 다정한 남자애다.

"오늘은 혼자 왔어?"

"응. 할머니는 노인 클럽에서 가는 버스 여행을 갔거든. 요즘 카노네 할머니 말고도 친구가 몇 명 생겼나봐."

내가 처음 만났을 때 이토코 할머니는 치매 증후로 생각되는 기억장애를 보였지만 남편의 편지를 찾은 이후로 놀라울 만큼 회복되었다고 한다. 할머니와 차를 마시기 위해 아사토를 데리고 우리 집으로 놀러온 적도 몇 번 있는데, 그때 이토코 할머니의 웃는 얼굴은 내가 봐도 감격스러울 만큼 생기발랄하고 사랑스러웠다.

"할머니가 건강해지셔서 다행이야."

"혹시 나보다 건강한 거 아닌가 싶을 정도라니까. ……집에서도 학교에서도 공부가 어쩌고 수험이 어쩌고 하는 말만 들으니까 못 살겠더라. 그래서 절 구경이라도 하면 좀 편안해질까 싶어서 와봤는데 어딜 가나 사람이 너무 많아서 오히려 더 지쳤어. 그래서 이리로 와봤어."

"요즘은 여기저기 절마다 수국이 절정이라 그럴 거예요. 6월은 카마쿠라의 관광객이 1년 중 두 번째로 많은 달이라고 해요.

참고로 가장 많은 달은 정월의 첫 참배를 하는 1월이고요."

계산대 안쪽에서 쭈그리고 앉아 선반 정리를 하고 있던 유키야 오빠가 불쑥 일어나며 나타나자 "으앗!" 하고 아사토는 흠칫 놀랐다.

"아저씨도 있었어?! 난데없이 불쑥 솟아나오면 놀라잖아!"

"여전히 무례한 중학생이군요. 사람을 죽순처럼 이야기하면 곤란해요."

두 사람은 얼굴만 마주하면 언제나 이런 식이라 나는 웃고 말았다. 아사토는 유키야 오빠에게 조금 으르렁거리면서도 재미있어하는 느낌이고, 유키야 오빠도 전혀 물러서지 않는 아사토를 입으로는 '무례'하다고 하면서도 마음에 들어 한다고 생각한다.

그때 나는 집에서 나가는 카린을 보았다.

아사토가 미닫이문을 반쯤 열어놓은 상태라 그의 어깨 너머로 가게 앞에 있는 자동차를 두 대 정도 세울 수 있는 공간이 보였다. 여기서는 시야에 들어오지 않지만 가게 오른쪽 뒤에는 본채 현관이 있다. 그 문으로 걸어 나온 하얀 원피스 차림의 카린이 콘크리트로 된 주차 공간을 가로지르고 있었다. 짐은 옷차림과는 조금 맞지 않는 파란 책가방.

나는 그 순간 카린이 도쿄로 돌아가려 한다고 생각했다. 내가 심한 말을 해서 상처를 받고 화가 나서 말없이 떠나려는 거라고.

"카린!"

내가 큰 소리로 부르자 아사토가 깜짝 놀랐고 카린도 놀란 얼굴로 돌아보았지만, 나를 보자 표정이 굳으며 발걸음이 빨라졌다.

"카린, 기다려!"

나도 밖으로 뛰쳐나갔지만 기모노에 조리 차림이라 빨리 움직일 수가 없었다. 내가 쫓아오는 것을 알자 카린은 거의 달리다시피 했다. 치타처럼 발이 빨랐다.

"가요, 아사토!"

"응? 뭐?!"

마치 있는 힘껏 등을 떠밀린 것처럼 아사토가 고꾸라질 듯이 나를 앞질러갔다. 발이 빠른 아사토는 순식간에 카린 앞으로 휙 돌아가 여전히 알쏭달쏭한 얼굴로 카린이 못 가게 막았다. 뒤이어 나온 유키야 오빠가 넘어질 뻔한 내 팔을 잡아주었다.

"잠깐, 너 뭐야?! 비켜!"

"나도 몰라! 모르지만 카노가 기다리라고 하니까 일단 좀 기다려봐!"

"카노? 너 뭐야? 누구 허락 받고 언니 이름을 막 부르는 거야! 설마 남자 친구는 아니겠지? 난 너 같은 고슴도치 머리는 절대로 인정 못 해!"

"뭐야? 왜 너한테 인정받아야 하냐……? 그보다 남자 친구는

아니야! 그런데 언니라니, 뭐야. 너 카노의 동생이야? 하나도 안
닮았네. 마음이."

"뭐야, 그 말은? 결투 신청하는 거야?"

"카린, 기다려! 가지 마!"

만난 지 몇 초도 안 돼서 아사토와 서로 잡아먹을 듯이 노려
보고 있는 카린에게 나는 달려갔다.

"아까는 미안했어. 카린한테 그런 말을 하면 안 됐는데. 정말
로 미안해."

"……딱히 나한테 사과할 필요는 없어. 언니가 그렇게 생각하
고 있다면 어쩔 수 없으니까."

카린은 아사토를 밀쳐내고 가려고 했다. 나는 황급히 소매를
붙잡았다.

"기다려. 좀 더 제대로 얘기하자. 돌아가지 마."

"뭐? 안 돌아가. 오늘도 여기서 잘 거라고 했잖아."

눈살을 찡그리는 카린을, 응? 하고 얼빠진 표정으로 마주본
그때였다.

무언가에 감싸여 둔탁해진 높은 전자음이 울려 퍼졌다. 카린
의 파란 책가방 안에서 나는 소리였다.

카린의 반응은 엄청났다. 가방을 와락 열고 빨간 스마트폰을
꺼내어 액정화면에 표시되어 있을 발신인의 이름을 보더니, 일
부러 향기를 맡지 않아도 낙담한 것을 알 수 있을 만큼 표정이

침울해졌다.

내 쪽에서도 액정화면의 이름이 보였다. '아빠'라는 표시. 이번에는 아빠가 카린에게 무슨 일이 있는지 물어보려고 전화한 것이다. 카린은 귀찮다는 냄새를 풍기며 말없이 스마트폰을 가방에 도로 넣었다. 전자음은 여전히 울리고 있었다. 그 날카로운 소리가 반복되는 가운데 나는 생각에 잠겼다. 조금만 더 있으면 무언가가 연결될 것 같았다.

카린은 누구에게서 온 전화라고 생각했을까. 그렇게 격렬한 반응을 보일 만큼 누군가의 연락을 애타게 기다리고 있는 카린. 어제 갑자기 카마쿠라로 온 카린. 도쿄에서 무슨 일이 있었는지 물어봐도 아무것도 아니라고만 하면서 어떤 불안과 결심을 숨기고 있다.

카린의 가방 안에서 전자음이 끊겼을 때 딱 하나가 내 머릿속에서 이어졌다.

"카린, 도쿄에서 무슨 일이 있었던 게 아니라 카마쿠라에 무슨 일이 있어서 여기로 온 거 아니야? 그 일은 방금 전화를 걸어왔다고 생각한 사람과 관계가 있어?"

카린에게서 배어나오는 향기에 동요가 뒤섞였다. 하지만 내 체질을 알고 있는 카린은 놀라기는 해도 당황하지 않고 날카롭게 쏘아보며 말했다.

"탐색하지 마. 언니랑은 상관없는 일이니까."

"상관없을지도 모르지만 그 일은 카린 혼자만의 힘으로 해결할 수 있는 일이야?"

동요의 냄새가 더욱 커졌다. 그럴 생각은 없었지만 내가 아픈 곳을 찌른 모양이었다. 자기가 해결할 수 있을지 어떨지 모르니까, 그래서 카린은 불안한 것일까.

"카린, 안타깝지만 우린 아직 엄마 아빠나 할머니한테 보호받고 있는 어린애들이야. 멋대로 모의고사를 빼먹고 집에 안 돌아가고, 그런 걸 언제까지나 할 순 없어. 월요일부터는 다시 학교에 가야 하니까 내일은 도쿄로 돌아가야 하잖아? 혼자 해결하기 힘들면 얘기해봐. 도와줄 수 있을지도 모르니까."

카린은 고집스럽게 앙다문 입술을 열지 않았다. 그래도 가슴 안쪽에서는 감정이 흔들리는 것을 알 수 있었다. 망설이고 있다. 이야기할까. 그럴 순 없어. 이야기하고 싶어. 하지만.

"카린."

속눈썹을 내리깔고 있던 카린이 천천히 눈을 들어올렸다. 눈빛이 어쩐지 불안에 젖어 있어서 울보였던 어릴 때의 모습이 겹쳐보였다.

"……어른들한테는 절대로 말 안 한다고 약속할 수 있어? 아빠한테도, 엄마한테도, 할머니한테도."

어른의 힘을 빌리지 않고 내 힘으로 뭔가 할 수 있다는 확신은 전혀 서지 않았다. 하지만 유와 무, 생과 사 둘 중 하나밖에 없다는 눈으로 나를 보고 있는 동생에게 이렇게 대답하는 것 외에는 방법이 없었다.

"약속할게."

3

"난 '말차 경단 크림 앙미츠 쿠로미츠 스페셜'."

"그건 밥이 아니라 디저트잖아."

"시끄러워, 고슴도치. 그보다 넌 왜 따라오는 거야? 상관도 없는 주제에!"

"그 상황에서 나만 남겨지면 신경이 쓰여서 수험도 떨어지지 않겠냐! 그보다 왜 나한테만 뭐라고 하는데? 아저씨도 상관없는 데다 어른이잖아."

"아사토, 이래 봬도 유키야 오빠는 미성년이라 아직 어른은 아니야. 그리고 둘 다 다른 손님들도 있으니까 좀 조용히 해……."

"매너를 지킬 줄 모르는 중학생한테는 출자할 생각 없어요. —여기요, '닛타 요시사다 카마쿠라 공격 런치 세트' 네 개랑 후식으로 '말차 경단 크림 앙미츠 쿠로미츠 스페셜' 네 개 주세요. 그리고 테이크아웃으로 와라비모치와 미타라시당고꼬치에 꽂아 구

운 경단에 간장과 설탕으로 만든 소스를 바른 일본 과자. ─ 역자 주를 각각 1인분씩
주시고요."

점심 휴식 시간이 된 뒤 우리는 카게츠 향방에서 북서쪽으로
10분 정도 걸어가면 있는 니카이도 지역의 숨은 맛집 같은 일본
풍 카페로 갔다. 토요일 점심때라 손님이 많았지만 운 좋게 가
게 안쪽에 따로 떨어져 있는 구석 자리로 안내받은 덕분에 여기
라면 주변을 신경 쓰지 않고 이야기를 나눌 수 있을 것 같았다.

"……그런데 카린, 무슨 일이 있었어?"

주문을 확인한 점원이 떠나자 나는 다시 물었지만 카린은 좀
처럼 입을 열지 않았다. 4인석 테이블에는 나와 카린, 유키야
오빠와 아사토가 나란히 마주앉아 있었다. 아사토가 있기 거북
한지 몸을 꿈지럭거렸다.

"역시 내가 없는 편이 나으면 돌아갈게……."

"……그냥 있어. 음식도 주문했는데."

의외로 가시 뽑힌 부드러운 말투로 대답한 카린은 그제야 결
심을 내렸는지도 모른다. 마음을 단단히 먹듯이 깊이 숨을 한
번 내쉬고 이야기를 시작했다.

"내 친구 이야기야."

그 아이는 호리사와 마나라고 했다.

카린과 마나는 초등학교 때부터 친구였다. 초등학교 1학년부

터 6학년까지 줄곧 같은 반이었고, 그런 아주 작은 운명 같은 인연도 작용하여 두 사람은 사이가 무척 좋았다. 4학년부터 시작되는 방과 후 동아리는 배드민턴부, 위원회도 똑같이 복지위원회에 들었다. 마나네 집에는 병석에 누운 할아버지가 계셔서 마나는 병간호도 곧잘 거들었다고 한다.

"착한 애네."

할머니를 소중히 돌보는 아사토가 진지하게 말했다.

이윽고 두 사람은 같은 도립 중학교에 진학했다. 6년 동안 같은 반이었던 초등학교 때와는 반대로 중학교에서는 결국 한 번도 둘이 같은 반이 되진 못했다. 그래도 쉬는 시간이면 언제나 같이 지냈고, 방과 후에도 둘이서 여기저기 같이 놀러 다녔다. 집에서도 LAND나 전화로 이야기했고, 비록 학교에서 지내는 교실이 달라져도 두 사람의 우정에는 변화가 없었다.

적어도 카린이 느끼기에는 그랬다. 중학교 2학년 여름까지는.

"맨 처음 뭔가 이상하다고 생각한 건 중2 6월쯤이었어. 교실 앞을 지나가다 보면 마나가 혼자 오도카니 있는 때가 많아서 어라? 싶었지. 하지만 무슨 일 있냐고 물어봐도 마나는 '괜찮다.'는 말밖에 안 하고……, 그리고 여름방학이 끝난 뒤부터는 점점 쉬는 날이 많아지더니 겨울방학 전에는 이미 완전히 학교에 안 오게 됐어."

친구들과의 트러블, 이라고 마나네 반 담임 선생님은 표현했다고 한다. 확실히 계기는 사소한 트러블이었다. 할아버지의 병구완을 거들고 있던 마나는 친구들의 연락에 제꺽제꺽 대답하지 못하는 일이 많았고, 친구들 간의 교류에 참여하지 못할 때도 있어서 새로운 반의 그룹에 제대로 끼지 못했다. 그것이 점차 악화되어 LAND 그룹 내에서 매일같이 욕설을 듣거나 교실에서도 없는 사람 취급당하게 되었다.

"결국 3학년 봄에 마나는 전학 가서, —지금 카마쿠라에 있어. 이쪽에 외갓집이 있대. 마나가 너무 힘들어하니까 환경을 바꾸는 게 좋겠다 싶어서 어머니랑 마나만 이쪽으로 옮겼어."

이쯤에서 카린은 이야기를 멈추고 지친 듯이 한숨을 내쉬었다. 침묵한 사이에 아사토는 조심스럽게 '닛타 요시사다 카마쿠라 공격 런치 세트'의 새우튀김을 베물고, 유키야 오빠는 소리도 없이 된장국을 마셨고, 나는 톳 조림을 젓가락으로 집었다. 카린의 음식은 조금도 줄어들지 않았다. 내가 곁들여 나온 오렌지를 카린의 접시에 살짝 놔주자 감귤류를 좋아하는 동생은 가늘게 웃었다.

"……5월의 연휴에 마나가 우리 집에 놀러 왔었어. 와서 자고 가라고 내가 불러서. LAND로 연락은 주고받았지만 역시 마나를 만나고 싶었거든."

카린에게서 감도는 향기가 긴장했다. 지금부터 본론으로 들어간다는 것을 알 수 있었다.

"오랜만에 만나서 나는 정말 기뻤는데 마나는 그렇지도 않은 듯했어. 잘은 설명하기 힘들지만 어쩐지 지쳐 있다고 할까, 기운이 없었어. 같이 여기저기 다니고 밥도 먹었는데 줄곧 마나가 무리해서 웃고 있는 것 같은 느낌이 들어서 '무슨 일 있어?' 하고 우리 집으로 돌아간 뒤에 물어봤어. 마나는 '아무것도 아니야.' 하고 계속 숨겼지만 아무것도 아닐 리가 없으니까 끈질기게 물어봤더니 마나가 말했어. 요즘 들어 계속 아르바이트 하느라 피곤해서 그렇다고."

"아르바이트?"

나도 모르게 되묻고 말았다. 맞은편에서 아사토도 눈살을 찡그렸다.

"중학생이 아르바이트를 할 수 있어? 나도 인터넷으로 찾아본 적 있지만 어디든 고등학생 이상만 모집하던데."

"노동기준법에 15세, 정확히는 15세가 된 그 연도의 3월 31일이 지나서 태어난 사람이 아니면 고용하지 못한다는 규정이 있어요. 신문 배달이나 예능 활동 등의 예외는 있지만 기본적으로 중학생 이하는 일을 할 수 없어요."

유키야 오빠의 막힘없는 설명에 "아아……." 하고 중학생 둘과 고등학생이 감탄했다. 그때 '말차 경단 크림 앙미츠 쿠로미츠 스페셜'이 나오자 식사가 뒤처져 있던 카린이 서둘러 접시를 비웠다.

"마나가 하는 '아르바이트'가 어떤 건지 카린은 들었어요?"

유키야 오빠가 묻자 카린은 나무 숟가락을 든 채 눈을 내리깔았다.

"……마나가 우리 집에 자러 왔을 때는 못 들었어. 나도 신경이 쓰여서 계속 물어보기는 했지만 마나가 얼버무리면서 결국 제대로 가르쳐주지 않았거든."

"하지만 다른 데서 그 내용을 알게 된 거군요?"

카린은 망설이는 향기를 풍기며 침묵했다가 이윽고 작게 고개를 끄덕였다.

"마나가 아니라 중학교 친구한테서 들었지만. 그게…… 2주 전이었던가? 쉬는 날에 가족끼리 요코하마에 있는 차이나타운에 갔는데 마나랑 아주 닮은 애를 봤대. ……뚱뚱한 아저씨랑 걷고 있었는데 어쩐지 수상한 게, 위험한 일을 하는 분위기였대. 그러니까 그…… 인터넷으로 만나고 하는 그런 걸 하는 게 아닐까 하고."

이야기가 갑자기 심상치 않게 흘러가 나는 숨을 삼켰다. 친구에게서 그 이야기를 들은 카린은 당연히 곧바로 마나에게 전화를 걸어 확인해보았다고 했다.

"마나는 처음에는 무슨 얘긴지 모르겠다고, 잘못 본 거 아니냐고 잡아뗐어. 하지만 뭔가 숨기고 있는 느낌이 났고 예전에 말한 '아르바이트'라는 것도 신경이 쓰여서, '정말이야? 거짓말은 하지 말아줘.' 하고 몇 번이나 물었어. 마나가 전화를 끊어도 열 번 정도 다시 걸었어."

"……너 근성 있구나."

"그러니까 나중에 마나가, ……딱히 이상한 아르바이트는 아니라고 했어. 그냥 손님이랑 같이 얘기하고 밥 먹으러 가는 것뿐이라 위험하지는 않다고."

그것은 정말로 '위험하지 않은' 일일까. '손님'이란 아마도 남자일 것이고, 애당초 근로를 할 수도 없는 중학생이 아르바이트를 하고 있는 시점에서 마나의 행동은 법에 저촉된다. 맞은편을 보자 기분 탓인지 유키야 오빠도 눈빛이 심각해져 있었다.

"그건 마나가 단독으로 하고 있는 '아르바이트'인가요?"

"……자세한 내용은 마나도 안 가르쳐줬어. 하지만 마나랑 같이 그 일을 하는 애들이 몇 명 있는 것 같았어. 같은 중학교 친구 중에."

"마나는 어느 중학교로 전학 갔어?"

"하기가야츠 사립학교."

"뭐? 아가씨들이 다니는 학교잖아?!"

아사토가 놀라는 것도 무리는 아니다. 나도 같은 기분이었다.

하기가야츠 사립학교는 겐지야마 산기슭에 있는 중고교 일관 교육제 사립 여학교다. 교칙이 매우 엄격하여 자연히 학생들도 성실한 우등생들만 모인다는 인상이 강한 곳이라 그 학교에 그

런 위험한 '아르바이트'를 하는 학생이 있다는 게 믿기지 않았
다.

"그런 일은 위험하니까 그만두라고, 무슨 일이 생기면 어떡하
느냐고 했지만 마나는 도무지 들어주지 않았고⋯⋯, 나중에는
전화도 안 받기 시작했어. 그래서 어제 학교 끝나고 카마쿠라로
와서 마나네 집으로 쳐들어갔지."

"⋯⋯너 파이터구나."

"하지만 소용없었어. 역시나 마나는 내 이야기는 듣고 싶어 하
지 않았고, 불같이 화를 내면서 '카린이랑은 상관없잖아, 참견하
지 마.'라고⋯⋯."

말을 끊은 카린은 허탈한 향기를 풍기며 고개를 숙였다. 긴
머리카락에 가려 표정은 보이지 않았다.

"⋯⋯왠지 나 그런 이야기 들어본 적 있는 것 같아."

큼직한 말차 경단을 묵묵히 씹고 있던 아사토가 차를 한 모
금 마시고 불쑥 말했다. 나와 유키야 오빠와 카린이 동시에 그
를 보는 가운데 아사토는 녹색 스마트폰을 꺼내어 손가락 끝으
로 뭔가를 조작하고 있었다.

"아, 언제였더라⋯⋯? 지금은 좀 못 찾겠는데 LAND로 얘기
하는 다른 중학교 여자애가 있거든. 말해두지만 여자 친구는
아냐."

"누가 뭐라고 했어요?"

"방금 아저씨가 뭔가 이상한 눈빛으로 봤잖아. 난 핸드볼 부라 원정 경기 땜에 다른 학교에 갈 일이 자주 있어서 친구가 많아."

"친구가 많다니 눈부셔, 아사토……."

"카노까지 왜 그래? 아무튼 그 여자애한테서 들은 적이 있어. 중학생 여자 한정으로 시급이 진짜 센 알바가 있는 모양이라고. 카린의 친구가……."

"다짜고짜 이름을 막 부르는 거야? 우리가 언제부터 친구였다고?"

"진짜 시끄럽네! 나도 얘기 좀 하자! ―아무튼 그 알바 내용도 마나라는 애가 얘기한 내용이랑 비슷한 거였어. 심사가 엄격하긴 하지만 통과하기만 하면 LAND 커뮤니티에 가입시켜줘서 알바를 할 수 있게 된다……나 뭐라나. 내 친구는 안 하지만 권유받은 적은 있다고 했어."

"그 친구인 여자애는 하기가야츠 학교 학생은 아니지요?"

"아니야. 메이요 중학교 애야."

다른 중학교에 다니는 아이도 권유를 받을 만큼 카마쿠라의 여중생들 사이에서 그 '아르바이트'는 널리 퍼져 있다는 것일까. 나는 등줄기가 오싹해졌다. 맞은편에 있는 유키야 오빠는 무슨 생각에 잠겨 있는지 안경테 브리지를 손가락 끝으로 만지작거리고 있었다.

"아무튼 마나가 계속 그 '아르바이트'를 하는 것이 위험하다는 사실은 틀림이 없어요. 아르바이트 조건의 하나가 여중생이라는 점이라면 상대하는 손님은 그 애들의 그런 요소에 끌려 모인 남자들이겠죠. 언젠가 아르바이트 내용 이상의 피해를 입을 가능성이 없다고는 단언할 수 없어요. 그리고 한 가지 더 걱정스러운 건 마나가 사립학교 학생이라는 점이에요. 카린과 아사토의 중학교는 공립이죠?"

카린과 아사토가 동시에 고개를 끄덕였다. 카린은 도쿄 도립 중학교에 다니고, 아사토는 오나리마치의 공립 중학교에 다닌다고 했다.

"중학생은 의무교육 대상으로, 학교에서 쫓아내는 것은 교육을 받을 권리를 부당하게 박탈하는 것이기 때문에 공립 중학교에서는 퇴학이나 정학 처벌은 없어요. 하지만 사립 중학교는 달라요. 사립학교는 독자적인 교칙으로 운영되고, 경우에 따라서는 정학이나 퇴학 같은 징계처분을 내릴 수도 있어요. 하물며 마나가 다니는 하기가야츠 사립학교는 교칙이 엄격하기로 유명하고, 비합법적인 아르바이트를 한 데다 그 내용이 방금 들은 것과 같은 종류라면 학교 측에 알려질 경우 아마도 마나는 무거운 처벌을 받게 될 거예요."

유키야 오빠가 말을 멈췄을 때에는 카린이 완전히 창백해져 있었다. 마나가 위험할까봐 걱정하기는 했지만 일이 그렇게까지 심각하리라고는 생각하지 못했을 것이다. 나 역시 유키야 오빠의 이야기를 듣고 핏기가 가시는 것 같았다. 순간적으로 테이블 위에서 움켜쥐고 있는 카린의 손을 꼭 쥐었다. 애처로울 만큼 굳어 있는 싸늘한 손.

"……반드시 그만두게 해야 해."

"괜찮아. 방금 유키야 오빠가 한 얘기를 마나한테 차근차근 설명하면 마나도 그 일이 얼마나 위험한지 알아줄 거야."

"하지만 마나가 과연 들어줄까? 어제 얘기했을 때도 계속 다른 곳만 보면서 나는 보고 싶지도 않다는 느낌이었으니까 무슨 말을 해도 들어주지 않을지도 몰라……."

"왜 거기서 움츠러드는 거야?"

숙이고 있던 고개를 든 카린에게 아사토는 의지가 단호해 보이는 눈썹을 치켜떴다.

"넌 친구를 구하기 위해 카마쿠라까지 쳐들어온 거잖아? 그렇다면 마지막까지 근성을 보여 봐!"

카린의 입에 힘이 꾹 들어가고 붉고 울먹이던 눈동자에 투지가 되살아났다. 카린은 찻잔을 들고 식어버린 차를 단숨에 들이켰다.

"잘난 척 하지 마, 고슴도치야."

카린은 아사토에게 되받아치고 한 번 더 마나를 만나러 가겠다고 단호하게 말했다.

"간다니, 지금 당장?! 행동력 끝내주네!"

아사토가 놀라는 것도 무리는 아니었다. 카린은 일본풍 카페에서 나오자마자 그길로 마나네 집으로 돌격, 아니, 직행하겠다고 했다.

"기다려, 카린. 일단 마나한테 연락부터 해보고 가는 게 좋지 않을까?"

"연락하면 마나는 틀림없이 도망칠걸. 갔다 올게."

"나는 괜찮다고 생각해요. 어젯밤에 돌격해온 사람이 오늘도 나타나리라고는 상대도 생각하지 못할 거예요. 기습은 심리적 효과를 높이기 좋은 방책이에요."

나와 아사토가 상식적인 의견을 주장하고 카린 쪽에는 유키야 오빠가 가세했는데, 아무리 봐도 상대가 여러 의미에서 더 강했다. 이길 수 있는 사람은 할머니 정도일 것이다.

결과부터 말하면, 카린은 마나의 집을 기습, 아니, 전격 방문하기로 했고 내가 같이 따라가기로 했다. "카린 혼자 갔다가는 또 같은 결과로 끝날 수도 있으니 카노가 연장자의 위엄을 보이며 마나를 잘 일깨워주는 게 어때요?" 하고 유키야 오빠가 제안했기 때문이다. 종종 중학생으로 오인 받는 내가 연장자의 위엄을 발휘할 수 있을지는 몹시 의문스럽지만 카린도 그렇게 해달라고 해서 같이 가게 되었다.

마나네 집은 토키와에 있다고 했다. 일단 카마쿠라 역으로 가서 케이큐 버스를 타고 목적지를 향했다. 우연히도 나와 카린이 탄 버스에는 하기가야츠 학교 여학생 둘이 타고 있었다. 남색 옷깃에 하얀 줄이 그려진 세일러복에 중등부는 하늘색 리본, 고등부는 파란색 리본을 묶는데, 테니스 라켓을 든 두 사람은 중등부 학생이었다. 그러고 보니 이 버스의 종점은 하기가야츠 학교에서 가장 가까운 버스 정류장이기도 했다. 마나도 통학할 때는 이 노선버스를 타는지도 모르겠다고 생각하며 그녀들을 보고 있는데 눈이 마주치면서 "코스프렌가?", "선보러 가나?" 하고 속삭이는 소리가 들렸다. 코스프레도 아니고 선보러 가는 것도 아니라고 중얼거리며 기모노 차림으로 나와버린 내가 울상을 지으며 고개를 숙이자, "미안해, 언니." 하고 옆에 앉은 카린이 작게 말했다. 나뭇가지에서 물방울 하나가 똑 떨어지듯이.

"사과하지 않아도 돼. 도움이 될지 어떨지는 모르지만 나도 마나가 걱정되니까."

"그것뿐만이 아니라 아빠, 엄마 일이라든가, 언니 혼자 카마쿠라로 보내진 거라든가 여러 가지로."

돌멩이를 삼킨 것처럼 가슴이 아팠다.

시간을 되돌리고 싶었다. 현관에서 이야기하던 그때로 돌아갈 수 있다면 카린에게 그런 화풀이에 지나지 않는 심한 말은 절대 하지 않을 텐데.

"하지만 아빠랑 엄마가 언니를 걱정하는 건 사실이야. 카마쿠라의 날씨라든가 지진이라든가 태풍이라든가 엄청 신경 쓰는걸. 이해해 달라고…… 하면 좀 다른가……. 아무튼 이해해주지 못해도 괜찮으니까 그렇구나 하는 정도로는 생각해줘."

가슴이 욱신거렸지만 여전히 나는 카린의 말을 곧이곧대로 받아들일 수 없었다.

받아들이지 못한 채 응, 하고 작게 중얼거렸다.

호리사와 마나는 눈이 또렷하고 커서 총명해 보이는 예쁜 아이였다.

"……아직도 도쿄로 안 돌아갔어?"

마나네 외갓집은 작지만 깔끔하게 손질된 정원이 딸린 단독주택이었다. 딩동, 딩동, 딩동 하고 카린이 현관 초인종을 세 번 누르자(이 버릇은 하루빨리 그만두게 해야 한다.) 마나 본인이 문을 열고는 카린을 보자마자 낮게 말했다.

"무슨 말이 그래? 보통 처음 만나면 '안녕.' 하고 인사하는 게 순서잖아?"

"연락도 없이 다짜고짜 남의 집에 찾아오는 사람이 할 말은 아니지. 그리고 몇 번이나 말했지만 벨을 그렇게 눌러대면 시끄럽잖아. 그러지 마."

"그건 내가 왔다는 걸 마나한테 바로 알리기 위한 배려야."

"뭐? 그래서 일부러 그러는 거야……?"

"바보 같아. 시끄럽기만 할 뿐이야. ──그보다 그 기모노 입은 사람은 누구야?"

카린보다 한 걸음 뒤에 있는 나를 보고 마나가 눈살을 찡그렸다. 키는 카린보다도 조금 작고 나와 비슷한 정도였다. 목이 길고 가늘어서 짧은 머리가 잘 어울렸다. 나는 얼굴에 딸린 예의 난감한 기능이 발동하는 것을 느끼며 황급히 인사를 했다.

"사, 사쿠라 카노야. 동생이랑 친하게 지내줘서 고마워. ──이건 약소하지만 식구들이랑 같이 먹어."

유키야 오빠가 센스 있게 들려 보내준, 아까의 일본풍 카페에서 산 와라비모치를 내밀자 마나는 "고맙습니다……." 하고 난감해하며 받아들었다. 그러더니 퍼뜩 생각났는지 매서운 눈초리로 카린을 노려보았다.

"……혹시 얘기했어?"

"얘기했어. 미안해."

"왜 자꾸 쓸데없는 짓을 하는 거야! 너랑은 상관없다고 했잖아!"

"그야 마나가 걱정되니까 그렇지! 계속 머릿속은 마나 생각으로 가득한데 내 얘기는 전혀 들어주지 않으니까 어떻게 해야 좋을지 몰라서 그랬다 왜!"

카린의 솔직한 말이 마나의 가슴에 박힌 듯했다. 표정의 변화는 그다지 나타나지 않았지만 날카롭던 그녀의 향기에서 마치 썰물이 빠져나가듯이 화가 사라지고 대신 가슴이 먹먹해지는 것 같은 감정이 배어나왔다.

"……알았으니까 일단 들어와."

마나는 나와 카린을 2층의 자기 방으로 데려갔다. 거실에서는 그녀의 외할머니가 TV를 보고 계셨는데, 인사를 하는 나와 카린에게 생긋 웃어주셨다. 어머니는 오늘도 일하러 가셨다고 한다.

마나의 방은 깔끔하게 정리되어 있었다. 책상 대신 사용하는 것으로 보이는 네모난 좌탁이 방 가운데에 있고 그 위에 노트와 교과서가 펼쳐져 있었다. 공부하던 중이었나 보다.

테이블에 쌓여 있는 두꺼운 교재의 뒤표지를 보고 나는 어? 하고 생각했다. '고교 입시를 위한 영어'. 판형은 다르지만 내가 고등학교 입시 공부를 할 때 보던 것과 같은 교재였다. 하지만 마나가 다니는 하기가야츠 학교는 중고교 일관교육제라 시험은 필요 없을 터였다.

"차 마실래?"

테이블 위의 공부 도구를 정리하고 마나는 아래층으로 내려가 둥근 쟁반을 들고 돌아왔다. 좌탁 앞에 앉은 나와 카린 앞에 차가운 녹색 차를 담은 컵을 내려놓았다. 마나의 손이 눈앞에 왔을 때 나는 문득 향기를 느꼈다.

머리가 어찔해지는 약품 냄새. 그리고 오렌지 같은 감귤류를 연상시키는 향료.

내가 오늘 아침 카린에게서 느낀 것과 같은 향기였다.

그 향기는 마나의 손—더 자세히는 손톱이 예쁘게 반짝이는 그녀의 손가락 끝에서 풍겨 나오는 것 같았다. 손가락 끝에서 향기가? 대체 어떻게 된 걸까?

"일부러 여기까지 와준 건 고마워. 하지만 그거 마시면 그만 돌아가, 카린."

테이블을 사이에 두고 카린의 맞은편에 앉은 마나가 먼저 선수를 치며 말했다. 나는 마치 심판처럼 카린과 마나의 중간에 앉아 서로 노려보는 두 사람을 조마조마하게 지켜보는 수밖에 없었다.

"그럼 이거 평생 안 마실 거야. 절대 안 마시고 계속 여기 있을 거야."

"유치원생도 아니고……."

"그 '아르바이트' 당장 그만둬, 마나. 들키면 학교 퇴학당할지도 몰라."

퇴학이라는 말이 나온 순간 마나의 향기에 동요가 생겼다. 나는 주의 깊게 그녀를 지켜보았다. 마나는 카린을 응시한 채 시선을 돌리지 않았고 흔들리는 향기도 금방 가라앉았다.

아마도 마나는 자존심이 세고 이성적이고 야무진 아이다. 하지만 그렇다면 더욱 이해가 되지 않는다. 어째서 그런 위험한 '아르바이트'에 집착하는 걸까.

"카린, 어제도 말했지만 내가 뭘 하건 내 자유야. 더는 참견하지 마."

"마나, 방금 내가 한 말 제대로 들었어? 중학생은 아르바이트 못 한다고 법률로 정해져 있고, 그런 이상한 일 한다는 걸 학교 측에 들키기라도 하면……."

"퇴학당할지도 모른다고? 하지만 만약 그렇게 된다고 해서 카린한테 무슨 피해가 가니?"

태연한 마나의 물음에 카린이 움츠러들었다. 단호한 결의에 차 있던 향기가 흐릿하게 약해졌다.

"피해라니……, 그런 게 아니라. 나한테 피해가 생겨서가 아니라……!"

"걱정해주는 건 기뻐. 고마워. 하지만 카린, 이제 됐어. 우린 이미 학교도 다르고 사는 곳도 도쿄와 카마쿠라니까 그런 건 이제 됐어."

마치 이제 너와 나는 친구가 아니라고 선언하는 말투에 카린은 말문이 막혔다. 생명력 넘치던 꽃이 순식간에 시들어가는 모습을 보는 느낌이었다.

하지만 내가 느낀 마나의 향기는 그녀의 말과는 전혀 다른 것이었다.

말하는 것처럼 마나는 카린을 밀어내지 않았다. 카린에 대한 애정과 같은 것을 느꼈다. 그런데 왜 밀어내듯이 말하는 것일까.

"마나, 왜 그렇게 '아르바이트'가 하고 싶은 거야? 돈이 필요해?"

허를 찔린 것처럼 마나가 나를 돌아보았다. 나는 숨을 크게 가다듬고 모든 신경을 그녀의 향기에 집중했다. 지금까지 이처럼 고의적으로 누군가의 마음을 들여다보려고 한 적은 없었다. 그런 짓은 하면 안 된다고 생각해왔다.

하지만 지금은 그녀의 진짜 마음을 모르면 설득할 방법도 찾을 수 없다.

"……그래요. 일은 쉬운데 시급은 아주 높으니까. 카린이 어떻게 이야기했는지는 모르겠지만 언니나 카린이 생각하는 것만큼 위험한 일은 아니에요. 친구들도 같이 해서 재밌고."

거짓말투성이다.

아마도 그녀는 돈에는 그다지 흥미가 없고, 자신이 하고 있는 일이 위험을 수반하는 일임을 사실은 알고 있고 속으로는 두려워하고 있다. 그리고…… 그 향기를 맡는 나까지 묵직하게 머리가 아플 정도로 지쳐 있었다. 재미있다고는 눈곱만큼도 생각하지 않았다.

한 가지는 분명해졌다. 마나도 사실은 '아르바이트'를 하고 싶어 하지 않는다.

그렇다면 어째서 그만두지 않는 것일까. 왜 카린의 말에 귀를 기울이지 않는 것일까. 그녀를 옭아매고 있는 것은 무엇일까. 그것을 끄집어내기 위한 말을 신중하게 고르고 있던 바로 그때였다.

"……그럼 지금 당장 '아르바이트'를 그만두지 않으면 어머니랑 학교에 다 얘기하겠다고 하면 어쩔 거야?"

카린의 목소리는 처음 들어보는 것처럼 낮고 잔뜩 굳어 있었다.

마나의 눈이 휘둥그레지고 나도 얼굴에서 핏기가 가시는 기분이었다. 그렇게 몰아붙이는 방법은 머리가 좋고 자존심이 센 이 아이에게는 역효과다.

"……뭐야. 협박하는 거야?"

"그렇게 생각하고 싶으면 그래도 돼. 들키는 게 무서우면 그만둬. 안 그만두면 내가 다 이를 거야."

"카린, 잠깐만 진정해……!"

지금의 카린은 공격을 받은 동물 같았다. 내쳐진 상처가 너무 아프고 슬프고, 마나가 걱정스럽고 아주 좋아하고 동시에 미운 것이다. 도와주고 싶다는 마음은 사납게 곤두섰다.

"마나, 마나는 착한 애니까 엄마한테 걱정 끼치는 건 싫어하지? 마나가 뭘 하고 다니는지 엄마가 알면 큰 충격을 받으실 거야. 그래도 좋아?"

"……그만해……."

"돈이 필요하면 다른 방법도 얼마든지 있잖아. 그게 아니라도 되잖아. 무슨 어려운 일 있어? 그럼 말해봐. 많이는 못 줘도 조금이라면 내가……."

"그만해! 지긋지긋해! 이제 와서 뭐야!"

성난 목소리에 공기가 얼어붙으면서 순간 완벽한 정적이 감돌았다.

──이제 와서?

"필요할 땐 안 도와줬으면서."

떨리는 목소리의 마나는 격정에 사로잡힌 눈으로 카린을 노려보았다. 노려보는 눈길에 카린은 옴짝달싹 못하고 사로잡힌 것처럼 마나를 멍하니 쳐다보았다.

"내가 반에서 따돌림 당하는 거 카린도 알고 있었잖아? 심한 말 듣고 심한 짓 당하는 거. 하지만 도와주지 않았잖아!"

"아니야……, 난 반도 달랐고, 게다가 마나가 늘 '괜찮다'고……."

"그래. 그랬지. 넌 반이 달라서 아무것도 못하고 내가 계속

'괜찮다'고 하니까 그 말을 믿었던 거지?"

마나가 금방이라도 부서질 것처럼 웃었다. 극심한 현기증이 몰려와 나는 입을 막았다.

너무나도 강렬한 분노와 슬픔의 향기에 머리가 쾅쾅 울렸다. 마나의 마음이 산산조각 나고 만다.

"그러니까 이제 됐어. 넌 네 걱정만 하면 돼. 수험생이잖아? 나랑 달리 공부해야 하잖아? 학교나 사는 곳이 멀어지면 친구 관계도 끝나게 돼 있어. 나도 이미 다른 친구들 사귀었고……, 그러니까, 이제 됐으니까 내버려둬!"

마나가 갑자기 목소리를 높이며 소리치자 귀 안쪽에서 작고 높은 금속음이 들렸다. 카린은 인형이 된 것처럼 움직이지 않았다. 나는 머리를 눌렀다. 머리가 아프고 지끈지끈했다. 감정을 필사적으로 억누르듯이 마나는 떨리는 숨을 내뱉고 간신히 짜낸 목소리로 말했다.

"돌아가. ……이제 오지 마."

그러고 나서 몇 초 동안, 혹은 몇 분 동안 아무도 아무 말도 하지 않았다. 움직이지도 않았다.

나는 일어나서 카린의 어깨를 흔들었다. 반응이 없어서 손을 잡고 일으켜 세웠다. 이만 갈게, 하고 마나에게 말했지만 그녀는 고개를 숙인 채 대답하지 않았다. 계단을 내려가자 큰 소리에 깜짝 놀라셨는지 걱정스러운 얼굴로 할머니가 서 있었다. 나는 인사를 꾸벅 하고 현관으로 나왔다.

"……고 있었어……."

버스 정류소를 향해 걸어가는 도중에 카린이 가느다란 목소리를 흘리며 갑자기 멈춰 섰다. 그대로 무너지듯이 주저앉았다. 어깨가 떨리고 아스팔트에 눈물방울이 떨어졌다.

"카린."

"알고 있었어……. 마나가 이지메 당하는 거, 나는, 알고 있었어……."

더 이상 말하지 않아도 된다고 어깨를 감쌌지만 카린은 멈추지 않았다. 스트레스를 받은 말이 자신의 몸을 물어뜯듯이 말로 자신을 상처 입히고 깎아내리려고 했다.

"알고 있으면서 아무것도 안 했어……."

"반이 달라서 끼어들지 못했던 거잖아? 어쩔 수 없어."

카린은 세차게 머리를 가로저었다. 긴 머리카락이 채찍처럼 좌우로 흔들리며 카린의 어깨를 때렸다.

"마나가 혼자 있는 게 이상하다고 생각했을 때 왜 그러냐고 물어봤으면 좋았을 텐데. '괜찮다'고 해도 억지로 캐물었어야 했는데. 반이 달라도 마음만 먹으면 뭐든지 할 수 있었어. 마나를 따돌리고 욕하고 학교에 못 나올 정도로 상처 준 녀석들을 사실은 두드려 패면서 그만하라고 소리치고 싶었어."

하지만 그러지 않았어……. 눈물에 갈라진 떨리는 목소리.

"무서⋯⋯무서워서⋯⋯, 마나를 이지메한 애들은 우리 반에도 친구가 많아서, 내가 나서면 이번에는 내가 당하지 않을까 하고, 무서워서, 그래서⋯⋯."

나는 땅에 무릎을 대고 카린의 머리를 감싸 안았다. 참회하듯이 몸을 웅크린 카린은 어린아이처럼 흐느끼며 뜨겁고 축축한 숨을 토해냈다.

내가 카마쿠라의 할머니 댁으로 가게 되어 도쿄의 집을 떠나던 그 날에도 나는 이렇게 흐느껴 우는 카린을 안아주었다. 내가 본 카린의 우는 얼굴은 오늘이 오기 전까지는 그날이 마지막이었다. 그 뒤부터 카린은 만날 때마다 자신의 의견을 분명하게 말하고 남들 앞에 당당하게 나서며, 마치 전사처럼 강인하게 변해갔기 때문이었다.

하지만 지금의 카린은 작고 연약한 유치원생으로 돌아간 것 같아서 나는 욱신거리는 가슴을 부여잡고 위로의 말을 되풀이해주는 수밖에 없었다.

카제츠 향방으로 돌아온 카린은 방에 틀어박히고 말았다.

"나는 오늘은 괜찮으니까 카린을 잘 돌봐줘요."

평소처럼 저녁을 먹고 가라고 했지만, 유키야 오빠는 카린을 걱정하며 사양했다. 내일 보자고 인사하고 버스 정류소로 향하는 유키야 오빠를 나도 따라갔다. 마나의 이야기를 하고 싶어서였다.

마나는 '아르바이트'의 위험성을 알고 있었다. 피로도 느끼고 있었다. 하지만 그만둘 생각은 없으며, 그것은 돈이 필요해서가 아니었다. 마나가 이지메를 당했을 때 카린이 도와주지 않았다고 감정을 터뜨렸다는 것 등을 간단히 이야기했다. 버스 정류소에 선 유키야 오빠는 안경테 브리지를 만지며 고민하다 작게 한숨을 내쉬었다.

"도무지 이해가 안 되네요. 얼마나 위험한지도 잘 모르면서 그냥 용돈벌이나 하자는 가벼운 생각으로 하는 줄로만 알았는데."

"그런 애는 아니었어요. 감정에 치우치지 않고 사리를 판단할 수 있고 야무진 애지만……, 지금은 불안으로 가득해서 무척 괴로워 보였어요."

도로 저편에서 카마쿠라 역 동쪽 입구행 버스가 달려오는 것이 보였다. 그럼 잘 가라고 하고 뒤로 물러서려고 했을 때 "카노." 하고 유키야 오빠가 불러 세웠다.

"혼자 어떻게 해보려고 하지 말아요. 무슨 일이 있으면 나한테 연락하고요."

나는 '어리둥절' 또는 '멀뚱'한 얼굴로 유키야 오빠를 보고 있었다고 생각한다.

"혼자라니, 그게 무슨……?"

"그런 생각을 안 했다면 괜찮아요. 지금 어쩐지 그냥 그렇게 생각한 것뿐이니까요. 아무튼 무슨 일이 있으면 바로 연락해요."

유키야 오빠는 왜 그렇게 말했을까. 무언가를 예감했던 것일까.

유키야 오빠의 이 말이 나중에 내게 큰 도움이 되었지만 이때까지는 아직 그 사실을 모르고 어리둥절해하며 고개를 끄덕였을 뿐이었다.

4

카린은 월요일이 되어도 도쿄로 돌아가려고 하지 않았다.

휴일 동안에는 환영했던 할머니도 평일에 학교를 쉬면서까지 머물겠다고 하니 태도를 완전히 바꾸었다. 할머니는 기본적으로는 너그러운 성격이지만 이치에 맞지 않는 일에는 매우 엄격해진다. 아무리 손녀라도 가차 없기 때문에 카린을 추궁하는 모습을 보고 있자니 나까지 위가 따끔거렸다.

"이해가 안 되는구나. 친구한테 큰일이 생겼다는 건 알겠는데 뭐가 어떻게 큰일이라는 거니? 어째서 그게 네가 학교를 빠져도 되는 이유가 되지? 그 부분을 제대로 설명하지 않으면서 이해를 구할 수는 없고, 이해도 구하지 않은 채 자기 요구만 받아들여달라고 하다니, 카린, 할머니도 이 세상도 그렇게 만만하진 않아."

테이블 앞에 무릎을 꿇고 앉은 카린은 고개를 숙이고 입술을 깨물었다. 그래도 얼마 동안 침묵했다가 할머니를 똑바로 쳐다보았다.

"친구 일은 더 이상은 말 못해. 더는 그 애를 배신할 수 없으니까."

카린은 절대 뒤로 물러나지 않는 말투로 말했다.

"하지만 아직 돌아갈 순 없어. 그 애의 곁을 떠나면 안 돼."

"남아서 네가 할 수 있는 일은 있고? 그 친구가 걱정되는 건 알지만……."

"아니야. 돌아가면 틀림없이 나는 아무렇지도 않아질 거야."

할머니가 미간을 찡그렸다. 카린은 목구멍에서 쥐어짜듯이 말을 이었다.

"그 애가 힘들어한다는 걸 알았으면서도 난 그 애가 괜찮다고 한 말을 믿는 척하면서 스스로를 속여 왔어. 그 애가 학교에 나오지 않게 됐을 때도 나 때문이라는 죄책감 때문에 견딜 수 없었는데 그 애가 전학가고 조금 지나니까 다시 마음이 편해졌어. 난 그런 애야. 실제로는 아무것도 해결되지 않아도 일단 눈앞에서 사라지면 아무렇지 않게 돼."

그러니까, 하고 카린의 목소리가 떨리더니 눈물이 뺨을 타고 흘렀다.

"돌아가고 싶지 않아. 돌아가면 난 지금의 감정을 잊고 점점 아무렇지 않게 될 거고, 그러면 아마 그 애와는 그것으로 끝날 거야. 하지만 그렇게 되고 싶지는 않아."

그러고 얼마나 지났을까. 말없이 카린을 보고 있던 할머니가 입을 열었다.

"알았어. 조금 더 여기 있어도 돼. 단 일주일만이야. 다음 주부터는 다시 제대로 학교로 가. 그때까지 해봐도 어떻게 안 된다면 그건 너한테는 불가능하다는 뜻이야. 그렇게 결론짓고 네 자리로 돌아가. 약속할 수 있니?"

재빨리 끄덕이는 카린에게 할머니는 바로 부모님에게 연락부터 하라고 시켰다. 아빠가 상당히 반대하는 듯했지만 설득하느라 고전하는 카린의 스마트폰을 할머니가 옆에서 휙 빼앗더니,

"여보세요, 레이지? 엄마야. 긴 인생에서 고작해야 일주일 가지고 쩨쩨하게 굴지 마. 너도 아빠랑 싸우고는 가출하기도 했고, 공부를 왜 해야 되는지 모르겠다며 학교 땡땡이치고…… 어머나, 내가 언제 협박했다고 그러니? 단지 너도 살아가면서 인생에 대해 진지하게 고민하던 시기가 있었다고 얘기하는 것뿐이잖니? 그래? 알아주니 고맙구나."

하고 강압적으로 설득시켰다. 카린은 할머니에게 안기며 감사

의 뜻을 전했다.

카마쿠라에 남은 카린은 공부와 집안일을 하면서 그 사이사이에 수시로 마나에게 연락을 했다. 아마도 마나의 집에 갔다오는 길인지, 학교에서 돌아오다 카린과 역에서 마주친 적도 있었다. 무슨 생각을 하는지 매우 긴장한 얼굴로 무릎을 감싸고 앉아 있는 카린을 본 적도 있었다.

어떻게 하면 좋을까. 내가 해줄 수 있는 일이 뭔가 없을까.

그렇게 생각하면서도 결국 아무것도 하지 못한 채 시간만 흘러가 다시 금요일이 돌아왔다. 나한테는 하루가 며칠로 생각될 정도의 사건이 있었던 그 금요일.

내가 마나와 만나 같이 움직이게 된 것은 정말로 우연이었다.

❋

컨디션이 안 좋다고는 사실 전부터 느끼고 있었다. 마나의 집에 간 날 두통과 함께 미열이 나서 상비약으로 사놓은 감기약을 먹었더니 일단 회복되었지만 어딘지 모르게 몸이 노곤한 느낌이 남아 있었는데, 수요일 저녁부터 다시 미열이 나기 시작했다. 하지만 대수롭지는 않았으므로 상태를 보고 있었는데 금요일에 등교하는 도중에 에노시마 전철에서 갑자기 상태가 안 좋아졌고, 학교에서 치요가 나를 보자마자 "카노, 얼굴이 안 좋아, 아니, 안색이 안 좋아!" 하고 나보다도 당황하기에 보건실에 갔더니 열이 상당히 높아서 조퇴하게 되었다.

집에 돌아와 약을 먹고 자려 했지만 할머니가 "빨리 병원부터 갔다 와!" 하고 재촉하고, 카린이 "내가 같이 가줄까?!" 하고 가만히 놔두지 않는 통에 일단 점심을 먹고 조금 쉬었다가 카마쿠라 역 근처에 있는 단골 내과 클리닉으로 갔다.

진찰을 마치고 약을 받아서 버스를 타려고 카마쿠라 역 동쪽 출구를 흐느적흐느적 걷고 있었을 때가 오후 4시 23분이었다. 역사 지붕 위에 세워진 삼각지붕 시계탑을 봤기 때문에 똑똑히 기억하고 있다.

문득 느낀 그 향기는 정말로 희미했다. 하지만 코끝에 닿은 그 향기와 머릿속에 남아 있는 향기의 기억이 빛의 속도로 연결되어 걸음을 멈추게 했다.

어찔한 약품 냄새. 그리고 그 냄새에 섞인 감귤류 향기.

이건, 하고 고개를 돌린 그 순간, 정말로 손을 뻗으면 닿을 정도로 내 바로 뒤를 마나가 지나갔다.

마나는 세 여학생과 같이 있었다. 다 같이 입고 있는 남색 옷깃에 하얀 줄이 들어간 세일러복은 하기가야츠 학교의 교복이다. 가슴의 리본은 하늘색이니 중등부 학생이다.

나는 열이 나고 컨디션이 엉망이라 평소의 상태는 아니었다. 평소라면 "아." 나 "어." 하고 이상한 소리를 내며 어떻게 대응해야 할지를 고민했을 텐데 그때는 아무런 망설임 없이 그 중학생들의 뒤를 따라갔다. 미행했다고 할 수도 있다.

마나와 여학생들은 역 구내에 있는 2층짜리 쇼핑몰 구역으로 향했다. 선물용 카마쿠라 특산 과자가 진열된 통로를 지나 바깥문이 없는 화장실로 들어갔다. 나는 맨 뒤에 따라가는 마나가 화장실로 발을 들이기 직전에 팔을 잡고 통로로 다시 끌고 나왔다.

깜짝 놀라 돌아본 마나는 나를 보고 한층 더 놀란 것 같았다.

"카린의 언니……, 어떻게?!"

"안녕? 때마침 지나가던 중이었어. 엄청난 우연이네."

마나에게 웃으며 나는 평소보다도 상당히 단도직입적으로 물었다.

"지금부터 '아르바이트' 하러 가는 거야?"

확신이 있었던 것은 아니지만 순간적으로 굳어서 입술을 꽉 다문 마나를 보니 정답인 모양이었다. 역을 이용하지 않아도 학교와 집을 오갈 수 있는 구역에 살고 있는 마나가 교복을 입은 채 카마쿠라 역에 있으니 무언가 있다고 생각한 것이다.

"마나, 카린은 도쿄로 돌아가지 않고 카마쿠라에 남아 있어. 네가 걱정스러워서."

마나는 놀란 표정을 짓지 않았고 그런 향기도 풍기지 않았다.

알고 있다고 중얼거렸다.

"······LAND 메시지가 날마다 지긋지긋하게 오고. 전화도 한 시간 간격으로 걸려오고. 집 근처에서 어슬렁거리는 것도 봤고. 거의 스토커 수준이에요. 못하게 좀 말려주세요."

"카린은 네가 괴로워하는 걸 알고 있었지만 무서워서 도와주지 못했대. 그래서 무척 후회하고 있어. 그래서 더는 못 본 척하지 않겠다고 결심한 거라 생각해."

마나의 눈가가 움찔 떨렸다. 나는 그녀의 손을 잡았다.

"마나, 사실은 이런 '아르바이트' 하고 싶지 않잖아?"

나를 바라보는 마나의 눈동자가 살짝 흔들렸다.

"네가 진심으로 하고 싶어 하고 무슨 일이 있어도 절대 그만두고 싶지 않다고 하면 결국 우리는 아무것도 해줄 수 없어. 하지만 넌 사실은 무척 지쳐 있고 더는 하고 싶지 않잖아? 그렇다면 괜찮아. 하고 싶지 않은 일은 하지 않아도 돼."

같이 돌아가자.

내가 손을 잡아끌자 마나의 향기가 슥 움직이며 내 말에 동의하려고 했다.

하지만 갑자기 휙 하는 소리가 들릴 것처럼 그녀의 향기가 딱딱하게 굳으며 동시에 내 손을 뿌리쳤다.

"안 돼. 돌아갈 수 없어요."

그녀의 목소리와 눈빛도 단호한 의지로 가득 차 있었다. 나는 어리둥절했다.

"왜? 그 일 싫어하잖아?"

"아무튼 안 돼요. 오늘만큼은 가야 해요."

오늘만큼은?

"마나? 왜 그래?"

나는 그 목소리를 들었을 때 요정이 이런 목소리로 말하지 않을까 생각했다.

화장실에서 머리를 느슨하게 땋아 내린 여자애가 나왔다. 청초하다는 형용사에 딱 맞는 예쁜 아이였다. 어떻게 하면 머리를 이렇게 세련되게 땋을 수 있을까 하고 열에 달뜬 머리로 생각하고 있는 나를 그녀는 작은 새처럼 사랑스럽게 고개를 갸웃거리며 보았다.

"마나, 이 사람은 누구야?"

"히로카, 아, 이쪽은……."

"나는 마나의 친구인 카린이야. 마나랑 같은 중3이야."

폭죽이 눈앞에서 터지는 것을 본 고양이처럼 마나의 눈이 휘둥그레졌다. 나중에 이때의 자신을 돌이켜볼 때마다 나는 "컨디션 이상은 무섭구나……." 하고 뼈저리게 자신의 무모함을 반성하지만, 이때는 어쨌든 중학생이 아니면 그 아이들 사이에 들어가지 못한다고 열에 달뜬 머리로 순간적으로 생각하고 별다른 거부감도 없이 동생의 이름을 사칭했다.

"카린이라면, 예전에 얘기했던 도쿄의 친구?"

히로카라는 아이는 커다란 눈망울로 나를 보며 마나에게 확인했다. 마나는 친구들에게 카린의 이야기를 했던 모양이었다. 내가 중학생이라는 주장은 전혀 의심하지 않았다. 심약해 보이는 이 얼굴이 처음으로 도움이 되었다.

"카린은 도쿄에 살면서 카마쿠라엔 어떻게 왔어?"

히로카의 뒤에서 두 여자애가 "어떻게?" 하고 고개를 내밀었다. 사실은 조금 더 뒤에 알게 되는데, 늘씬하고 소년 같은 얼굴을 한 아이는 칸나라고 하고, 또 다른 얌전해 보이는 여자애는 아오이라고 했다. 나는 그 아이들에게도 들리도록 대답했다.

"요즘 좀 여러 가지 일이 있어서 할머니 댁에 와 있어. 그래서 오랜만에 마나도 만났고. 그런데 지금부터 '아르바이트' 하러 가는 거야?"

히로카에게서 경계하는 향기가 풍겼다. 칸나와 아오이의 반응은 그녀보다도 훨씬 알기 쉬웠다. 얘기했어? 하고 묻듯이 히로카가 마나를 보며 고개를 갸웃하자, 어깨가 딱딱하게 굳어 있는 마나에게서 두려워하는 향기가 피어올랐다. 히로카가 이 아이들의 리더 같은 존재인 듯했다. 나는 히로카에게 초점을 맞추고 웃음을 지어 보였다.

"멋대로 들어서 미안해. 마나한테 화내지 마. 내가 끈질기게 캐물어서 그래. 있잖아, 나도 그 '아르바이트'에 같이 가면 안 될까?"

무슨, 하고 말하려는 마나의 손을 잡고 말을 못하게 막았다. 나를 보는 히로카의 시선은 어쩐지 망망해서 종잡을 수가 없었다. 안개에 감싸인 호수처럼 본심이 보이지 않는 눈빛이었다.

"'아르바이트'를 하고 싶다는 뜻이야?"

"응. 지금은 학교도 쉬고 있는데 집에만 있자니 심심하고 용돈도 필요해서. 그러니까 오늘 따라가서 어떤 느낌인지 한번 보고 싶어."

"만나자마자 다짜고짜 그런 이야기를 하다니, 카린은 좀 뻔뻔한 거 아냐?"

"응, 좀 뻔뻔한 부분이 있긴 한 거 같아."

말하는 내용이 나름 사실이라 나는 죄책감이 없었고, 그런만큼 자연스러웠을 것이다. 히로카가 쿡쿡쿡 웃었다.

"넌 재미있는 애구나. 그래, 같이 가자."

"히로카, 괜찮아?"

칸나가 인상을 쓰며 목소리를 높였다. 히로카는 친구의 물음에는 대답하지 않고 엷은 핑크색 스마트폰을 꺼내어 사뿐사뿐한 걸음걸이로 내 쪽으로 다가오더니 갑자기 찰칵 하고 사진을 찍었다. 깜짝 놀란 나에게 히로카는 복숭아색 입술로 미소 지었고, 그러는 동안에도 눈에 보이지 않는 손놀림으로 스마트폰을 조작했다.

"원래는 미호라는 애가 하나 더 올 예정이었는데 오늘은 일이 있어서 갑자기 쉬게 됐거든. 그러니까 추가할 수 있을지도 몰라. 하지만 '아르바이트'는 아무나 할 수 있는 게 아냐. 어느 정도 외모가 중요해. 그래서 지금 '선생님'—'아르바이트' 하는 애들을 관리하는 사람인데, 그 사람한테 물어볼게. 잠깐 기다려."

"외모가 중요하면 안 되겠네……."

"포기하지 마. 너처럼 좀 촌스러운, 아, 미안해, 순진한 타입이 의외로 수요가 있거든."

수요가 있구나 하고 생각하는 사이에 그녀들은 화장실로 돌아가 개별 칸으로 들어갔다. 안에서 옷감이 스치는 소리가 들리는 것으로 보아 옷을 갈아입는 중일 것이다. 마나는 나를 화장실 밖으로 끌고 가 목소리를 낮추며 따졌다.

"무슨 생각이에요?! 카린이라고 하다니, 대체 왜 그랬어요?"

"아하하……. 어쩌다 보니 그렇게 됐네."

"어쩌다 보니라니! 그보다 정말로 채용되면 어쩌려고 그래요!"

"열심히 할게. 맡겨줘."

"언니, 어쩐지 오늘은 다른 사람 같은 거 알아요?! ……그보다 안색이 안 좋은 거 아니에요?"

"마나, 오늘의 '아르바이트'에는 뭔가 중요한 일이 있는 거지? 만약 나도 갈 수 있으면 그게 끝난 뒤에 같이 돌아가자. 못 가도 계속 기다릴 테니까 같이 돌아가자. 그리고 한 번 더 카린이랑 이야기해봐. 부탁이야."

마나는 할 말을 잃은 듯이 나를 쳐다보았다. 또각, 하는 구두 소리가 들렸다.

"마나, 아직 옷도 안 갈아입었어? 늦었어, 서둘러. —그리고 카린?"

옷깃이 둥근 블라우스와 하늘하늘한 시폰 스커트. 정말로 인형처럼 차려 입은 히로카가 나에게 미소 지으며 요정 같은 목소리로 말했다.

"'선생님'이 일단 시험 삼아 너도 데려가도 된대. 오늘 잘 부탁해."

나는 카린에게서 들은 마나의 '아르바이트' 목격담이 요코하마였으므로 틀림없이 그곳에 그녀들의 직장 같은 것이 있다고 생각했다.

하지만 실제로 그녀들이 이동한 곳은 요코하마 옆에 있는 후지사와 시의 고급 주택가로 유명한 지역이었고, 게다가 도착한 곳은 시가지의 고급 카페였다.

"집합 장소는 그날그날 달라. '선생님'이 히로카한테 연락을 하셔. '선생님'이랑 연락하는 사람은 언제나 히로카야. 거기서 기다리고 있으면 또 '선생님'이 지시를 내려. 예를 들어 칸나랑 아오이는 어디, 나랑 히로카는 어디로 가라는 식으로. 갈 때는 언제나 짝을 지어서 가고 기다리고 있는 사람은 아저씨들뿐이야. 가끔 젊은 사람이나 할아버지도 있지만."

마나가 작은 소리로 설명해주었다. 이 '아르바이트' 매니지먼트를 하는 사람이 '선생님'인 듯했다. 어떤 사람인지는 마나도 전혀 모른다고 한다. 단지 연락을 담당하는 히로카에게 지시를 내릴 뿐이라고 했다.

히로카와 칸나, 아오이는 둥근 테이블에 앉더니 저마다 음료수를 주문했다. 케이크를 하나 주문해서 나눠먹자는 이야기도 했다. 그러고 있으니 학교가 끝난 뒤 친구들끼리 차를 마시는 여자애들로밖에 보이지 않았다.

그 아이들은 자기들이 하는 '아르바이트'에 대한 위기의식이나 꺼림칙함을 전혀 느끼지 않았다. "카린은 뭐 마실래? 마시고 싶은 거 주문해." 히로카가 천진난만하게 미소 지으며 말하자 나까지도 별로 대단한 일도 아닌 것 같은 마음이 들었다. 자꾸 권해서 밀크티를 주문했지만 시나몬 향기가 너무 강해서 한 모금밖에 마시지 못했다.

나는 몸 상태가 안 좋아지면 아무래도 후각이 과민해지는지 가게 구석 테이블에 앉아 있는 고상한 노부인의 향수와 두 테이블 건너 있는 잘 차려 입은 남자의 헤어 왁스 냄새 따위가 몸에 사정없이 박히는 느낌이 들었다. 눈에 보이는 것도 물웅덩이에 비친 풍경처럼 어쩐지 현실감이 느껴지지 않아서 열이 또 오르나 생각하고 있는데 누가 어깨를 툭 쳤다.

"어……, 카린, 얘기 좀 할래?"

마나는 내가 대답하기도 전에 팔을 잡아끌고 화장실로 데려 갔다. 작은 가게라 문을 열자 세면대와 개별 칸이 하나씩 있을 뿐이었다. 마나는 세면대 앞에서 잔뜩 인상을 쓰며 나를 보았다. 옆에 있는 큰 거울에 마주선 나와 마나가 고스란히 비쳤다.

"언니, 역시 몸 안 좋죠? 얼굴색이 종이처럼 하얘요."

"사실은 감기 기운이 좀 있는데……, 별로 심하진 않아."

"거짓말. 아까부터 상태 안 좋은 거 다 보이는데. 그만 돌아가 요. 히로카한테는 내가 잘 설명하고 카린이랑도 한 번 더 제대 로 얘기할 테니까. 걱정 말고 돌아가서 쉬어요."

"하지만."

"괜찮아요. 이 '아르바이트'는 오늘로 끝이니까요."

몸 상태가 엉망이라 언어능력과 판단 능력이 저하되어 있는 나는 마나의 말이 잘 이해되지 않았다. 녹슨 짐수레 같은 머리 를 열심히 굴리며 간신히 그 뜻을 이해하고 깜짝 놀라 마나를 보았다.

"오늘로 끝이에요. 이제 그만할 거예요."

어린아이 타이르듯 마나는 한 번 더 말하고 눈을 내리깔았 다.

"……언니 말이 맞아요. 나는 사실 줄곧 이 '아르바이트'가 싫었어요. 모르는 아저씨랑 만나는 것도 무섭고, 다들 역시……
그런 거 생각하고 있는 거 뻔히 보이고, '아르바이트' 전날은 언
제나 우울해서 잠도 못 잤어요. 딱 한 번, 어떤 아저씨랑 단둘
이 있을 때 강제로 키스 당할 뻔한 적도 있었어요. 너무 역겹고
무서웠어요."

하지만, 하고 말을 잇는 마나의 목소리가 떨렸다.

"하지만 그만하고 싶다고 말할 수가 없었어요. 히로카는 내가
카마쿠라로 전학 왔을 때 맨 처음 말을 걸어줬어요. 그때 난 얼
마나 무서웠는지 몰라요. 여기서도 이지메 당하면 어떡하나 하
고. 모처럼 아빠랑 엄마가 비싼 학비 들여서 새로운 중학교에
보내줬고 가족도 뿔뿔이 흩어지게 됐는데 여기서도 잘 안 되면
어떡하나 하고."

두려움, 고독, 불안, 슬픔, 마나에게서 풍겨 나오는 온갖 마음
이 평소보다도 몇 배나 선명하게 느껴져 나는 내가 불안에 떠는
마나가 된 것 같은 기분이었다.

"그래서 히로카가 말을 걸어주고 친구가 생겼을 때 정말로 기
쁘고 안도했어요. 그 뒤에 '아르바이트' 할 생각 없냐고 권했을
때, 사실은 위험할 것 같다고 생각했지만 거절할 수 없었어요.
이 일이 싫다고 느끼게 된 뒤에도 그만하겠다고는 말할 수 없었
어요. 그만하겠다고 하면 틀림없이 히로카네와도 그걸로 끝이
날 테니까. 나는 다시 혼자가 되고, 그뿐만이 아니라 어쩌면 또

도쿄에 있을 때처럼……."

　가파르게 정점까지 올라간 마나의 감정이 펑 터지며 눈으로
흘러나왔다. 마나가 얼굴을 감싸는 것과 거의 동시에 나는 마나
를 끌어안았다. 위로 같은 여유로운 감정이 아니라 캄캄한 밤에
느닷없이 외따로 떨어진 것 같은 기분에 사로잡혔을 때 이를 악
물고 스스로를 감싸는 듯한 절박한 충동이었다.

　"……나, 꼴불견이죠……?"

　"그렇지 않아."

　"꼴사나워요. 차……, 창피해. 그때의 일이 너무 무서워서 줄
곧 머리에서 떠나지 않고 지금도 꿈에 나타나서……, 하고 싶은
말도, 제대로 못하고, 하, 하기 싫은 일도 헤실헤실 웃으면서 그
냥 하고……, 하지만 카린이."

　카린이 와줬으니까.

　"카마쿠라까지 와서 그만하라고, 몇 번이나 말해줬으니
까……."

　"응."

　"매일매일 LAND로 연락하고 전화해서는 계속 내 걱정 해주
니까, 나도 말할 수 있었어요. 더는 '아르바이트' 하고 싶지 않다
고, 그만하겠다고, 나……."

　"응. 잘했어."

　마나의 등을 토닥토닥 두드려주고 끌어안은 채 머리를 쓰다

듬어주었다. 카린과 마찬가지로 이 아이도 내 여동생 같았다.

"제대로 말하다니 대단해. 고생했어."

목이 멜 것 같은 목소리와 함께 뜨거운 숨을 토해내며 마나가 내 어깨에 얼굴을 묻었다. 닿은 곳이 마나의 숨결에 뜨거워졌다.

"그러니까 오늘로 끝이에요…… 오늘은 일이 이미 잡혀 있어서 오늘만 해주면 그만해도 된다고 히로카도 그랬으니까……."

"응, 알았어. 그럼 오늘 일이 끝나면 나랑 같이 돌아가서 카린이랑 이야기하자."

마나가 내 어깨에 묻고 있던 얼굴을 들었다. 새빨갛게 충혈된 눈에 또다시 순식간에 눈물이 차올랐다.

"……하지만 카린한테 심한 말을 그렇게나 했는데……, 꼴사나운 모습을 카린한테 보이는 게 창피했어요. 카린은 강하니까, 언제나 강하고 멋지니까 내 기분 같은 건 이해하지 못한다고……, 도와주지 않았다고 한 것도 그냥 화풀이였을 뿐인데……."

이미 늦었을까……. 흐느껴 울며 마나가 말했다.

"고등학교는 다시 도쿄로 돌아가서 카린이랑 같은 학교 다니고 싶어서 공부하고 있었는데……, 도와주러 온 카린한테 그런 심한 말이나 하고, 이제는 돌이키지 못할지도 몰라요……."

"그렇지……."

않아, 하고 말해주려고 했을 때 갑자기 향기의 기억이 되살아났다. 어찔한 약품 냄새와 감귤류의 향기. 지금도 마나에게서 은은하게 풍겨 나오고 있고 카린에게서도 같은 향기가 났다.

"마나, 향수는 아니지만 시트러스계 향기가 나는 걸 뭔가 가지고 있어?"

내게서 몸을 뗀 마나는 눈물방울이 맺힌 속눈썹을 여러 번 깜빡거렸다. 그러더니 "아……." 하고 양손 손가락의 첫 번째 관절을 굽혀 손톱을 보았다.

"혹시 이건가……, 매니큐어."

"매니큐어?"

그렇구나 하고 생각했다. 그 어찔한 약품 냄새는 매니큐어 용제였다. 나는 그런 여성스러운 아이템을 거의 쓰지 않아서 잘 떠오르지 않았던 것이다.

"매니큐어에서는 향기도 나는구나."

"아뇨, 다 그런 건 아니고 이게 특별한 거예요. ……이 매니큐어는 중학교 때 반이 갈라졌을 때 카린이랑 같이 샀어요. 향기가 나는 매니큐어는 드물기도 하고, 화장은 못하게 교칙으로 금지되어 있지만 이런 투명한 매니큐어라면 학교에 바르고 가도 안 들키잖아요? 게다가 이 매니큐어 이름은 '우정의 향기'예요. 조금 부끄럽지만 반이 달라져도 계속 친구라는, 그런 뜻으로. 카린이 이런 오렌지 계열 냄새를 좋아하기도 하고……. 왜요?"

마나가 인상을 쓰는 것을 보고 나는 내가 미소 짓고 있다는 사실을 깨달았다. 우정의 향기. 그랬다.

"카린도 그 매니큐어 바르고 있었어. 카마쿠라에 왔을 때부터 오늘까지 계속."

마나의 눈동자가 파르르 떨렸다. 괜찮아, 하고 나는 말했다. 마나와 카린 두 사람에게. 왜냐하면 둘 다 서로를 생각하며 우정의 향기를 계속 간직해 왔으니까.

"괜찮아. 전혀 늦지 않았어. 아무것도 끝나지 않았어."

마나의 얼굴이 어린아이처럼 일그러졌다. 나는 다시 마나를 끌어안고 그녀의 등을 토닥토닥 두드려주었다. 어쩐지 그리워서 미소가 번졌다. 아직 작고 약했던 카린을 곧잘 이렇게 안아주었었다.

"카린도 마나한테 미움 받았을지도 모른다고, 어떡하면 좋으냐고 울었어."

"……거짓말. 카린이 울다니."

"거짓말이 아니야. 게다가 카린은 옛날에는 엄청난 울보였는걸. 크고 난 뒤로는 안 울게 됐지만 유치원에 다닐 때는 정말로 언제나—"

갑자기 하늘에서 차가운 물방울이 이마에 떨어진 것 같았다.

갑자기 찾아온 그 생각에 나는 한동안 꼼짝도 할 수 없었다.

"언니……? 왜 그래요?"

울보였던 어린 카린. 기가 약한 나보다도 훨씬 더 약했던 카린. 내가 카마쿠라로 떠난 날에도 나에게 매달려 울었었다.

그런 카린이 강하고 울지 않는 전사처럼 변한 이유는 무엇이었을까.

왜 나는 정말로 지금 이 순간까지 단 한 번도 생각해보지 않았을까.

내가 카마쿠라로 떠난 뒤 도쿄에 남은 가족은 과연 어땠을까. 그곳에는 어색한 공기가 흐르지 않았을까. 내가 이렇게 돼버린 일로 부모님은 다투거나 하지 않았을까.

그 전까지는 나와 나누어서 받았던 부모님의 기대와 자식으로서의 역할을 이번에는 혼자서 떠맡아야 했던 카린은 예전의 자신과는 달라져야 한다고 강요받았던 것이 아닐까.

내가 나대로 필사적이었던 것처럼 카린도 카린대로 필사적이었던 것이 아닐까.

그리고 카린이 필사적이었다면, 어쩌면 아빠와 엄마도……?

"얘들아, 뭐 해?"

똑똑, 하고 두드리는 노크 소리에 퍼뜩 정신이 들었다. 들어갈게, 하는 요정 같은 목소리와 함께 문이 열리고 히로카가 고개를 내밀었다.

"카린이랑 마나가 안 나오고 너무 오래 있으니까 걱정돼서 와

봤어. 마나, 왜 그래? 눈이 새빨개. 울었어?"

"아, 아니, 아무것도 아니야. 콘택트렌즈가 뒤로 넘어가
서……."

얼버무리는 마나에게 "그래?" 하고 고개를 갸웃거린 히로카
는 방긋 웃었다.

"마나, '선생님'한테서 연락이 왔어. 오늘 마나는 니시노 씨랑
두 시간이야."

뭐, 하고 마나의 얼굴이 굳어졌다. 니시노는 손님인 남자의 이
름일까. 두 시간이라면 '아르바이트' 시간?

"여섯 시에 데리러 온대. 그리고 마나, 미안한데 오늘은 혼자
가줘."

"뭐? 싫어. 혼자 가라니 무슨 뜻이야?"

마나의 날 선 목소리에 나는 깜짝 놀랐다. 히로카도 눈을 동
그랗게 뜨고 고개를 갸웃했다.

"하지만 칸나랑 아오이는 벌써 나갔고, 난 오늘 만나는 손
님은 처음 보는 사람이라 누군가랑 같이 가지 않으면 불안하
고……. 미호가 왔으면 좋았을 텐데. 하지만 마나가 혼자 가는
게 그렇게 싫다면 내가 혼자 갈까? 마나는 카린이랑 같이 갈
래?"

히로카의 목소리는 부드럽고 올려다보는 눈동자는 불안하게
흔들렸다. 하지만 내가 느낀 히로카의 향기는 그녀의 외모에서

느껴지는 가녀린 느낌과는 반대로 지배적이고, 마나가 자신의 말을 거역하리라고는 전혀 의심하지 않는 듯했다. 그리고 역시나 마나는 히로카의 눈동자에 끌려가듯이 대답했다.

"……알았어, 혼자 갈게."

히로카는 미소 지으며 "그럼 잘 부탁해." 하고 화장실을 나갔다.

"마나, 혼자 가겠다니 괜찮아? 뭣하면 내가 혼자……."

"아니, 언니를 혼자 가게 하는 건 여러 가지 의미에서 안 돼요. ……그냥 아저씨랑 같이 밥 먹고 이야기만 나누면 되니까 괜찮아요. 단지 예전에 억지로 키스하려고 했던 그 아저씨라 누가 같이 가면 좋겠다고 생각했을 뿐이에요."

나는 얼굴이 새파래졌다. 그런 사람과 단둘이 있는 것은 어떻게 생각해도 위험하지 않은가.

"……마나, 역시 돌아가자. 안 하는 게 좋아. 그런 위험한 일을 일부러 할 필요는 없어."

"하지만 그쪽은 이미 돈을 냈고 오늘까지만 한다고 약속했으니까 그건 지켜야 해요. 괜찮아요. 제대로 끝내고 한 번 더 카린이랑 이야기할게요."

마나의 결벽일 정도의 성실함과 결심이 선 것 같은 후련한 미소에 입을 다물어버린 일을 나는 이 뒤에 수도 없이 후회했다. 그 말을 듣지 말고 마나의 손을 잡아끌고 돌아왔으면 좋았을 텐데. 그랬으면 그 뒤에 일이 어떻게 되건 적어도 마나는 위험에 처하지 않아도 되었을 텐데.

아무리 마나가 성실하게 약속을 지키더라도 약속한 상대는 그런 것은 전혀 개의치 않았기 때문이다.

5

오후 여섯 시에 딱 맞춰 나타난 니시노는 말쑥하고 키가 큰 남자였다. 그는 마나를 보자 점잖게 웃었고, 마나는 어색한 발걸음으로 니시노의 뒤를 따라갔다. 마음을 졸이며 그 모습을 지켜보고 나니 카페에는 나와 히로카만 남았다.

조금 뒤에 히로카가 화장실에 가기 위해 자리에서 일어났다. 내가 스마트폰에 할머니와 카린에게서 온 연락이 산처럼 쌓여 있는 것을 깨달은 것은 그 직후였다. LAND 메시지도 마찬가지로 산처럼 와 있었고, '진료가 아직도 안 끝났니?', '언니 어디야?', '몸도 안 좋은데 빨리 돌아와!', '근데 진짜 어디야?!' 하고 시간이 경과할수록 할머니와 카린의 말투도 날이 섰다. 마나의 일에 정신이 쏠려 연락하는 것을 까맣게 잊고 있었다. 나는 황급히 카린에게 메시지를 보냈다. 아직 돌아갈 수는 없었고 직접 전화로 이야기하기에는 조금 무서웠기 때문이다.

'어쩌다 보니 마나네 아르바이트에 참가하게 돼서 늦을 거야. 할머니한테는 알아서 잘 얘기해줘.'

메시지를 보낸 직후에 문득 첼로 음색과 같은 목소리가 귀 안쪽에서 되살아났다.

—혼자 어떻게 해보려고 하지 말아요. 무슨 일이 있으면 나한테 연락하고요.

나는 조금 생각하다 유키야 오빠 앞으로도 메시지를 보내기로 했다. '마나랑 만나서 그 아르바이트에' 하고 문장을 적고 있는데,

"'유키야 오빠'라니, 남자 친구야?"

갑자기 깃털 같은 목소리가 귓가에 닿는 바람에 등줄기가 오싹해졌다. 나의 왼쪽 어깨 위에 미소 짓는 히로카의 얼굴이 있었다. 바로 뒤에 서 있는데도 전혀 알아채지 못했다.

정말로 순간적으로 나는 송신 버튼을 눌러 중간에 끊어진 메시지를 보냈다.

그런 나를 히로카는 고개를 갸웃하고 보며 바로 옆의 의자로 돌아왔다.

"카린, 우리 손님도 곧 이리로 오니까 스마트폰 전원 꺼놔."

"뭐? ……왜?"

"그야 당연히 일하는 도중에 벨이 울리면 실례잖아? 영화관이랑 마찬가지야. 다들 그렇게 해. 알았지?"

히로카는 내 손에서 스마트폰을 휙 가져가더니 뭐라고 말할 새도 없이 전원을 꺼버렸다. '손님'은 히로카의 말대로 그 뒤에 곧바로 나타났다.

이토라고 이름을 밝힌 그 남자는 30대 정도로 보였다. 훨씬 더 나이가 많은 아저씨가 올 줄 알았던 나는 당황스러웠다. 하얀 치아를 보이며 시원하게 웃는 이토는 걸어서 10분 정도 거리의 개별실이 있는 레스토랑에 나와 히로카를 데리고 갔다. 이토는 히로카가 사랑스러운 목소리로 조르는 대로 거침없이 온갖 요리를 주문하고 와인을 마시며 막힘없는 말투로 나와 히로카와 이야기를 나눴다. 내용도 정말로 평범했다. 학교에서 있었던 일이나 여자애들 사이에서 화제가 되고 있는 것이나 그가 하는 일에 대한 내용이었다.

"카린, 거기 소금 좀 줄래?"

식사 도중에 이토가 말했을 때 나는 미간을 찡그렸다. 소금과 후추가 든 작은 병은 테이블 끄트머리에 놓여 있어서 그가 손만 조금 뻗으면 닿을 터였다. 이상한 사람이라고 생각하며 "여기요." 하고 소금 병을 내밀었다.

"고마워."

이토는 끈적끈적하게 내 손등을 쓰다듬으며 내가 얼어붙는 것을 즐기듯이 손가락 끝으로 손바닥까지 훑고 나서야 비로소 소금 병을 받아들었다. 소름이 그 뒤로도 계속 가라앉지 않았다. 웃고 이야기하고 먹으면서도 줄곧 그의 욕망의 향기가 끈적끈적하게 나를 휘감는 것 같아서 기분이 점점 안 좋아졌다.

한 시간이나 지났을 때 이토가 화장실에 가자 옆에서 히로카가 한숨을 내쉬었다.

"카린, 그러면 안 되지. 웃지도 않고 이야기하지도 않고. 정말로 할 마음이 있는 거야?"

"……미, 미안해."

"아니면 할 마음 같은 건 처음부터 없었어? 이 '아르바이트'를 하고 싶다고 한 건 거짓말이고 뭔가 다른 목적이 있어서 우리한테 접근한 거야, '언니'?"

맥박이 줄달음질치며 몇 초 동안 숨이 쉬어지지 않았다. 히로카는 웃으며 날카로운 눈으로 나를 보았다. 강한 의심과 적개심의 향기.

아마 히로카는 카페 화장실에서 나와 마나가 했던 이야기를 엿들은 것이다.

"혹시나 이상한 짓 하면 곤란해. 널 '선생님'한테 소개한 내 잘못이 되거든. 마나 일로 혼난 지 얼마 되지도 않는데. 난 혼나는 건 딱 질색이야."

"혼났다고……?"

"누군가가 그만두면 리더인 내가 혼난단 말이야. 특히 마나는 손님들한테 반응이 꽤 좋았거든. 아까 본 니시노 씨는 마나를 엄청 마음에 들어 했어. 지금쯤 단둘이 있어서 무척 기뻐하고 있을걸."

히로카가 미소 지은 순간, 오싹한 향기가 그녀에게서 내게로 밀려왔다. 증오? 조롱? 희열? 뒤죽박죽 섞여서 정확히 알 수도 없었다. 구역질이 치솟아서 나는 일어섰다.

"마나가 그랬어. '아르바이트'를 할 때는 언제나 둘씩 짝을 지어서 한다고. 설마 일부러 그 사람이랑 마나를 단둘이 있게 만든 거야?"

"일부러라니, 그게 무슨 말이야? 그야 평소에는 둘씩 짝을 지어서 하지. 역시 성인 남자랑 우리 같은 어린애가 단둘이 있는 건 위험하니까. 인원이 부족한 날은 손님을 다른 팀에 넘기기도 해. 하지만 오늘은 마나가 자기 입으로 가겠다고 했는걸. 그러니까 무슨 일이 일어나도 그건 마나가 선택한 거지 내 잘못이 아니잖아?"

말과는 정반대로 천진한 미소를 짓는 히로카. 오한이 등줄기를 타고 흐른 순간, 나는 가방을 움켜쥐고 레스토랑을 뛰쳐나왔다.

저녁 일곱 시 반이 지날 즈음의 주택가는 놀랄 만큼 사람이 없었다. 꺼두었던 스마트폰 전원을 켜고 마나가 니시노와 나가기 전에 교환했던 전화번호로 곧장 전화를 걸었다. 전원이 켜져 있지 않다는 안내가 나왔다. 절망적인 기분이었다. 이 주택가에는 처음 온 터라 길도 전혀 몰랐다. 게다가 주변을 둘러보아도 비슷비슷한 집이 늘어서 있어서 정신없이 걷다 보니 방향이 어디가 어딘지도 알 수 없었다.

어떡하지, 어떡해, 어떡하면 좋아. 불안과 초조함으로 머리가 미쳐버릴 것 같던 그 순간, 손에서 스마트폰이 진동했다. 심장이 멈출 것처럼 놀라며 액정화면을 본 순간, 눈물샘이 터진 것처럼 눈물이 쏟아졌다.

"유키야 오……."

[카노, 지금 어디 있어요?]

처음 듣는 날카로운 말투였다. 나는 스마트폰을 움켜쥐었다.

"어디……, 어딘지 전혀 모르겠어요. 그보다 마나가, 전화 연결이 안 되는데, 위험할지도 모르는데 어디 있는지 모르겠어요."

[진정해요. 먼저 나랑 합류해서 마나를 찾아봐요. 카노의 스마트폰에도 지도 어플 있죠? 일단 전화를 끊고 현재 위치를 확인해봐요. 그러고 나서 나한테 다시 전화해요. 괜찮아요. 근처에 있으니까 진정하고요.]

근처에 있다고? 나는 혼란스러운 상태인 채로 유키야 오빠에게 보이지도 않을 텐데도 고개를 끄덕이고 전화를 끊었다. 시키는 대로 지도 어플을 열었다. 이렇게 간단한 일이 유키야 오빠가 말하기 전에는 머릿속을 스치지도 않았다.

내가 있는 곳은 주택가 북부 외곽이었다. 약 300미터 거리에 파출소가 있었다. 마음이 어느 정도 진정되자 나는 유키야 오빠에게 전화해 현재 위치를 알려주었다.

[지금 그리로 갈 테니까 움직이지 말아요. 되도록 밝은 곳에서 있고요.]

이번에도 보일 리 없건만 고개를 끄덕이고 나는 통화를 끊은 스마트폰을 간절하게 매달리듯이 움켜쥐었다. 유키야 오빠가 어째서 이 근처에 있는지 의아해하는 것은 이때의 정신 상태로는 불가능한 일이었다.

기다리는 시간, 그것도 불안 속에서 기다리는 시간은 1초가 한 시간으로 느껴질 만큼 길었다. 나는 한 번 더 마나의 번호로 전화를 걸었다. 그러자 얼마간 노이즈가 들리더니 기적처럼 신호음이 울렸고, 나는 숨결이 떨렸다. 신호음은 네 번째 중간에 끊어졌다.

[언니?!]

거의 울먹이는 마나의 목소리가 들렸다. 내 목소리도 덩달아 높아졌다.

"마나, 지금 어디야? 괜찮아?"

[수, 숨어 있어요. 그 사람이, 차에, 싫다고 했는데, 억지로 태우려고 해서, 그래서 도망쳤는데, 그래도 뒤쫓아 오는 바람에 숨어서……!]

진정해. 진정해. 몇 번이나 달랜 뒤 나는 조금 전에 유키야 오빠가 알려준 것과 똑같은 방법을 마나에게도 알려주었다. 지도 어플에서 현재 위치를 확인하게 했다. 겁에 질린 마나는 전화를 끊기 싫어했지만 간신히 설득해서 전화를 끊게 했다. 마나에게서 곧바로 다시 전화가 왔다.

[파출소 근처예요. 200미터 정도 떨어진 곳에 파출소가 있고 지금 공원 같은 곳……, 앗, 어떡해요, 왔어요!]

갈라지는 마나의 비명. 달리기 시작한 듯한 진동음. 와스스와 스스 하고 수풀이 흔들리는 노이즈.

"기다려, 마나. 움직이지 마!"

전화는 계속 연결된 상태였다. 하지만 마나는, 싫어, 오지 마, 하고 울면서 어딘가로 달려갔고 내 목소리는 닿지 않았다. 나는 2초 망설였다가 스마트폰을 귀에 댄 채 달렸다.

마나는 200미터 거리에 파출소가 있다고 했다. 내가 있는 지점도 파출소에서 가까웠다. 지금은 그저 마나가 달리는 방향이 반대 방향이 아니기를 기도할 뿐이었다.

머리가 아팠다. 달릴 때마다 어질어질했다. 열이 더 나기를 바랐다. 과민해진 후각이 더욱 예민하게 곤두서도록. 온몸의 신경과 세포를 곤두세우고 달리다 어느 순간 그 향기를 맡았다. 어찔하게 현기증이 날 것 같은 용제 냄새와 감귤계 향료.

마나와 카린을 잇는 우정의 향기.

"마나!!"

향기를 쫓아 몇 미터 앞의 모퉁이를 돌아 도로 끝에서 달려 나오는 작은 그림자를 향해 소리쳤다. 언니, 하고 부르는 목소리가 돌아왔다.

서로 마주보고 달려가 나에게 안긴 순간 마나는 목 놓아 울었다. 다행이다. 아아, 정말 다행이야. 바들바들 떠는 뜨거운 몸을 끌어안고 폐가 쪼그라들듯이 깊은 숨을 내쉬었다.

마나의 뒤에서 저속으로 스르륵 다가온 자동차가 소리도 없이 멈췄다.

나는 숨결이 얼어붙었고, 그것을 깨달은 마나도 돌아보더니 날카롭고 짧은 비명을 질렀다. 우리를 폭력적일 만큼 눈부신 헤드라이트로 비춘 자동차에서 키가 큰 남자가 내렸다. 니시노. 웃음을 지으며 천천히 다가왔다.

"마나, 조금 전에 넘어졌지? 괜찮니?"

마나에게서 풍겨 나오는 극심한 공포가 나에게까지 전염되어 머리가 깨질 듯이 울렸다. 니시노는 점점 더 다가왔다. 달아나야 한다. 하지만 다리가 움직이지 않았다.

날카로운 발소리가 나더니 커다란 그림자가 눈앞을 가로막았다. 무슨 일이 일어났는지 몰라 머릿속이 새하얘졌다가 정신이 들어보니 눈앞에 정장을 입은 유키야 오빠의 등이 있었다.

유키야 오빠의 팔 끝에서는 니시노가 멀뚱히 서서 고개를 치켜들고 있었다. 멱살을 잡힌 상태임을 한 박자 늦게 깨달았다.

"너, 넌 뭐야, 갑자기⋯⋯?!"

"그건 내가 할 말이야! 넌 뭐 하는 놈이야?!"

"—키시다, 멈춰! 폭력은 안 돼!"

이번에는 날카로운 여자의 목소리가 들렸다. 뒤늦게 달려온 사람을 보고 나는 이번에야말로 도통 영문을 알 수 없었다. 지적인 단발머리. 유키야 오빠의 동아리 선배인 토와코 씨였다. 토와코 씨는 나와 마나의 어깨와 팔을 어루만지며 "괜찮아?" 하고 계속 확인했다.

"돌아가세요. 아니면 저기 있는 파출소로 같이 갈까요?"

유키야 오빠가 얼음장 같은 목소리로 말하며 옷깃을 놔주자 니시노는 큰 소리에 놀란 새처럼 재빨리 운전석으로 돌아가 자동차를 후진시켜 방향을 틀었다. 그 순간 나는 기억이 조금 날아갔다. 정신이 드니 유키야 오빠가 내 양어깨를 잡고 있었다.

"다친 데는 없어요?"

언어능력 저하와 혼란 때문에 질문을 이해하는 데에 시간이 걸렸다. 작게 고개를 가로젓자 유키야 오빠가 손을 목 뒤로 둘러 머리를 껴안듯이 끌어안았다.

바로 귓가에서 들리는, 가슴을 옥죄는 듯한 한숨 소리.

뺨에, 딱딱한 쇄골이 닿았다. 뒤통수에서 느껴지는 감촉은 아마도 유키야 오빠의 이마일 것이다. 평소에는 그다지 향기가 나지 않는 유키야 오빠에게서 지금은 괴로운 듯한 안도의 향기가 풍겼다.

현기증이 나며 무릎에서 힘이 빠졌다. 그대로 주저앉자 언니, 하고 부르는 마나의 놀란 목소리가 들렸다. 토와코 씨가 "유카리? 방금 찾았어. 타카하시한테 차 가지고 오라고 해. 장소는……." 하고 떨어진 곳에서 전화하고 있었다.

갑자기 몸이 붕 떠올랐다. 등에 업힌 것을 알아채고 부끄러워서 꿈질거렸다.

"가만히 있어요."

돌아보지 않고 말하는 유키야 오빠의 목소리가 들어본 적 없을 만큼 다급해서 나는 움직임을 멈췄다. 머리가 너무 무거워서 넓은 등에 슬쩍 기대자 너무나 따뜻해서 나는 그대로 잠이 들었다.

6

그날 저녁에 무슨 일이 있었는지 나는 나중에야 자세한 내용을 들을 수 있었다. 사실 그날 저녁의 일에는 많은 사람이 관여했었고, 나는 나중에 들은 이야기를 조합해보고 알았는데 그 중심에는 유키야 오빠가 있었다.

"어쩌다 보니 마나네 아르바이트에 참가하게 돼서 늦을 거야. 할머니한테는 알아서 잘 얘기해줘.'라니. 이걸 어떻게 알아서 잘 얘기해?! 몸이 안 좋아서 조퇴까지 한 사람이 왜 그렇게 무모한 짓을 하는 거야?! 바보야! 언니 바보야!"

그날 내가 늦게까지 오지 않아 걱정하던 카린은 내 메시지를 받고 내용에 놀라 나에게 전화를 걸었지만 연결이 되지 않았다고 한다. 이미 히로카가 내 스마트폰을 빼앗아 전원을 끈 뒤였을 것이다. 이어서 마나에게 전화를 걸었지만 마나도 받지 않았단다. 이상해서 발만 동동 구르고 있는데 오후 여섯 시 반 무렵에 집 전화벨이 울렸다. 할머니는 가게에 있었으므로 카린이 받았다.

[카린이에요? 키시다 유키야예요. 카노는 집에 돌아왔어요?]

유키야 오빠는 '마나랑 만나서 그 아르바이트에'라는 중간에 끊어진 메시지를 받고 내 스마트폰으로 전화를 걸었지만 연결이 되지 않자 이번에는 집으로 전화를 건 것이다. 카린은 내가 몸이 안 좋아서 학교를 조퇴한 일, 세 시간 정도 전에 병원에 가서 아직 돌아오지 않은 일, 나에게서 받은 메시지 내용, 그리고 나뿐만 아니라 마나에게도 전화가 되지 않는다고 이야기했다. 유키야 오빠는 10초 정도 침묵했다가 말했다고 한다.

[마나의 연락처를 가르쳐줄래요?]

카린은 순간 망설였지만 무슨 일이 일어나고 있다는 불길한 예감이 들었으므로 마나의 전화번호를 가르쳐주고 그 참에 서로의 연락처도 교환했다.

[고마워요. 다시 연락할게요. 만약 카노가 돌아오거나 뭔가 연락이 있으면 나한테도 알려줘요.]

그 말만 하고 유키야 오빠는 전화를 끊었다.

다음 증언자는 아사토다. 집에 있던 아사토가 유키야 오빠에게서 전화를 받은 것은 오후 여섯 시 반이 지나서였으니 카린이 유키야 오빠와 통화를 마친 바로 뒤라는 뜻이 된다.

[미안하지만 좀 도와줬으면 해요. 그 '아르바이트' 권유를 받았었다는 친구한테 연락해서 그 학생한테 권유한 인물과 다시 연락할 수 있는지 물어봐줄래요?]

갑자기 이런 이야기를 들으면 아사토가 놀라는 것도 당연했다. 유키야 오빠는 아주 담담하게 카린과 유키야 오빠가 공유한 정보를 아사토에게도 충실하게 전했다고 한다. 당황해서 허둥대는 아사토를 [놀라는 것은 나중에 하고 먼저 얘기부터 들어요.] 하고 진정시키고 유키야 오빠는 말을 이었다.

[카노가 여동생한테 보낸 메시지에서는 '마나네'라고 했어요. 그러니까 호리사와 마나 외에도 '아르바이트' 하는 친구들이 같이 동행했을 거라고 봐요. 그리고 아사토의 친구가 권유 받은 '아르바이트'는 LAND 커뮤니티가 있어요. 아사토의 친구에게

권유한 인물은 카노와 동행한 친구들과 연락이 닿을지도 몰라요. 두 '아르바이트'가 동일한 것이 아닐 가능성도 있지만 지금으로서는 단서가 그것밖에 없어요.]

아사토가 곧바로 행동으로 옮기려고 하자 [잠깐만, 하나만 더.] 하고 유키야 오빠가 말했다. [아사토의 친구와 그 아이에게 권유한 인물이 만약 같은 학원이나 그 비슷한 단체에 소속되어 있으면 그 이름과 장소도 물어봐요.]

학원? 아사토는 무심코 그게 뭐지 하는 투로 되물었다고 한다.

[메이요 중학교에 다닌다는 그 친구. 그 친구를 끌어들이려고 했던 인물, 그것도 여중생 한정의 '아르바이트'를 하고 있다면 아마도 어느 중학교의 학생일 거예요. 그리고 하기가야츠 학교 학생. 아직 이 셋이 어떻게 연결되어 있는지는 모르지만 다른 학교 중학생들이 만나고 교류할 수 있는 곳이라면 생각할 수 있는 가장 보편적인 장소는 학원이에요. 일단 물어보기만 해요.]

곧바로 아사토는 LAND 친구인 메이요 중학교의 여학생에게 연락을 했다. 예전에 말한 '아르바이트'는 누가 권유했어? 아는 사람이 어쩌면 위험에 처했을지도 몰라. 1분 뒤에 메시지 알림음이 울렸다.

[같은 학원에 다니는 스가와라 미호라고, 하기가야츠 학교 다니는 애야. 오늘 이따가 학원에서 만날 건데, 위험이라니 무슨

뜻이야?]

점쟁이가 따로 없네, 하고 중얼거리며 아사토는 그 학원의 이름과 장소, 그리고 '스가와라 미호'는 저녁 일곱 시 반에 시작되는 수업을 기다리는 동안 곧잘 학원 근처의 패밀리 레스토랑에서 시간을 보낸다는 정보를 친구에게서 듣고 곧바로 유키야 오빠에게 전화를 했다.

[고맙다. 넌 정말 우수하구나. ―타카하시, 키타카마쿠라 역 앞에 있는 '카마쿠라 학원' 근처의 패밀리 레스토랑. 법정 속도를 지키면서 최단 루트로 가.]

[예썰!]

자동차에 타고 있는 모양인데 타카하시는 또 누구지? 하고 생각하며 아사토는 친구와 그 패밀리 레스토랑 앞에서 만나기로 약속을 하고 키타카마쿠라로 향했다. '스가와라 미호'의 얼굴은 친구밖에 모르고, 미호가 오늘도 그곳에서 시간을 보내고 있으리라고는 장담할 수 없으므로 확인하기 위해서였다.

이나무라가사키에 있는 집에서 에노시마 전철을 탔다가 요코스카 선으로 갈아타고 키타카마쿠라 역 앞의 패밀리 레스토랑에 도착한 아사토는 그곳에 장승처럼 서 있는 카린을 보고 '심장이 튀어나오는 줄 알았다'고 했다.

"유키야 오빠한테서 전화가 왔어. 여기에 언니랑 마나가 어디 있는지 알지도 모른다는 애가 있다지? 그게 누구야!"

아사토를 다그치는 카린은 굶주린 암사자처럼 위험해 보였다고 한다. 그때 아사토의 친구가 도착해 "네 여자 친구?" 하고 흥미진진하게 카린을 본 뒤 패밀리 레스토랑의 문을 열고 "아, 있다. 쟤야" 하고 손가락으로 가리켰다.

가게 가장 안쪽에 있는 창가 박스석에서 스마트폰을 만지작거리고 있는 포니테일의 소녀. 남색 옷깃에 하얀 줄이 들어간 세일러복은 틀림없이 하기가야츠 학교 교복이었다.

친구에게 고맙다고 인사를 하고 돌려보낸 뒤, 곧장 스가와라 미호에게 다가가려는 카린을 아사토가 필사적으로 말리며 "진정해!", "이런 상황에서 어떻게 진정을 해!" 하고 옥신각신하는 사이에 패밀리 레스토랑 주차장에 검은 자동차가 멈췄다. 조수석에서 내린 유키야 오빠는 어째서인지 양복 차림이었고, 운전석에서는 강아지 같은 동안의 남자가 내렸다. "난 윳키의 친구 타카하시 켄타로야. 잘 부탁해!" 하고 이번에도 타카하시 선배는 아사토와 카린에게 악수를 청했다고 한다. 참고로 검은 자동차는 타카하시 선배의 아버지 것이었다고 한다.

"스가와라 미호 학생 맞죠? 안녕하세요? 잠깐 이야기를 좀 해도 될까요?"

가게로 들어온 유키야 오빠는 미호가 앉아 있는 박스석 맞은편에 길쭉한 몸을 미끄러트리듯이 스르륵 들어가 앉았다. 아사토와 나머지 사람들은 바로 뒤쪽 자리에 앉았다. 아사토의 자리에서는 유키야 오빠의 뒷모습과 미호의 화사한 얼굴이 보였다. 미호는 갑자기 나타난 유키야 오빠를 보고 놀랐는지 경계하면서도 동시에 유키야 오빠에게 흥미를 느끼는 것 같았다고 했다.

"호리사와 마나의 지인인 키시다라고 해요."

"마나요?"

아사토 옆에서 카린이 움찔했다. 미호는 마나를 알고 있었다. 그렇다면 마나와 같이 있을 '아르바이트' 친구들과 연락이 닿을 가능성이 훨씬 높아진다.

자릿값으로 주문한 커피가 유키야 오빠와 아사토네 테이블에도 나왔다. 점원이 떠난 뒤 유키야 오빠가 다시 입을 열었다.

"마나와 연락을 하고 싶은데 스마트폰 전원이 꺼져 있어서 연결이 되지 않아요. 마나는 학교 친구들과 같이 있는 모양인데, 미호 양, 그 친구와 연락해서 어디 있는지 물어봐줄래요?"

"······왜 그걸 나한테 얘기해요? 그보다 날 어떻게 알아요?"

"학생뿐만 아니라 많은 걸 알고 있어요. 예를 들어, 학생들이 하고 있는 그다지 큰 소리로 말할 수 없는 '아르바이트'에 대해서도."

이 시점에서 아직 유키야 오빠는 히로카와 미호가 아는 사이인지 확신하지 못했을 터인데 미호는 분명하게 표정이 얼어붙었다.

협력해줄래요? 하고 묻는 유키야 오빠의 목소리는 무서울 만큼 온화했다고 한다.

"이대로 마나와 연락이 닿지 않으면 경찰과 학생들의 학교에도 알리게 될 거예요. 하지만 그러면 학생과 학생의 친구가 난처해질지도 몰라요. 마나와 같이 있는 친구에게 연락해서 어디 있는지 물어봐요. 난 마나가 무사한지 확인하고 싶을 뿐이니 그것만 확인되면 학생들한테는 더 이상 관여하지 않을 거예요."

경찰과 학교라는 말이 충격이었는지 미호는 얼굴이 하얗게 질렸다. 움찔거리며 스마트폰을 집어 들고 화면에 대고 손가락을 움직였다.

"미안하지만 나한테도 보이게 여기에 놓고 할래요?"

유키야 오빠가 테이블을 가리키자 얌전히 시키는 대로 했다.

LAND로 연락을 했을 것이다. 재빠른 손놀림으로 몇 초 동안 스마트폰을 조작하던 미호는 폰을 테이블 위에 놓고 그대로 얼마 동안 몸을 움츠리고 있었다. 뒷모습만 보이는 유키야 오빠는 미동도 하지 않았다. 아사토와 카린도 숨을 죽였고, 마침내 침묵을 견디지 못한 타카하시 선배가 "저기, 배 안 고파? 뭐 먹을래?" 하고 메뉴를 꺼낸 순간, 미호의 스마트폰이 진동했다.

유키야 오빠는 스마트폰에 손가락을 대고 상대가 보낸 메시지를 읽더니 미호에게 짧게 지시를 내려 다음 문장을 치게 했다. 상대에게서 대답이 왔다. 그것을 몇 차례 계속하다가 유키야 오빠가 중얼거렸다.

"카린……?"

카린이 움찔하며 당황해서 자신의 코끝을 가리키며 아사토를 보고 고개를 갸웃했지만, 아사토도 의미를 알 리가 없으니 고개를 가로젓는 수밖에 없었다. 아마도 내가 신분을 사칭한 가공의 '카린'의 이야기가 나왔을 것이다. 그리고 몇 초 뒤.

"앗!"

미호가 짧고 날카로운 목소리로 놀란 비명 같은 소리를 지르며 순간적으로 테이블 위의 스마트폰을 가려서 숨기려고 했다. 하지만 유키야 오빠가 스마트폰을 집어 드는 것이 더 빨랐다. 아사토는 무슨 일이 어떻게 돌아가고 있는지 전혀 알 수 없었다고 한다. 다만 미호는 금방이라도 기절할 것처럼 창백했고, 스마트폰 화면을 쳐다본 유키야 오빠는 심장에 얼음칼을 찔러 넣는 듯한 목소리로 말했다.

"─이게 보복이에요? 학생들의 무리에서 빠지겠다고 한 데에 대한?"

스마트폰을 들이대자 미호가 고개를 돌렸다. 보복? 빠진다고? 무슨 뜻인지 이해가 되지 않았다.

"……내가 말한 거 아니에요. 히로카가 그랬어요. 기껏 넣어줬더니 '선생님'한테도 혼나게 만들고, 마나는 배신자라고, 히로카가."

유키야 오빠는 아무 말도 하지 않았지만 견딜 수 없었는지 미호가 고개를 숙이고 흐느껴 울기 시작하자 스마트폰을 돌려주고 일어났다.

"가요. 두 사람이 있는 곳은 대충 알았어요."

밖으로 나오자 유키야 오빠는 타카하시 선배를 데리고 자동차로 향했다. 카린이 바짝 뒤따라갔다.

"마나한테 무슨 일 있어?! 언니랑 마나는 어디 있어?! 나도 갈래!"

"카린과 아사토는 집으로 돌아가요. 솔직히 몇 시쯤 돌아갈지 장담할 수 없어요. 수험생인 두 사람이 밤늦게까지 돌아다니다 무슨 문제라도 생기면 큰일이니까요."

하지만, 하고 반박하려는 카린의 말을 유키야 오빠는 이렇게 잘랐다.

"마나가 '아르바이트'를 그만두겠다고 그룹 멤버들에게 말한 모양이에요."

눈이 동그래진 카린에게 유키야 오빠는 말을 이었다.

"카린의 마음이 전해진 거예요. 카노와 함께 틀림없이 데리고 갈 테니 기다려요. 미하루 씨도 걱정하고 있을 텐데 혼자 있게 하지 말고요. ─아사토, 카린을 잘 부탁해요."

유키야 오빠가 타카하시 선배의 차를 타고 떠난 뒤 아사토는 착실하게 카린을 집까지 데리고 왔고 내가 유키야 오빠에게 업혀 돌아올 때까지 기다려주었다고 한다.

정말 고마웠다고 내가 나중에 인사를 하자,

"그냥 신경이 쓰여서 그런 것뿐이야."

아사토는 무뚝뚝하게 대답했다.

그 다음의 일은 나도 잘 모르는 부분이 많다. 유키야 오빠는 미호에게서 얻은 정보를 바탕으로 나와 마나가 있는 대략적인 지역을 알아내기는 했지만, 혼자 찾기에는 비효율적이라고 판단하고 타카하시 선배와 토와코 씨, 유카리 씨에게도 협력을 요청했을 것이다. 하지만 그와 관련된 자세한 이야기를 유키야 오빠가 하고 싶어 하지 않았고, 끈질기게 물어보면 "무엇보다 예전부터 말했지만 카노는 위기의식이 부족해요." 하고 설교가 시작되었다.

타카하시 선배의 자동차를 타고 카마쿠라의 집으로 돌아오기까지의 기억은 드문드문하고 모호했다. 할머니의 목소리와 카린의 목소리. 미지근한 물로 약을 먹여준 일과 잠옷으로 갈아입는 데 시간이 아주 많이 걸린 것. 그런 기억이 단편적으로 남아 있을 뿐이었다.

내가 유키야 오빠와 이야기를 나눈 것은 폭풍 같은 금요일 밤이 지나고 날이 밝아올 무렵이었다.

깊은 늪에 가라앉는 것 같았던 잠에서 깨어났을 때, 방 안은 동트기 전의 푸르스름한 어스름으로 가득했다. 언제나 내가 공부하고 뒹굴거리던 방과는 전혀 다른 공간처럼 조용하고 고요해서 마치 바다 속 고대 유적에 있는 것 같다고 생각했다.

인기척을 느끼고 얼굴을 옆으로 돌리자 와이셔츠 차림의 유키야 오빠가 있었다.

열이 내려갔는지 확인하려던 참에 내가 눈을 떴는지 침대 옆에 선 유키야 오빠는 몸을 조금 구부리고 손을 허공에 들고 있었다. 나는 아직 반쯤 꿈속에 있는 기분으로 멍하게 유키야 오빠를 올려다보았다. 유키야 오빠는 안경을 쓰고 있지 않았고, 아무것도 꾸미는 것이 없는 맨얼굴은 평소보다도 어쩐지 어려 보였다.

이윽고 유키야 오빠는 작게 한숨을 내쉬고 침대 옆에 앉았다. 침대가 살짝 삐걱거리며 매트리스가 한쪽만 살짝 가라앉았다. 나에게서는 유키야 오빠의 하얀 옆얼굴과 왼쪽 어깨, 그리고 등이 보였다. 내 쪽으로 고개를 돌리지 않은 채 유키야 오빠는 길고 가느다란 손가락을 깍지 꼈다.

"내 호적에는 아버지의 이름이 없어."

파르스름한 정적에 참방 하고 파문을 일으키는 목소리. 나는 귀를 기울였다.

"내 어머니는 결혼하지 않고 나를 낳았어. 물론 어머니 혼자서 아이를 낳을 수는 없으니 아버지가 존재하긴 하지만 그 사람은 나를 자식으로 인지해주지 않았고, 분명 앞으로도 그럴 일은 없을 거야. 내가 그 사람에 대해 알고 있는 건 이름과 제대로 된 인간이 아니라는 점뿐이야."

내가 아는 사실은 아버지가 안 계신다는 것 정도——토와코 씨의 목소리가 떠올랐다. 남한테 어리광부리는 법을 전혀 모른채 자란 것처럼.

"내가 자란 집—외가 쪽 사람들은 그런 문제에 무척 민감해서 어머니가 나를 낳은 경위는 물론 그런 경위로 태어난 나 역시 탐탁지 않게 여겼어. 제대로 키워주기는 했고 지금도 이렇게 대학교까지 다니게 해주지만 나는 그 집에서 마음 편히 숨을 쉰 적이 한 번도 없어."

"……그래서 서둘러서 열심히 공부하는 거야……?"

이것도 토와코 씨에게서 들었다. 학교 수업에다 인턴 활동까지 하면서 언제나 바삐 움직이는 유키야 오빠. 아주 조급하게 어른이 되려고 하면서, 완전히 무리하고 있는 것 같다고.

내 쪽으로 얼굴을 돌린 유키야 오빠는, 응, 하고 대답했다.

"이제 그 집에는 돌아가지 않을 거야. 혼자 살아갈 생각이야."

고요했다. 지금이라면 깃털이 바닥에 떨어지는 소리도 들릴지도 모른다. 그 정적에 녹아드는 목소리로 개를, 하고 유키야 오빠가 말했다.

"개를 키웠었어. 옛날에, 그 집에서."

"보르조이인 코코아?"

스피드 퀴즈 맞추듯 대답하고 말았다. 유키야 오빠는 작게 웃어주었다.

"코코아는 내가 강아지 때부터 키운 것치고는 밝고 사람을 잘 따르는 개였어. 말도 잘 하지 않는 음침한 꼬마였던 나한테는 코코아가 유일한 친구였지. 그래서 코코아가 죽었을 때 더는 이 세상 어디에도 있고 싶지 않아서 모르는 길만 골라서 무작정 걸었어. 돌아가지 못해도 상관없었고, 중간에 움직이지 못하게 된다면 그래도 괜찮다고 생각했어."

하지만 정신을 차리고 보니, 낡고 큰 향 가게에 있었어.

"지금도 도저히 상상할 수 없는 추태지만, 알지도 못하는 사람 집에서 엉엉 울었던 나에게 그 집 할아버지와 할머니는 과자를 내주고 향을 만드는 모습을 보여주기도 했어. 두 분의 손녀라는 여자애는 어째서인지 나랑 같이 울어줬고, 내가 울음을 그친 뒤에도 여전히 울고 있었어. 그러고 보니 지금도 금방 눈가에 눈물이 고여서 보고 있으면 재미있어."

"……눈이 촉촉한 것뿐이야. 안구건조증과는 인연이 없어서 그래."

"그날 돌아갈 때 할아버지가 그러셨어. '우리 카노는 카마쿠라에 온 지 얼마 안 돼서 아직 친구가 없으니까 앞으로도 놀러오렴.' 하고. ……긴지 씨는 내 상태를 보고 뭔가 알아채고 그렇게 말씀해주셨다고 생각해. 폐를 끼치는 게 아닐까 언제나 걱정스러웠지만 학교가 끝나고 카게츠 향방에 가면 늘 미하루 씨와 긴지 씨가 다정하게 맞아주셨어. 너도 보자마자 환하게 웃으며 기뻐해줬어. 여자애뿐만 아니라 평범한 인간 아이들과 제대로 교류해본 적이 애당초 없다 보니 처음에는 당황하기도 했지만 같이 놀면 즐거웠어."

"……내가 기분 나쁘지 않았어?"

지금까지 몇 번이나 물어보고 싶었지만 차마 꺼내지 못했던 말이었다.

"솔직히 맨 처음 체질 이야기를 들었을 때는 잘 이해가 되지 않았어. 이해한 뒤에는 스스로가 얼마나 비굴하고 모자란 인간인지 들키는 게 두렵다고도 생각했어. 하지만."

아침과 밤의 경계에 있는 파르란 빛 속에서 유키야 오빠가 나를 보았다.

"그런 체질을 가진 네가 그날 나한테 말을 걸어줬어. 왜 슬퍼하냐고 물어봐줬어. 그 일이 없었더라면, 그 뒤로 카게츠 향방에서 보낸 시간이 없었더라면, 나는 아마 살아가는 것을 견디지 못했을 거야. 지금 내가 살아가는 방식이 올바른지는 모르지만 이렇게 앞으로 나아갈 생각은 못했을 거야. 그러니까 네 체질도 포함해서 전부—정말로 전부, 나한테는 필요했던 거야."

눈물이 터져 나왔다. 희고 큼직한 손이 이마와 관자놀이의 경계를 감쌌다.

"그러니까, 제발 부탁이니까 어제와 같은 무모한 짓은 하지 마. 물론 네가 어제 그렇게 하지 않았다면 마나는 험한 꼴을 당했을지도 몰라. 하지만 네가 어디 있는지, 무사한지 어떤지 아무것도 모르는 상태로 애만 끓이는 건 정말로 끔찍해. 미하루 씨나 동생이나, 널 소중히 아끼는 사람에게 다시는 그런 기분을 느끼게 하지 말아줘. 나는 없어져도 아쉬워하거나 슬퍼하는 사람이 없지만 넌 그렇지 않아."

흘러 넘쳐서 멈추지 않는 눈물을 앙상한 손가락으로 닦아주었다. 나는 그 손을 잡고 꼭 움켜쥐었다.

"기쁠 때와 즐거울 때, 누군가를 좋아한다고 느낄 때, 사람한테서는 무척 좋은 향기가 나. 신이 만든 꽃이 있다면 이런 향기가 날까 하는 생각이 들 만큼 아주 좋은 향기가."

무슨 이야기를 하려는지 잘 모르니 유키야 오빠의 향기에 아주 조금 망설임이 섞였다. 신기했다. 평소에는 그다지 변화가 없는 유키야 오빠의 향기를 지금은 이렇게나 분명하게 알 수 있다.

"유키야 오빠가 가게에 오면 할아버지한테서는 언제나 그런 향기가 났어. 할머니는 유키야 오빠가 오는 날이면 향기가 더욱 물씬 나고 콧노래까지 불러. 아사토도, 타카하시 선배도, 토와코 씨도 그래. 그밖에 내가 모르는, 유키야 오빠의 주변에 있는 사람들도 틀림없이 그럴 거야."

유키야 오빠도 그것을 알 수 있으면 좋을 텐데.

"아무도 아쉬워하지 않는다고, 아무도 슬퍼하지 않는다고 하지 마. 살아갈 때는 유키야 오빠 혼자일지도 몰라. 하지만 다들 유키야 오빠를 좋아하고 유키야 오빠한테 힘이 되어주고 싶어 한다는 걸 잊지 마."

나는 유키야 오빠에게 어디까지 제대로 전했을까.

아니면 혹시 전부 꿈이었을까.

다음에 눈을 떴을 때는 방 안이 완전히 아침의 금빛으로 가득 차 있었다. 요즘 들어 정원의 꽃을 찾아오는 직박구리의 경쾌한 울음소리가 들려왔다.

침대 옆에 유키야 오빠의 모습은 이미 없었다.

❇

이튿날인 토요일에는 할머니와 카린의 잔소리와 설교에 그저 계속해서 미안해, 죄송해요, 다 제 잘못이에요, 하고 싹싹 빌었다. 아직도 열이 나고 앓고 난 지 얼마 되지 않았지만 두 사람 다 그렇다고 용서해줄 성격도 아니었다. 그리고 카린과 이야기하고 아사토와 전화하면서 어제 저녁에 있었던 일의 자세한 내용을 알게 되었다.

내 이마에 냉각 시트를 붙이러 온 카린에게 마나는 어떠냐고 물어보자,

"조금 전에 전화해봤는데 이제 진정됐어. 오히려 언니를 걱정하더라. 어제 유키야 오빠가 데리고 왔을 땐 어떻게 봐도 마나보다 언니가 더 죽을 것 같았으니까."

면목 없다고 사과하니 카린이 나를 꼭 끌어안았다. 감기 옮으면 어떡해. 주의를 주어도 카린은 떨어지려고 하지 않고, 고마워, 언니, 하고 작은 목소리로 말했다.

점심때가 되자 할머니가 죽을 가지고 와주셨다. 유키야 오빠는, 하고 묻자,

"어젯밤에는 정신없이 허둥대느라 일단락됐을 때는 이미 늦은 시각이라 손님방에서 재웠는데 아침에 일어나보니 '첫차로 돌아갈게요.' 하는 메모가 있더라. 오늘은 아르바이트도 안 하는 날이니 천천히 쉬라고 했어."

그렇구나, 하고 고개를 숙였더니 할머니가 머리를 덥석 잡고 휙 하고 고개를 자기 쪽으로 돌렸다. 나는 화난 할머니의 눈이 붉게 충혈되어 젖어 있는 것을 보고 목소리가 나오지 않았다.

"어제 일로 할머니 수명이 10년은 줄어들었어. 이래서는 100살까지밖에 못 살지도 몰라. 이 할머니가 오래 살길 바라면 더는 걱정시키지 마."

가슴이 막혀서, 죄송해요, 하고 속삭였다. 그때 어째서인지

도쿄에 있는 부모님에게도 사과한 기분이 들었다. 부모님에게는 이번 일을 알리지 않았다. 하지만 설령 그분들이 아무것도 모른다고 하더라도 죄송하다고 마음속으로 사과했다.

이튿날인 일요일, 카린은 아홉 시 반 무렵 전철을 타고 도쿄로 돌아가기로 했다. 할머니와 작별 인사로 포옹을 한 카린을 나는 카마쿠라 역까지 배웅했다. 요코스카 선 홈에 도착하자 놀랍게도 마나와 아사토와 유키야 오빠가 있었다.

"조심해서 가. 그리고 나 고등학교는 도쿄에 있는 곳 시험 볼 거야."

이미 두 사람 사이에는 많은 말이 필요 없는지 마나는 간단하게 그렇게만 말했다. 고개를 끄덕인 카린은 두 팔을 활짝 벌려 포옹을 요구했지만 마나는 쿨하게 오른손을 내밀며 악수를 주장했다. 얼마 동안 눈싸움이 이어지더니 싸움에서 진 카린이 떨떠름하게 마나의 손을 잡자 마나는 있는 힘껏 손을 잡아당겨 "앗?" 하고 앞으로 고꾸라지는 카린을 끌어안았다.

"고마워, 카린."

그 목소리에는 아주 조금 눈물이 섞여 있었다.

"난 강해질 거야."

마나의 어깨 위에서 카린의 얼굴이 왈칵 일그러졌다. 마나의 말에 나는 앞으로 그녀가 직면하게 될 일을 생각하지 않을 수 없었다.

고등학교에 진학하는 내년 봄까지 마나가 중학교에서 보내야 하는 남은 10개월. 히로카 그룹은 내일부터 마나에게 어떻게 나올까. 나와 같은 걱정을 아사토도 한 듯했다.

　"그 히로카라는 애들이 해코지를 하면 어쩌지? 난 하기가야츠에는 친구가 없는데……."

　"그때는 나한테 바로 연락해요. 보복과 견제는 오랜 경험에 입각한 내 전문 분야니까요."

　위험한 말로 모두를 얼어붙게 한 유키야 오빠는 안경테 브리지를 밀어 올렸다.

　"괜찮아요. 친구가 없어도 학교는 졸업할 수 있어요. 먼저 선생님들을 자기편으로 만드는 게 중요해요. 그리고 보건실 같은 곳에도 연줄을 만들어두면 무슨 일이 있을 때 편리……."

　"심장이 강철로 만들어진 아저씨는 가만히 있어!"

　"평범한 여중생의 심장은 유리로 만들어져 있다고!"

　아사토와 카린이 달려들자 유키야 오빠는 입을 다물며 딴 곳을 보았다. 마나가 쿡쿡쿡 웃으며 말했다.

　"괜찮아요. 어떻게 될지는 모르지만 만약 학교에서 외톨이가 된다고 하더라도 이 세상에서 외톨이가 되는 건 아니란 걸 이제는 아니까요."

　나는 그 말에 가슴이 벅차올라 마나의 손을 잡았다. 마나는 쑥스러운 듯이 웃으며 내 손을 맞잡아주었다.

전철이 홈으로 들어왔다. 한 번 더 마나와 포옹을 한 카린은 아사토를 보았다.

"그럼 갈게, 아사토. 도쿄에 오면 연락해."

"그래, 여름방학에 갈게."

뭐?! 내 눈이 휘둥그레지기 전에 카린은 전철에 올라타고 "안녕." 하고 손을 흔들었다. 문이 푸쉭 소리를 내며 닫히고, 이내 카린의 모습이 흘러갔다. 손을 흔들던 아사토는 내 눈길을 알아채고,

"뭐야, 그렇게 '어느 틈에' 하고 묻는 얼굴로 볼 건 없잖아?"

하고 동요하는 기색도 없이 말하고, 나와 유키야 오빠를 보고 의미심장하게 한쪽 입꼬리를 올렸다.

"내가 볼 때는 오히려 대학생이랑 고등학생이 그렇게 소극적이어서 어디다 쓰나 싶은걸."

할 말을 잃은 나에게 그럼 간다, 하고 가볍게 손을 흔들고 아사토는 플랫폼을 떠났다. 웃고 있던 마나도 다음에 봐요, 하고 손을 흔들며 그 뒤를 따랐다.

남겨진 나와 유키야 오빠는 누가 먼저랄 것도 없이 서로 마주 봤다가 다시 고개를 돌렸다. 갈까요? 그래요, 하고 어쩐지 서먹서먹하게 카마쿠라 역 동쪽 출구로 향했다.

"몸은 이제 괜찮아요?"

걸어가며 유키야 오빠가 물어 나는 네, 하고 대답했다. 그리

고 조금 고민하다 덧붙였다.

"다시는 걱정해주는 사람에게 끔찍한 기분을 안겨주는 짓은 안 할게요."

유키야 오빠는 앞을 향한 채로 몇 초 있다가 말했다.

"꼭 그래줘요."

그것으로 역시 그 일은 꿈이 아니었음을 알았다.

유키야 오빠가 다시 입을 열었을 때는 츠루가오카 하치만구 신사의 토리이 앞까지 접어들었을 때였다.

"다음에 코시고에 있는 히비키 씨네 가게에 가보지 않을래요?"

히비키 씨는 예전에 할아버지의 친구였던 쿠라나미 케이타로 씨에게서 할머니가 향목을 물려받으셨을 때 알게 된 그 댁 셋째 아들로, 코시고에에서 양식 레스토랑을 운영하고 있다. 나와 유키야 오빠는 그곳에서 식사를 한턱낸다는 사인이 든 명함을 받았다.

나는 유키야 오빠를 뚫어져라 응시했다가 황급히 몇 차례나 고개를 끄덕였다. 어째선지 끄덕이는 사이에 내 얼굴의 그 난감한 기능이 발동하면서 볼이 뜨거워졌다. 그런 나를 보고 유키야 오빠는 "아직도 열이 안 내렸어요?" 하고 조금 심술궂게 말하고는 부드러운 눈길로 웃었다.

6월 아침. 하늘은 푸르고 바람을 타고 꽃향기가 실려 왔다.

가게를 열기까지는 아직 시간이 있으니 서두를 필요는 없다. 나와 유키야 오빠는 같이 걸음을 옮겼다.

천천히, 천천히 카게츠 향방을 향하여.

제4화

카마쿠라 향방
메모리즈 ①

2018년 5월 25일 초판 발행

저자 아베 아키코
역자 이희정

발행인 정동훈
편집전무 여영아
편집부 국장 최유성
편집 김은실 권영경 김혜정
제작부 국장 김장호
제작 김종훈 정은교
국제부 국장 손지연
국제부 최재호 김미희 김형빈 천효은 박민희
마케팅 국장 최낙준
마케팅 김관동 이경진 심동수 고정아 고혜민 서행민
디자인 형태와내용사이

발행처 (주)학산문화사
등록 1995년 7월 1일
등록번호 제3-632호
주소 서울특별시 동작구 상도1동 777-1
편집부 02-828-8837
마케팅 02-828-8962~5

ISBN 979-11-88988-72-3 04830
       979-11-88988-71-6(세트)
값 11,000원

북홀릭은 (주)학산문화사에서 발행하는 일반 소설 브랜드입니다.